OPŠTINSKO DETE

OPŠTINSKO DETE

roman jednog odojčeta

Branislav Nušić

Globland Books

GLAVA PRVA

U kojoj Anika, povodom smrti svojega muža, ostaje udovica.

Dok drugi pisci obično svršavaju svoje romane time, što nekog ubiju, otruju, ili ga prosto puste da umre, dotle kod mene, usled potrebe da imam u ovom romanu jednu udovicu, umreće njen muž odmah u početku samoga romana. Ali, da bi se videlo da ja tu stvar nisam naročito udesio, evo, ispričaću sve redom kako je od početka bilo.

Dakle, Alempije iz Prelepnice držao je Aniku iz Krmana. Krmančani su grdno zažalili kad se Anika dade u Prelepnicu. Rekoše: „Pustismo najlepšu devojku te ode u drugo selo; zar mi nismo imali momka za nju?!" Tako rekoše svi Krmančani, a samo neki Janja, za koga kažu da nikad ne ostavlja reč da joj ne nakači rep, vele, uz to je dodao: „Neka je, nek je u Prelepnici, nek i tamo koj' put noćevaju kapetani!" A time je kao hteo malko da pročačka stvari koje su se u selu već davno i davno zaboravile. Još samo baba Kana i danas, kad hoće da priča ma što iz prošlih vremena, pa makar to bilo i priču o onoj Jockovoj batal-vodenici u Prelepnici, svaki put će početi svoju priču ovako: „Još dok beše Maga (a Maga je Anikina majka) mlada, dok ono kod nas u selu često spavaše kapetan, kad je po srezu otkuda išao, za Jockovu se vodenicu govorilo da ne sme mleti sredom i petkom..."

Uostalom, za baba-Kanu se zna da hoće da rekne lošu reč i za mrtvacem, kad dođe noću da ga čuva, a za Janju se zna da je zbog jedne loše reči izeo dvadeset i pet batina usred varoši pred načelstvom, dok je još bilo batina, Bog da ih prosti.

Mogli su najposle govoriti šta je ko hteo, ali Alempije i Anika proživeli su dve i po godine baš lepo. Štaviše, oni bi i još dve i po, ili možda i mnogo više godina proživeli vrlo lepo, da ne poteže Alempije te umre.

Ne može se baš utvrdo kazati od čega je Alampije umro. Jedni vele što je pao s kruške, drugi vele nije, nego od zlih očiju, a treći vele: nije ni to, nego od zle ruke. A kako to nekako sve na jedno izlazi, to bi se gotovo i moglo utvrditi od čega je umro, ako samo ispričamo ceo događaj. Kada se iz te priče izbaci sve ono što su dometnuli rođaci i prijatelji, još one noći kad su čuli pokojnika, ostaje ovakva gola istina: Alempije je dobio poziv da ode sreskom kapetanu, gde je imao da se uzme na odgovor što je pogdekad imao običaj da u tuđem zabranu naseče pokoja kola drva. Pa, kako će čovek da prodangubi čitav dan u varoši, da mu ne bi badava bilo, namisli da ponese i malo voća te da uzgred proda. On je to vrlo lepo zamislio i jedino što bi mu donekle moglo pokvariti račun to je, što on nema svojega voćnjaka. Da bi i tu nezgodu otklonio, on se uputi s košem u tuđe voće i popne se na krušku. Poljak ga međutim spazi, svuče ga sa kruške i tako ga dušmanski isprebija, da je jedva do kuće došao. Otad uhvati neku boljeticu u grudima, i prvo vreme kašljao je onako sasvim muški, a zatim poče kao mače. Pa onda, Bože me prosti, nije više ni kašljao, nego je manje-više šištao i sve je tako tiho govorio kao da nije rad nikoga da uvredi. Kad hoće što da kaže, a on prosto šapće kao kakav božji ugodnik.

Nije mnogo ni bolovao, najviše mesec dana. A lečio se siromah svakojako, ali, kad je što pisano, šta vrede tu lekovi! Gasili su mu četiri puta ugljevlje, popio je dve oke pelena, metao je metlu pod jastuk, prebacio je vatralj preko kuće, kupao se u vodi sa sedam izvora, oblačio je košulju neke babe iz ne znam kog sela, koja se nije nikad udavala, ali — badava, bilo je pisano, i to, bilo je pisano koliko od strane usuda u knjizi sudbine, toliko isto i od strane poljakove po rebrima Alempijevim. A kad i sudbina već počne da vodi ovako duplo knjigovodstvo, te da na dve strane piše, onda šta vrede tu lekovi!

Alempije je dakle svakojako morao umreti, ako nizašto, a ono za ljubav piscu ovoga romana kome, na pakost, još u prvoj Glavi treba jedna udovica.

Sahraniše lepo Alempija, a Anika udovica bez ijednog deteta. Nema joj još ni dvadeset i tri godine, a lepa i snažna, rekao bi čovek može da ponese u svaku ruku po jedno momče i da ga olako digne za jedno koleno. Mnogi su zbog toga sumnjali da ona nije nešto tukla pokoji put pokojnika, ali to nije bilo: oni su odista lepo živeli. Svega pet-šest puta za te dve i po godine ako ga je uhvatila za gušu, bacila ga pod noge i mesila kao da ga je u naćve položila a ne na zemlju. Ali i u tom slučaju, kad bi pokojni Alempije, onako malo strože, viknuo: „Jaoj, Anika, puštaj pobogu!", ona bi ga taki pustila. A i kakav je bio Alempije prema njoj! On mali, nedorastao, žgeba, a ona, bolan, izrasla kao jablan. Obrazi joj rumeni, puni krvi, kao da svagda mrsi, a držala je, bogami, svaki i najmanji post. Ama u svemu je bila tako nekako od Boga udešena, da joj je baš i dolikovalo da bude udovica. Ono što je o pratnji i prve subote malo nešto plakala, nimalo joj nije iskvarilo ni oči ni lice, već ostala lepa da ne možeš oka odvojiti od nje.

Što kažu u selu: „Davno nismo imali ovakvu udovicu, ovakva udovica kao za popa stvorena!", to je, dabome, tako uz reč rečeno, a u stvari nema od toga ništa, osim ako se može za zlo uzeti što pop Pera svrati pokoji put kod Anike da je teši. Svakome drugom moglo bi se to i zameriti, ali popu, kao duhovnom licu, to se nikako ne može zameriti. Jedino ako popovi pristanu uz to gledište da je i pop čovek; onda, razume se, moglo bi se pogdešto i zameriti popu. Tako, na primer, moglo bi se popu zameriti što nikad nije išao u Anikinu kuću dok je Alempije bio živ. Premda se i tu može pop opravdati, jer tada nije imao koga da teši; niti je Alempija imao zašta tešiti kod žive Anike, niti je Aniku imao zašta tešiti kod živa Alempija.

A najzad, što će popu da se pravda. Skupštinari polažu račun svojim biračima; računopolagači Glavnoj kontroli, a popovi jedino Bogu mogu polagati račun, i to na nebu, a na zemlji baš nikome izuzimajući svojoj ženi.

Bog je doduše dobar računoispitač, ali izgleda da ne može da stigne sam, te još uvek ima starih nepregledanih računa. Žena, naprotiv, ona stiže, stiže uvek da pregleda i stare račune kao i nove. Ma kako vi vešto sklopili račune, ona će uvek naći ma kakav „neopravdan izdatak".

Da li je pop Pera imao takve izdatke videćemo u idućoj Glavi ovoga romana, u kojoj će i mnoge druge važne stvari da se otkriju.

GLAVA DRUGA

Po selu Prelepnici šuška se koješta, a to što se šuška moglo bi upravo poslužiti kao Predgovor ovome romanu.

Prelepnica nije malo selo. Već triput do sad podnošen je predlog Narodnoj skupštini da se proglasi za varošicu, i dok je taj predlog propadao, dotle je Prelepnica sve više napredovala. Tri puta je do sada cela Prelepnica prelazila iz partije u partiju, samo da bi stekla sresku kancelariju, i opet je to nekako mimoišlo. Sad su se stanovnici Prelepnice dogovorili da se podele u tri stranke te ako bi se tako nešto pomogli.

Selo leži u ravnici, pod šumovitim osojem, a kvase ga dva potočića. Na jednom je od njih kamena ćuprija sa koje se slazi u čaršiju, ako se tako nazove onaj red kuća od kojih je jedna bakalnica, jedna mehana, jedna berbernica, gde je berberin ujedno i nalbantin. Na drugom potoku, tamo pod selom, leži ona Jockova vodenica što je već odavna batal, te sad u njoj, po odobrenju opštine, sedi neka sirotica Savka, koliko da ima krova nad glavom.

Stanovnici sela Prelepnice sve su krasni ljudi, a ako koji ima i kakvu manu, čovek je, nije anđeo. Kmet Mića, na primer, zaista je dobre i duše i srca; on je takoreći otac svojim seljanima a ne kmet. Pazi svakog, niti će kome učiniti što nepravo. Pa opet ima jednu malu manu: voli okusiti od državne poreze nego ne znam šta. I to nije što ne bi imao od čega da živi, već kao iz nekog načela. Veli: „Dosta, bogami, i država nama zajeda!" A ne može se kazati da on to hoće da utaji, Bože sačuvaj. Naprotiv, kad god ga pritegne gospodin načelnik te kad već vidi da hoće na silu Boga na sud da ga oteraju, a on izvadi iz svog sopstvenog džepa pa plati. Obrazan i pošten čovek, pa veli: „Što bih ja išao na sud; volim pošteno platiti, nego se vući po sudovima!"

Pop Perina je mana njegova žena. Pop zdrav, snažan, liči pre, Bože me prosti, na tobdžijskog narednika, nego na popa, a njegova žena suva, džgoljava. Pop sam za nju veli: „svračica", a pokoji put savije prste u pesnicu i pokaže koštane zglavkove pa veli: „Evo, bogami, ovakva su joj leđa!" Da ne bi pak neko kazao da to popu, kao sveštenom licu, ne priliči da govori o leđima svoje žene, valja odmah da kažem kako to pop ne govori u crkvi, Bože sačuvaj, on crkvu poštuje i u crkvi je pravi svetac. Jedanput samo za vreme službe što je klisaru opalio šamar u oltaru, pa to tako odjeknulo i škripnulo, da su pobožni hrišćani mislili da se otvaraju vrata oltarska.

Što se učitelja tiče, on i ne pripada selu tj. utoliko što i ne izlazi nigde u svet. On za sebe veli da je naučen, pa zato nigde iz škole ne izlazi.

Moglo bi se za ćatu Paju Jeremića kazati da je takođe vrlo naučen, jer nigde iz kafane ne izlazi, ali to ćata ne prima da mu se kaže. On veli: „Ako sam naučen videće se to u svoje vreme, a ne trpim da mi se kaže!" Ovaj ćata bio je kaplar u stalnom kadru, pa za jedno „neću" odležao je godinu dana apse, jer „po vojničkom zakonu nema neću", veli on, „a ja, bogami, i Bogu ću kazati neću kad nešto nije pravo!" (A to „neću" sastojalo se u tome, što je iz nekog pisma komandirovog izvukao banke.)

Posle je bio otvorio kao neki mali dućančić, pa kad mu se na artiklu rakije pokazalo mnogo rashoda, onda je upravo taj artikal učinio te ni na drugim artiklima nije bilo prihoda. Pa kad je jednog dana sve artikle popio, zatvori dućan, obiđe sve one koji su njemu bili dužni, a zaobiđe one kojima je on pokoju sumicu dugovao, pa ode „po espap", kako tada reče. I od tada pet-šest godina nije ga nigde bilo. On kaže da je to vreme proveo u „Nemačkoj" i mnogo se čemu naučio. Kmet i sada kaže, kad pokoji iz sela primeti da ćata mnogo pije: „Pa neka pije koliko hoće; bio je po svetu pa je video, i tamo ljudi piju, i to još kakvi ljudi!" A jedanput mu je i sam kmet primetio da je pijan, ali mu ćata veli: „Ako sam pijan, videće se to u svoje vreme, ali ne primam to da mi se kaže!"

Ima ih koji kažu da je ćata učeniji od učitelja, jer je video mnogo sveta i zna mnogo da priča. On je video ljude što jedu žabe. „Nemci jedu, gledao sam svojim očima!"

— A je li istina, boga ti, ćato — pita Radoje Krnja — da Talijani jedu zmije?

— Istina je — kaže ćata — gledao sam svojim očima. Nudili me, kažu: izvol'te sinjore Panto (sinjore, to kod njih znači gospodine), izvol'te kažu, a ja velim neka, hvala, nisam pri apetitu! Apetit, znaš, talijanski će reći stomak. Tako im kažem, a mislim se u sebi: idi, bedo, da su mi se jele zmije, ostao bih ja u Srbiji pa bih bio bogat čovek.

— A kako ih prave, boga ti, ćato? — pita mehandžija, pa pljesnu ćatu po ramenu onom težinom kretanja ruke, kojom uopšte kreditori spuštaju ruku na rame svojih dužnika.

— Kako?... s lukom. Priprže malo luka i tako... metnu još nešto da miriše...

I tako, uopšte, ćata je znao mnogo iz sveta da priča. A kad se još i napije, zaboravi kako je to trezan pričao, pa sve drukčije i opširnije.

Jedanput, tako praznik neki, pa gde će narod posle liturgije nego u mehanu, jer toga dana pop Pera je baš govorio slovo u crkvi i propovedao kako su blagdani za to upravo, da se hrišćani i telesno i duševno odmore. Dobra pastva otišla je sva sa službe u mehanu, koliko da se duševno odmori, a pastva je zatekla tamo ćatu manje-više već odmorenog duševno. Ćata je baš pričao kako je svojim očima gledao čoveka kako leti kao ptica. Ima tri „šrafa”, dva ispod pazuha i jedan ispod trbuha, i tu ćata pokaže gde bi otprilike stajala sva tri „šrafa”.

— Prvo odvije ona dva šrafa ispod pazuha, cvrr... cvrr... cvrrc... pa mu se razviju krila, pa onda onaj šraf ispod trbuha vrrrr... vr... vrrrc... pa mu se nešto izmeđ' nogu naduje — tako nešto kao mešina, a vezan užetom za zemlju, pa tek... — tu kad vide ćata da je radoznalost slušalaca doveo do vrhunca, a on polako, čitavih deset minuta, ispija čašicu... — Kaži, Arso, nek mi donesu još jednu!

Arsa, dabome, naručuje.

— Pa tek, puf... nešto učini i poče ona mešina izmeđ' nogu da se nadima i odušuje, a krila kao u ptice... ode, ode, ode... Marko, kaži!

— Sme li svaki? — pita Radoje Krnja.

— Ko ga zna! Kažu meni Nemci: izvol'te sinjor Panto, probajte vi (sinjor, znaš, kod njih znači gospodin) a ja rekoh: hvala; a žao mi je i sad, trebao sam da probam.

— To si baš trebao! — dodaju dvojica-trojica.

I tako je ćata pričao dok su ga slušali. A slušaoci su jedan po jedan odlazili, a poslednji sam ostao Radoje Krnja.

Kad su ostali sami, Radoje mu se poverljivo približi, sede za njegov sto, poruči mu rakiju pa će tek početi:

— Ovaj, ćato... ti si takoreći naučen čovek.

— Ako sam naučen, videće se to u svoje vreme, a ne primam da mi se to kaže! — veli mu ćata, pa zavuče obe ruke u džepove od prsluka.

— Molim, molim — dodaje Radoje Krnja — ja nešto drugo hoću da ti kažem.

— Izvol'te, kaži.

— Pa, eto, da li ti znaš kuda je otišao pop iz crkve?

— Ne znam. Ako nije kod Anike?

— Jeste, bogami, ali ima nešto poviše što ja hoću da ti kažem.

A valja znati da je Radoje Krnja bio udovac, i da nije krnja, našao bi dosad sebi druga, al' ovako, čeka samo gde će koja udovica da ostane, pa i tu obično mu pokvare posao oni što teše udovice.

— Šta ima poviše?

— A što nije jutros kmet bio u crkvi?

— Pa zar mu ja znam — odgovara ravnodušno ćata i lupa praznom čašom u sto na Radojev račun.

— I on je jutros, za vreme službe, bio kod Anike, a po selu se kaže da mu to nije prvi put što ide.

— Kmet?! — planu ćata i lupi pesnicom o sto — a zašto on to krije od mene?

Ispi još jednu pa se ljutito diže.

Radoje Krnja ostade veseo u mehani da plati ćatinih jedanaest čaša, a ćata ode kao besomučan zalupiv vratima.

U kojoj Anika, bez ikakvih naročitih razloga,
rađa muško dete na trinaest meseci po smrti
svoga muža.

Prošlo je dosta dana odonda kako je Radoje Krnja govorio ćati u mehani o kmetu i popu, te se ćata onoliko naljutio. Ljutio se ćata otada još nekoliko puta te izgleda da su se on i kmet kao nekako popreko gledali.

A Radoje Krnja ni otad nije ostao miran, već je i dalje šuškao i buškao i govorio po selu koješta. Međutim, pop nije hteo ni da se osvrće na to. Samo jedanput, i to više onako blago i očinski, prebacio je to Radoju i rekao mu:

— Ako te samo još jedanput čujem da laješ koješta za mnom, sateraću ti sve zube u grlo, i neću ti dati više naforu u crkvi, to da znaš!

A Radoje Krnja, kao što bi i svaki drugi pobožni parohijan, reče popu:

— Ono, kad bi crkva bila piljarnica, a nafora praziluk, i mogao bi mi i dati i ne dati. A moji zubi, pope, kad već siđu u grlo, onda nekako ni tvoja čita neće ti biti tesna, nego će da siđe preko nosa i preko ušiju; a ako lajem pope, u školi sam naučio još dok si ti bio učitelj!

Popa kao pametan čovek ne odgovori Radoju ništa, samo što baci jedan tužan, sažaljevajući pogled na Radoja, kao na „izgubljenu ovcu" koja je kadra čak i popu da nabije čitu na uši.

Međutim se za Radoja ne može reći da je bio „izgubljena ovca"; pre bi se gotovo moglo reći da je on bio „izgubljeni ovan", jer otkad mu se, evo, izmače i treća udovica, te ostade bez nade da će se kadgod moći i on oženiti, poče da buče po selu toliko, da je već i kmet sa ćatom razmišljao: kako li bi mu se mogli skratiti rogovi.

Najposle, ko bi se još u selu obzirao i na Radojeve reči, da se samo nije desilo nešto drugo.

Bio veliki praznik, mislim Blagovesti, te se sabrao narod u Prelepnici čak i iz drugih sela. A kad se tako zbere narod, pop Pera neće propustiti priliku da progovori koju u crkvi. Ima jedno pet-šest godina kako se pop Peri prohtelo da bude narodni poslanik, te otad češće progovori u crkvi. Raja iz Krmana čak kazao jedanput pred mnogima: „I istina je ljudi, umeo bi pop Pera da nam vajdiše!" Pa onda i mnogi drugi su tako mislili, ali, što je glavno, to je, što je i pop Pera tako mislio.

Od to doba ide pop Pera češće i u mehanu. U mehani je pogdekad lupio pesnicom o sto i uzviknuo: „Oni gore ne znaju šta narodu treba, a nema ko da im kaže!" A u više crkvenih beseda i ovo je umetnuo: „Narod treba da ima dobre zastupnike i pred Bogom i pred zemaljskim vlastima. Dobar zastupnik pred Bogom izneće mu narodne molitve, a dobar zastupnik pred zemaljskim vlastima izneće i braniće narodne želje!"

Dakle, i na Blagovesti govorio je pop Pera besedu, a u toj besedi najvažnije je što je hteo da kaže: da na napuštenoj njivi svi treba da delamo zajednički. (Kod ovih se reči Radoje zakašljao, a pop održao reč te mu posle ne dade naforu.) To što je hteo da kaže, pop je vrlo lepo kazao, i svršila se božja služba, pa svi izišli lepo u portu crkvenu, i tu kao ljudi zastali te će neko progovoriti ovo a neko ono.

Tu pop Pera, kmet i jedan odbornik, tu kmet iz sela Burinca, pa onda Rajko, bivši kmet, tu dućandžija Jova, pa Isajlo iz Drajkovca i još drugi. Nisu samo u tom društvu mehandžija i ćata; oni su u mehani svaki na svom poslu.

Seli pod kestenom, što se lepo razgranao pred crkvom: pop, Isailo, i kmet, a ostali ko stoji te se oslonio na štap, a ko doneo kamen te seo na nj. Pripalili cigare i puše te se upustili u razgovor.

Isajlo iz Drajkovca priča kako je čuo od ljudi, koji su bili u čaršiji, da u Rusiji ima kolere, pa se povede reč o tome, i dućandžija ispriča nadugačko i naširoko kako je brat njegovog dede umro od kolere „kao pile". Veli: „Časkom, brate, tek pogleda nas sve redom što smo bili tamo (ja sam bio mali), pa se uhvati rukama za trbuh i umre!" Posle već progovorili su neku reč i o čumi, ali pop ih obavesti, veli im:

— Čuma, brate, to ne postoji. Ne može se istorijski dokazati da postoji; to više onako u narodnim pesmama!

Kmet iz Burinca priča opet kako će da se uvede neki nov prirez za naoružanje, veli, pričao mu sam pisar iz sreza. Pop Pera, razume se, nalazi da, kao čovek koji pomišlja na poslaničko mesto, treba da kaže svoje, pa veli:

— Što se tiče naoružanja, to je utvrđena potreba, samo ja nisam za prirezni sistem naoružanja!

Tu popovu rečenicu kaza kmet drukčije tj. on je i za naoružanje a i za prirez, a nama je već iz ranije poznato da ovaj kmet voli prireze.

Posle ovoga razgovora, odbornik pomenu kako bi trebalo crkvu okrečiti, ali, kako niko ništa na to ne reče, opet obrnuše reč te o ovome te o onome, i gotovo se narazgovarali i digli se na noge, te hoće da pođu malo do popove kuće, a približi im se Radoje Krnja pa:

— Pomozi Bog, srećan praznik!

Ama to Radoje reče nekako žurno čim je došao, inače on ide ponajlak i gega kad ide. Pa i to što je čestitao praznik drukče je nekako kazao, sve se smeši, i kao zadovoljan je i pakostan je i jedak je.

— Bog ti sreće dao! — vele mu svi.

— Daj Bože — odgovara Radoje — ovaj nam praznik doneo dobra svima! Daj Bože, da nam godina bude berićetna, ovce nam se jagnjile, krave nam se telile, pa čak i udovice, daj Bože, rađale sve mušku decu! — pa to Radoje izgovori kao da drži čašu u ruci, a pakosno se smeši i gleda sve redom.

Pop kao nešto proguta, pa onda se pribra i poče kao u šali:

— E, e, ti to baš ređaš i kao zdraviš! A kome zdraviš?

Radoje se i dalje smeši pa veli:

— I zdravim, bome!

— E pa, neka je na zdravlje! A sad ajdemo do popove kuće pa i da ispijemo — dodade kmet pa se okrenu i otpoče malopređašnji razgovor kako bi trebalo zaista okrečiti crkvu.

— A zar, boga vam — uzviknu Radoje za njima — zar ne znate šta je novo?

— Jok! — kaže Isajlo. — Do ti ako ćeš da nam kažeš?

— Hoću, dabome da hoću da vam kažem, jer vredno je da čujete, vredno je da čuje beli svet a nekmoli starešine narodne i crkvene! — pa na te dve reči „narodne” i „crkvene” udari jako glasom i namignu i kod jedne i kod druge.

— Pa — nastavi Radoje — udovica Anika rodila jutros, rodila muško!

Pop se napravi kao da nije čuo, već poče da namiče čitu na čelo i pita:

— Ama koja rodila, je l' ona Savka?

— Nije Savka, pope, već Anika, udovica!

Pop proguta ono što beše i prvi put progutao (biće da mu je malo zaigralo koleno, ali se pod mantijom ne vide), pa onda pogleda kmeta, kmet pogleda odbornika, odbornik pogleda dućandžiju Jovu, a dućandžija Jova, kao najmlađi u društvu, pogleda u zemlju. Najposle diže glavu dućandžija Jova pa veli:

— Pa neka joj je srećno, nećemo valjda na babinje, ajdemo popu!

— Ama ljudi, taman sad godina i mesec kako joj umre muž Alempije!

— Tako će biti, godina i mesec — dodaje pop sasvim ozbiljno, kao da ga neko pita. — Baš se sećam — veli — kao danas, nije mu bilo pomoći. A dobar je bio pokojnik, samo što je imao pogane ruke.

Radoje se sad okrete Isajlu, pa veli:

— Rađaju li, boga ti, u vas udovice trinaest meseci po muževljevoj smrti?

— Ama to će biti neka đavolja posla! — veli Isajlo. — Zar mu ti to nisi uhvatio krajeve, kmete?

— Ko, ja? — pita kmet. — Uhvatio sam, kako da nisam uhvatio!

— E, pa, zato je kmet — dodaje Radoje — da pazi da ne padne neka sramota na selo, kao i pop što je zato tu, da pazi da se narod ne iskvari i da ne prestupi zakone božje!

Međutim, dok je to Radoje govorio, pop je jednako razmišljao, da nije baš danas trebalo u crkvi da govori o tome, kako na zapuštenoj njivi treba svi zajednički da delamo; pa onda, razmišljao je o tome, kako je kmet užasno glup, jer sad kad je trebalo makar šta da kaže a on ćuti, pa najzad pade mu na pamet i to, kako bi zaista trebalo crkvu okrečiti. I sve je to nekako brzo prošlo kroz njegovu pamet, te nije ni čuo šta se dalje govori. Diže zatim glavu, pa reče Isajlu i kmetu iz Burinca:

— Ne biva ovde da razgovaramo, ajdemote do moje kuće. Mnogo me zabrinula ova stvar. To se nije nikad u Prelepnici dogodilo. Ajdemote, braćo, do mene!

Uistinu i odoše. A Radoje otrča u mehanu da i tamo javi novost, a odatle će posle na bunar da kaže ženama; a sići će još i do vodenice, jer će i tamo biti štogod naroda, pa će najzad ići i od kapije do kapije, a teško da neće poći i u koje drugo selo.

GLAVA ČETVRTA

Iz koje će se svako uveriti da sitni uzroci često mogu imati krupne posledice.

Može li biti sitnije stvari no što je četvrt kile mesa koliko, recimo, ima jedno novorođenče? I eto, tako sitna stvar mal' te nije donela krupne i nedogledne posledice u selu Prelepnici.

O samom događaju, koji se desio u prošloj Glavi ovoga romana, ispočetka se samo šaputalo pogdešto i niko, sem Radoja Krnje, nije smeo onako na sav glas da kaže šta misli. Pogdekad samo, u kafani, ako ko uz polić kaže onako što izdaleka i podmigne okom na susedni sto.

Ali nevolja nastaje tek od časa kad se žene dočepaju takve tugaljive vesti. One je prenose, uveličavaju je, i to sve nekako lepo i uglađeno. Zađu, na primer, po kućama, pa počnu razgovor sasvim izdaleka, o skupoći, o mlađima, o kvartirima, pa tek, i to onako sasvim uzgred, naviju na to kako je taj i taj muž oterao ženu. Ili, ako ne tom prilikom, a ono u crkvi, za vreme onoga najdužega „i...” u heruvici. Jer, valja znati, da to „i...” svi bogomoljci smatraju kao pauzu kad se može pogdešto i progovoriti. Dakle za vreme te pauze susetka će reći susetki: „Koliko se molim Bogu za sebe, toliko i za svoju komšiku Perku. Ne znate koliko je to nesrećna žena i šta trpi od svoga muža. Ne volim, znate, da od mene izađe ta reč, ali me je žao. Pa, zaboga, komšike smo, mora čovek da voli svoga bližnjega!” I sve to nekako uvijeno, obučeno, kao i da nije htela da kaže.

U selu to mnogo drukčije biva. Stane Stanojka na vratnice pa doziva svoju komšiku Paunu, koja je recimo u šljiviku:

— Pauna, o, Pauna!

— Oj!

— Jesi li čula šta se veli za Anikino dete?

— Nisam!

— Kažu: liči na popa.

— Ama nemoj grešiti dušu!

— Jes’, bogami, vele: pljunuti pop, samo da metne epitrahilj pa da služi!

Tako recimo Stanojka Pauni, a Stamena Živki dovikuje sa plasta sena te se ori livadom sve do druma.

— Živka, o Živka! Ču li ti za ono Anikino dete da liči na kmeta?

— A ja čujem — odgovara Živka s druma — na dućandžiju!

I tako se glasno poče već po celom selu da uzvikuje i da dovikuje.

Ispočetka ne hte ni jedna žena da ode Aniki, nego još svaka okreće glavu kad prođe kraj njene kuće, a posle, svaka redom pođe da obiđe siroticu, ko bajagi da je daruje, sevapa radi, a u stvari samo zato da se svojim rođenim očima uveri na koga dete liči. A kako se koja otud vrati, priča sve više raste te se ispredaju čitava čuda.

Najposle, žene kao žene, malo im bilo što svojim pričama na-grdiše popa, kmeta i dućandžiju Jovu i ne znam još koga, nego svaka opazila na detetu i po nešto što na njenoga muža liči pa kad se vratila napopastila siromaha. Tako, na primer, Stana Ivkova dočekala grešnoga Ivka još na vratnicama:

— Stani — veli mu — Ivko, da ti nešto zagledam oči!

— Ene, jesi l’ izludila? — iščuđava se Ivko.

— Pa da vidiš i nisam. Nego otkud u tebe oči kao u onoga tamo?...

— Ama u koga?

— U ono Anikino!

A Ivko joj pokaže šaku koliko da joj ukratko kaže kako mrzi objašnjenja, te Stana zaćuti. To tako Ivko, a za Radovana Kneževića vele da je fljisnuo ženu po nosu zato što mu reče da je u Anikinog deteta nos kao u njega; dok za Spasu Vidojkovića kažu čak da je izgruvao ženu pesnicama u leđa, iako mu ona nije kazala da leđa detinja liče na njegova, nego joj se samo učinilo da su im usta slična.

Pa onda malo-pomalo počeše jedna drugoj: „Pa ti si mi kazala ovo!" A ona njoj: „A ti si meni kazala ovo!" Te uzeše da se i svađaju, pa da se pljuju i da se hvataju za kike.

Nastade pravo čudo i bruka po selu. I da je ostalo samo na ženama, ni po jada, nego se i ljudi pozavađaše.

Prvo se, vele, zavadi kmet i ćata. Još odmah posle onoga razgovora sa Radojem Krnjom, kad mu je Radoje kazao da je kmet za vreme službe božje bio u Anike, ćata je prebacio kmetu:

— A ti, kmete, tako?

— Šta ja tako?

— Mesto u crkvu, a ti tamo u Anike. Hoće da ti pukne bruka, a kapetanove uši dopiru i do našega sela, jer upamti: što veći činovnik to veće uši!

— Ama, šta ti to meni! — kao buni se kmet.

— To što ti kažem! — veli ćata.

To su vodili takav razgovor onda još, a sad, kad već puče bruka, dođe izmeđ' njih i do malo oštrijih reči.

— Rekoh li ja tebi, kmete, sve će se to čuti u svoje vreme.

— A šta to? — buni se kmet.

— Pa ova bruka! — veli ćata.

— Nema tu nikakve bruke. Ja tu Aniku takoreći i ne poznajem. Sećam se pokojnog Alempija, pri'apsio sam ga dva-tri puta, ali nju ne znam.

— Drugom ti to, kmete! Nisam ja ludi Tiosav pa da mi previjaš hladne krpe. Znam ja tebi sve tragove.

— Znam i ja tvoje! — izbrecnu se kmet.

— E, kad znaš, kmete — planu ćata — a mi ćemo onda jedno drugom poći po tragu, pa šta kome Bog da!

I posle tog razgovora kmet i ćata sasvim ućutaše, skoro kao i da se ne poznaju.

Pa onda kmet se zavadi i sa dućandžijom Jovom. Veli mu:

— Ti si Aniki davao na veresiju.

— Jesam! — veli Jova.

— Pa nemaš raboš u koji si beležio.

— Nemam — veli Jova.

— Dabome da nemaš, jer si drugači raboš imao, a ne kao što priliči čestitom trgovcu. Eno ti sad, tvoj se raboš porodio. Da nisi beležio, ne bi se porodio. Idi, pa uzmi dete!

— Ama, otkud ja? — buni se dućandžija.

— Da ko će? Je l' priznaješ da si joj davao onako... na veresiju?...

— Pa jes', al' ja to... jerbo imam milostivo srce.

— E, pa kad imaš milostivo srce, a ti uzmi dete. Tvoje je!

— E, pa, znaš, kmete — dodija i dućandžiji — ako ćemo tako, zna se čije je to dete. Moja veresija nije jača nego tvoja vlast.

— To da mi nisi više kazao! — planu sad kmet.

— Tebi neću ni da kažem nego kapetanu, na isleđenju! — uzviknu dućandžija, a kmet ponovo planu i opsova mu ono što vlast, po poznatom nacionalnom običaju, psuje svojim građanima.

I od toga doba ućutaše dućandžija i kmet pa ni dobar dan jedan drugom da kažu. Kad je to čuo pop, a on stao uz kmeta te se posvađa i on sa dućandžijom, a dan zatim, planu i svađa između popa i kmeta. I ta je svađa bome bila dosta debela.

Dođe kmet u popa pa poče lepo prijateljski:

— Došao sam, pope, da razgovaramo šta ćemo s ovim?

— Kojim? — pita pop.

— Sa ovom brukom što puca po selu.

— A šta se to mene, kmete, tiče! Nije to moja briga već tvoja, te svako neka nosi svoju brigu!

— Ama kako? — zgranu se kmet.

— Pa tako, brate, to je opštinska briga! Nije, da kažeš, da je palo zvono sa crkvene zvonare, nego našlo se dete u opštini, e, pa opština neka i brine brigu.

— Ama, jeste to... ne kažem — poče kmet onako šeretski — ali, kô velim, i crkva je imala svoj deo.

— Kakva crkva, kakav deo?

— Nemoj da se praviš lud, pope! — poče kmet otvorenim kartama. — Još se pokojni Alempije nije ni ohladio u grobu, a ti si već počeo da trčiš tamo u Anike.

Popu planuše oči, a zatrese se brada.

— Ama zar ti meni? Zar ti? A celo selo zna, dok sam ja nedeljom služio službu božju, ko je bio u Anike. Nije te ni sramota: vlast, hrišćanska vlast, a nikad u crkvu nisi navirio.

— Vala i da ga ne navirim ako ćeš ti za mene da se moliš Bogu!

— A što kao, kmete, ne bih se ja mogao moliti Bogu za tebe, sem ako su ti gresi toliki da ti treba deset vladika i tri patrijarha da te izmole u Boga!

— Nije zato, pope, nego što su tvoji gresi veliki. Zar ti da se moliš Bogu za mene, a zatekao sam te strasne nedelje da jedeš čvarke!

— Ako sam ih i jeo, kmete, moji su čvarci bili, a nisam jeo kao ti državnu porezu!

E, kod tih reči zaigra kmetu ribić na mišici, pa steže malo jače batinu koja mu je bila u ruci, ali se uzdrža i samo dodade:

— Ajd', ajd', pope, neka smo živi i zdravi, al' dočekaću ja da te vidim obrijana.

— Ne znam, sve može biti na ovome svetu, al' da ću ja dočekati tebi da vidim bukagije na nogama, to znam kao što znam Očenaš.

I kod tih se reči rastadoše smrtno zavađena dva najbolja prijatelja, pop i kmet.

Od to doba pop ne drži više nikakve besede u crkvi, pa i ne viđa se mnogo, jedva ako ode do crkve pa pravo kući. Dućandžija Jova i ne izlazi iz dućana na razgovor. Kmet i ne ide više u mehanu, a ćata i ne izbija iz kafane.

Radoje Krnja sad se još više prilepio uz ćatu pa mu došaptava mnogo štošta i plaća mu redovno.

Eto tako se zavadi celo selo i najbolji prijatelji u njemu, i to da sa čega, nego ni sa čega. Zbog jedne sitnice od litre mesa.

GLAVA PETA

Krštenje.

Ni dan-danas se ne zna tačno da li su taj plan skovali ćata i Radoje Krnja zajedno, onako uz polić rakije, ili je to samom Radoju palo na pamet: tek on se jednoga dana diže pa pravo gore Anikinoj kući i zakuca na vrata. Anika nije trpela Radoja Krnju, jer je znala da je olajava po selu, ali kad dođe, što će, ne može ga oterati.

Uđe Radoje, razgleda po sobi, opazi dete na ponjavi, pa će se tek okrenuti Aniki:

— Znam ja, Anika, da ti mene ne mariš, ali ako, u nevolji se poznaju prijatelji. Poznaćeš me, pa ćeš videti da ti ja zlo ne mislim.

Anika ćuti, jer ne zna šta joj misli reći Radoje.

— Zgodilo ti se, eto, dete — nastavi Radoje — pa, evo već tri nedelje, a držiš ga nekršteno u kući.

— Pa krstiću ga! — reče osorno Anika.

— Krstićeš, da, ali u celom selu ne možeš naći kuma. Oni tvoji prijatelji sramote se da se nazovu kumovi detetu, a ako neće oni, bome neće ni drugi da se primi.

Anika na to nije mislila dosad, ali joj se sad učini da je odista tako, i obrati pažnju na Radojevo kazivanje.

— A ja velim — nastavlja Radoje — velim: što ako je ono bez oca, opet je to božja dušica. Grehota je stideti se božjega zakona. Pa, velim, baš sevap je prihvatiti siroče. Eto, rekoh, idem ja Aniki, pa kad drugi neće, ja ću dete krstiti.

Aniku čisto iznenadi ova dobrota Radojeva i, kako joj, od porođaja do ovog razgovora, gotovo niko nije prijateljsku reč rekao, to joj se dopade Radojev predlog te pristade bez reči i još mu reče:

— Hvala ti kô bratu!

I tako ovaj podmukli plan Radojev ispao bi potpuno za rukom da je on samo umeo ćutati. Ali odmah sleže u mehanu, naruči svima koje tamo zateče po čokanj rakije, te kad ga radoznalo zapitaše što časti, a on će u sav glas:

— Okumila me ona sirota Anika što ima dete bez oca, pa velim, za takvo kumstvo pravo je da platim čast.

I to se začas prosu po selu da će Radoje Krnja kumovati detetu, te svi udariše u glasan smeh kad to čuše. Samo pop, kad i do njega glas dopre, ne udari u glasan smeh. Njega naprotiv prođoše žmarci po celom telu i po mantiji. Njemu ujedanput iziđe pred oči čin krštenja pri kome, štaviše, on mora i činodejstvovati. On vide lepo gomilu sveta u crkvi, koju je Radoje čak i iz drugih sela srikao. Poteglo u crkvu i malo i veliko i što bi došlo u crkvu i što ne bi. Pa onda Radoje Krnja kum, te svi nagađaju zašto se on primio. On bi izvesno nadenuo detetu ili popovo ili kmetovo ime. Pa već ajde, ništa to, ali kad sveštenik treba dete da zapiše u protokol „kreščajemih", pa kad dođe da zapita: „ko su mu roditelji?" — a na ta pitanja odgovara kum — da Bog sačuva šta bi sve tom prilikom mogao Radoje Krnja da kaže pred onolikim narodom.

Sve to pade popu na pamet i zatrese se mantija na njemu, i pod mantijom mu zaigra srce kao u zeca kad zagleda u puščanu cev. I zabrinu se pop, utoliko pre što nema s kim da se posavetuje, ni s kim da se zabrine, jer su se, kao za pakost, svi koji bi tu brigu trebali zajedno da brinu zavadili među sobom. Pop uvide da im je sloga u ovako teškim trenucima potrebnija no ma kad ranije, i seti se da je on i po svome svešteničkom činu pozvan da miri ljude među sobom, pa se diže i pođe u kmeta koji ga je najljuće uvredio.

Kmet ga popreko pogleda kad uđe k njemu u kancelariju, ali pop poče blago i tiho, kao pravi hrišćanski propovednik. On najpre napomenu kmetu kako „samo sloga Srbina spasava" i uz to dodade onaj stih: „Slogom rastu male stvari, a nesloga sve pokvari", pa se onda pozva i na ono: „Ko ti iskopao oko?" — „Brat!" — „Zato je tako duboko"; pa mu onda ispriča i onu priču kako je jedan car na samrti zvao sedam sinova i uzeo sedam šibljaka, pa je najpre tih sedam šibljaka vezao u jedan snop i dao sinovima da ga prelome, i nijedan ga nije mogao prelomiti, a kad je šibljiku po šibljiku odvojio zasebno, svaka se lako prelomila. Pop je kao time hteo da kaže da je on jedna, kmet druga šibljika, a dućandžija i ćata treća i četvrta. Najzad da bi kmeta potpuno ubedio, pomenu mu i propast srpskog carstva na Kosovu sa nesloge velmoža.

Ovo je poslednje kmeta toliko uzbudilo, da je svojim rođenim očima video kapetana sreskog kao Bajazita, a njih četvoro: sebe, popa, dućandžiju i ćatu, kako leže mrtvi na Kosovu kao Jugovići. I kmetu, koji je čak i pri pregledu kase tvrda srca bio, naiđoše suze na oči, pruži ruku popu i poljubiše se.

Čim su taj svečani čin obavili, oni se digoše zajedno te u dućandžije sa kojim stvar, izgleda, nije išla tako teško. Sa nekoliko hrišćanskih reči njega pop osvoji te svi pružiše jedno drugome ruku. E, ali sad je bio na redu ćata, za kojega su se pribojavali da ga neće lako prelomiti, a nisu mogli ni maći bez njega. Bacilo ih u brigu naročito to što im kmet saopšti da je ćata u poslednje vreme navalio nešto da ide u varoš. Stoga se digoše sva trojica te u sudnicu ćati. Zatekoše ga, uzjahao stolicu, puši i zvižduće i nazvaše mu Boga. Ćata se iznenadi kad ih vide zajedno, i odmah se okrete kmetu rečima:

— Slušaj, kmete, hoću sutra da idem u varoš!

— Dobro idi — poče kmet blago i ljubazno. — Evo daću ti moga konja!

— Neću tvoga konja, ’ramlje na jednu nogu.

— Molim te, ćato — uvija kmet — baš da ’ramlje na obe noge, pa opet, to bi bila uvreda za mene kad ne bi uzeo moga konja.

— Ama što je uvreda za tebe kad konj ’ramlje?

— Sasvim uvreda, ćato. ’Ramao on ili ne ’ramao, nije tu u pitanju konj, nego ja. Ja ću pokrhati sve četiri noge mome konju, ali neću da me vređaš.

Tu se sad umeša pop i dodade:

— Ja mislim, ćato, ako kmetov konj ’ramlje, ne ’ramlje kmet.

— Pa neću valjda kmeta jahati?

— Ne, al’ nemoj ga ni vređati zbog jednog konja.

— Pa dobro de, dobro, eto, neću ga vređati. Uzeću njegovog konja! — popusti ćata.

Kmetu se učini da je sad zgodan trenutak da se koristi ćatinom popustljivošću, pa poče sasvim meko i slatko:

— A bi l’ ti nama kazao, ćato, što ćeš sad u varoš? Je l’ hoćeš da pazariš što, ili da se provedeš, ili ideš može biti kapetanu? — i ove poslednje reči kmet naglasi i baci značajan pogled na popa i dućandžiju.

Ćata ćuti i ne odgovara ništa.

— Zašto ko bajagi — nastavlja kmet — ne bi meni, kao bratu, ili jednom reči kao kmetu, kazao šta ćeš kod kapetana?

— Čuće se to u svoje vreme! — odgovara ćata svojom omiljenom rečenicom.

— Ama znam ja da će se to čuti, ali — zašto ti to ne bi meni rekao kao svome svoj?

Pop opet priskoči svojim govorničkim darom kmetu u pomoć. Veli:

— Ćato, brate, zla su vremena naišla. Iskrenost je iščezla među ljudima, a zloba se zacarila. A na iskrenosti počiva i porodica i opština i država...

— Znam ja, pope, na šta ti naviljaš! — prekide ga ćata.

— E, pa, ako znaš utoliko bolje! — prihvati pop. — Onda reci sam, je li lepo da budemo ovako zavađeni i otuđeni jedno od drugoga, a toliko briga ima koje treba zajedno da nosimo. Eto, vidiš, i mi smo se izmirili među sobom, a znaš koliko i tebe čestvujemo i volimo. Pa zašto da se ti odvajaš od nas?

Ćatu zbilja dirnuše te popove reči, pogleda ih sve redom i vide ih kako su zabrinuti i utučeni, pa mu se ražali kao da su svojta. Razmisli malo, razmisli, pa će reći kmetu:

— Znaš šta je, treba mi jedno pedeset dinara; da l' mi možeš dati iz onog prireza?

— Pa mogu, ćato, što da ne mogu. Prirez nije moj pa da kažeš da ne mogu. A hoćeš u varoš?

— Neću!

— Takvog te hoću! — kliknu kmet, zagrli ćatu, otvori kasu, turi ruku u prirez i dade mu pedeset dinara.

Posle već, izgrliše se i ostali i na ćatin predlog odoše u mehanu.

Kako u mehani nije bilo nikoga, to su smeli i malo glasnije govoriti, te čim prvi čokanj pade na sto, iznese pop i brigu koja ih mori.

— Takva i takva stvar — veli — Radoje Krnja se okumio sa Anikom, pa će sad u nedelju da donese dete u crkvu da ga krsti! — i onda iskaza sve što se može desiti i kakva bruka može nastati.

Pop je to govorio svima, ali je u stvari gledao pravo ćati u oči i to pogledom koji bi rekao: „Ćato, brate, šta ti kažeš na to?"

— Ja ne znam šta bi se tu moglo raditi — uze pravo kmet da razmišlja. — Manj' ako bi bilo kakvoga zakona po kome bi se moglo zabraniti Radoju da kumuje.

— Ne može da bude takvog zakona niti ga je bilo, pošto Radoje nije inoverac — objašnjava pop.

— Šta ti onako misliš, ćato? — zapitaće kmet.

Ćata se zamisli, zamisli se, a svi nestrpljivo uprli pogled u njega. Najzad on slegnu ramenima pa reče:

— Ne ostaje ništa drugo nego da izvršimo državni udar!

— Kako to, brate, ćato? — zapita zabrinuto pop, koji je jedini u društvu znao šta je to državni udar.

— E, pa tako! — objašnjava ćata i naručuje nov čokanj. — Je l' će Radoje u nedelju da krsti?

— Jes'! — veli kmet.

— A je l' danas sreda?

— Jes' — odgovori pop.

— A može li sutra ujutru, o jutrenju, da se krsti dete? — pita dalje ćata.

— Može, kako da ne može! — odgovori pop.

— E, onda, čujte! — nastavlja ćata, a svi načuljili uši i čisto se pribili bliže njemu. — Sutra ujutru, o jutrenju, ti pope budi u crkvi, a ti kmete pošlji Sreju birova u Anike neka ode i neka kaže: Poslao kmet da se odmah donese dete u crkvu da se krsti, jer ne sme, po zakonu hrišćanskom, i dalje ostati nekršteno. Ako Anika nešto zapne pa reče: Krstiće ga Radoje u nedelju, neka Sreja kaže: U nedelju pop neće biti u selu, a Radoje je pozvan i eno ga čeka u crkvi.

— Pa onda? — učini pop kome poče da biva jasan državni udar koji je ćata smislio.

— Pa onda, neka Sreja u ime opštine krsti dete!

— Jes', bogami! — svanu popu i rastera mu očas brigu sa čela. — Vala, ćato, i vladika bi mogao biti sa tom pameću.

— Eto, ovako nešto ne bi umela smisliti ni Glavna kontrola! — dodade kmet, kome je zbog prireza Glavna kontrola izgledala uvek kao nešto najstrašnije u zemlji.

Dućandžija, ne znajući šta bi kazao, a u znak odobravanja, naruči pola litra rakije odjednom.

— A kako bi bilo — dodaje kmet uz dalji razgovor — da opština odredi i koje ime da se da detetu?

— To ti nije rđavo, kmete — prihvata pop — jer mogao bi Sreja, na primer, iz poštovanja prema tebi kao kmetu, da da detetu tvoje ime.

— Taman — učini kmet prestravljeno i sad mu samome bi još jasnije koliko je pametan bio što je to pitanje podstakao.

— Ja mislim — zinu sad prvi put dućandžija — da vidimo u kalendaru koji je svetac sutra pa to ime da mu damo.

Popu se učini ovaj predlog umesan, pa odmah zavuče ruku u džep od mantije, izvuče jedan masan kalendar i poče da ga prelistava i da švrlja prstom po njemu. Zastade na četvrtku, pročita pa reče:

— Trofim!

— E, pa, eto, da mu damo ime Trofim! — pristade dućandžija.

— Kakav Trofim, more — veli ćata — pa da se smeje celo selo. Nego, izberite mu neko čestito ime.

Posle već počeše da padaju predlozi, te Pavle, te Todor, te Vićentije, te izređa se čitav niz lepih i čestitih imena, ali se ni kod jednog ne zadržaše, jer se uvek našlo da u selu ima pokoga koji nosi takvo ime pa da ne bi nešto taj posle digao dreku. Najzad će neko pomenuti ime Milić i zastadoše na njemu. Promisli svaki za se i nađoše da u selu nema baš nikoga koji nosi to ime, te i ostadoše pri tome.

I odista, sutradan o jutrenju, bi sve onako kako je ćata udesio. Izvrši se državni udar iznenadno tako da, kad Radoje Krnja pred podne ču da je to jutro dete kršteno a on pisnu kao guja u procepu:

— Otkako je sunca i meseca nije bilo većega nasilja no što je ovo: otimati čoveku kumstvo. Ni Turci to nisu činili, a evo šta doživesmo pod slobodom i u svojoj rođenoj državi!...

GLAVA ŠESTA

U kojoj se dešava nešto čemu se nisu nadali čitaoci, no čemu se nije nadao ni odbor opštine prelepničke.

U ovoj se priči, sve dosad, nije pojavljivao opštinski birov Sreja, ne zato što on uopšte nema običaj da se pojavljuje, već prosto zato, što piscu sve do ove Glave nije bio potreban. Inače, Sreja ima baš taj lepi običaj da se pojavi i zvan i nezvan, pa bilo to na večeri ili o slavi ili na ručku i daćima. To sve tim pre, što Sreja i sebe ubraja u „opštinu". On važno veli parničarima za potricu: „Ne možemo drukče, kako je pravo, tako smo i presudili!" — iako je on za to vreme, dok su kmet i odbornici sudili, metao za zimu kupus u kacu ćatinu, koja stoji u predsoblju sudnice.

Taj Sreta, dakle, spusti se jednog lepog božjeg četvrtka, kao bez duše, niz ono brdašce, pod kojim je bila Jockova vodenica i, sav zaduvan, jedva stiže do opštinske sudnice, uleti u kancelariju, prevrne usput testiju s vodom i nagazi ćati na nogu, pa onda dreknu, kao da je neko njemu nagazio na nogu.

Kmet se zbuni, pa kako je i inače jedan akt već po sata potpisivao, te bio blizu kraja, a ostalo mu samo još onu crticu da prevuče preko slova „ć", to u onoj zabuni, razume se, mesto crtice on iskopa perom čitavu brazdu na aktu.

Ćata pak, bez obzira što mu je Sreja stao na žulj, poteže sva akta izvesne parnice i baci ih o zemlju, što je on činio samo u prilikama kad je ozlojeđen na koga od parničara. Međutim, kako ovde nije bio takav slučaj, to se ćata odmah pribra i poče da skuplja rasuta akta, a kmet skoči na noge i kroz stegnuto grlo viknu na Sreju:

— Šta je, brate, što urlaš?

— Pobegla noćas — jedva izduva Sreja.

— Ko, more?

— Ona!

Kmet, videći da se užurbanost Srejina ne tiče nikakve komisije, koja bi stigla u selo radi pregleda računa o pribranoj porezi, dobi snage i hrabrosti, i sad već poče onako odlučno, kako i dolikuje njegovom položaju:

— Dakle, ko je u stvari pobegao?

— Ona... Anika — veli Sreja.

— Pa dobro — dodade kmet ravnodušno — neka beži, dobro je i učinila, neka joj je srećan put!

— Sasvim! — dodade i ćata.

— Jest — nastavi Sreja — ali je ostavila dete.

Kmetu se ponovo omrači lice, koje se maločas razvedrilo, te ubrza:

— Ama koje dete, je li ono njeno dete, je li?

— Pa jeste!

— To onda znači, da ona nije pobegla u saučešću sa detetom — nastavi kmet ko bajagi zvaničnim jezikom, a tek koliko da kaže nešto, kao ono kad čovek peva u šumi da rastera strah.

— To znači, Anika pobegla, a ostavila dete na vrat opštini — dodade ćata kratko.

— Jest, tako je! — reče kmet poluglasno, pa se ućuta i zamisli se duboko i poče da jede onaj akt što ga je malopre potpisivao.

Ćuti kmet, a ćuti i ćata, a Sreja gleda te u jednog te u drugog, pa će opet:

—Pa šta ćemo sad?

Kmet se učini kao da ne čuje šta ga Sreja pita, jer to pitanje: „Šta ćemo sad?", on je već sam sebi nekoliko puta za vreme razmišljanja postavljao.

Sreja opet ponovi:

— Pa šta ćemo sad?

Kmet se i po drugi put učini da ne čuje pitanje, već nastavi on da pita:

— A kad je pobegla?

— Kažu još noćas.

— To je nju neko naučio i podgovorio — dodaće ćata.

— Tako će biti, neki dušmanin je podgovorio. Nego izađi ti, Srejo, časom napolje, da progovorimo ja i ćata.

Kad ostaše sami, kmet spusti prijateljski ruku na rame ćati, pa poče vrlo slatkim i pitomim glasom, kako bi samo pred kakvom komisijom govorio:

— Deder, brate ćato, da razgovaramo bratski i prijateljski.

— A šta imamo da razgovaramo?

— Pa tako, da razgovaramo.

— Stvar je jasna, nema ništa da se razgovara! — veli ćata.

— Ama, pa vidim ja i sam da je stvar jasna, al' kô velim, razmisli ti o tome malo, ćato!

— Dobro, izađi ti na lice mesta da izvidiš, te ako ja dotle smislim što.

Kmet se diže da ode na lice mesta, ali usput svrati popu. Pop se sprema, ima neko opelo da izvrši, pa dok popadija zbira epitrahilj i druge potrebe, on zaseo u bašti pod orahom, izneo malu sofu i jede bubrege pečene na žaru. Čim vide kmeta na vratnicama, a on priviknu:

— 'Odi, 'odi, da vidiš što je loj, pravo mleko!

Međutim, kmetu nije bilo do bubrega, on sede na stoličicu i stade šaputati sa popom. Šta su šaputali mi već svi znamo, a kako je popu prijao taj razgovor najbolji je dokaz što mu je poslednji, najslađi zalogaj, ostao netaknut u čanku, ishladio se i slojanio se.

Odatle se kmet digao te u dućandžije. Možeš misliti kako je sve to i dućandžiju potreslo, kad je jednoj seljanki mesto sto grama pirinča izmerio čitavu oku, te seljanka sad prvi put iziđe iz njegovog dućana sa uverenjem da je to prav čovek jer „pravo meri".

Odatle se diže kmet te „na lice mesta". Obiđe ko bajagi vodenicu da sazna i izvidi kako se sve to desilo. Sazna od Savke da se Anika digla u prvi sumrak, da siđe tokorse do popadije, pa se nije više ni vraćala, a ponela je sobom i svu svoju preobuku.

Dok je Savka to govorila, zapišta u jednom ćošku vodenice Milić; kmet ga prezrivo pogleda, opljunu, pa iziđe iz vodenice i siđe hitno niz brdo i ne osvrćući se.

U kojoj su kako seljani sela Prelepnice tako i sam pisac ovoga romana u zabuni, usled događaja ispričanog u prednjoj Glavi.

Nije mala stvar: Anika pobegla, a ostavila Milića. Zbunio se pop, zbunio se ćata, zbunio se dućandžija, zbunio se kmet, a zbunio se, verujte, i sam pisac ovog romana. Najzad, stvar i nije tako prosta. Iako je dete mala stvar, opet je dovoljna da nas sve dovede u zabunu. Da je Anika nešto pobegla pa ostavila čoveka, to bi nas manje u brigu bacilo no što je ostavila dete, iako dete, na prvi pogled, izgleda mnogo sitnije no čovek.

Druga je stvar, da je to dete koliko-toliko odraslo, onda ništa lakše: daš ga na zanat, pa mirna Krajina. A odraslije dete je i razumnije, njega bi mogao i da usavetuje na primer pop. Zovne ga lepo:

— Mali, odi ovamo! — pomiluje ga po glavi, pa mu blago i očinski rekne — znaš, mali, ti iako si rodom iz našeg sela, ti si ipak pametan, pa uviđaš da bi bolje bilo da odeš gdegod u svet. Šta ćeš ovde u selu; selo je selo, mnogo je lepše gdegod u varoši. Nego, ti mali, evo tebi dva dinara, pa kreni, kreni koliko sutra!

Ili, ako to ne bi pomoglo, a ono ga prosto najuriš. Udesi to ćata te ga pritvori i okrivi ma za što, pa ga protera iz sela. Ali što će se ovako sa detetom?

Ćata je rekao kmetu da iziđe „na lice mesta" i on je otišao Anikinoj kući, kao što smo iz prednje Glave videli, ali šta to pomaže? U stvari da kmet nije ranije išao „na lice mesta" mnogo bi više pomoglo.

To veče se iskupiše svi u mehani. Tu pop, kmet, ćata i Jova dućandžija, te počeše da se savetuju, a isterali mehandžiju pred vrata, da ih ne sluša i da osmatra da otkud ne prisluškuje ko razgovor.

Kmet plaća piće, a ćata neće ni da progovori dok se pićem ne „rasrdi" dobro.

Kmet će prvi izneti predlog:

— Razmišljao sam, braćo, dugo, i ja mislim da će ovo, što ću vam reći, biti najpravije, a nikako drukče i ne bi moglo biti.

— A šta si smislio? — pita dućandžija, a doneo uvo do kmetovih usta, da ne ispusti koju reč.

— Ja velim, braćo, da ovo dete uzme crkva, te da ga čuva i neguje kao crkveno dete.

— Kakva crkva?! — zgranu se pop. — Kakva crkva, pobogu brate! Kad je još i gde je crkva čuvala i negovala decu i šta će crkvi deca?

— Pa — nastavi kmet otežući — mogao bi docnije biti vrlo dobar pevac, i pokojni Alempije bio je dobar pevac, pa možda bi se izmet'lo na njega.

— Ne može crkva ni s ljudima da izađe na kraj, te će sa decom. To ne može biti, kmete, nego ako si što pametnije smislio, a ti reci! — preseče pop vrlo odlučno.

— Pa ja ne znam ništa drugo, do ako je što ćata smislio.

— Ako sam i smislio, čuće se to u svoje vreme! — dodaje ćata mirno i kuca, da mu se donese još jedan čokanj rakije.

— Ja velim — poče pop, kad vide da svi ćute — da ga uzme opština.

— Sasvim — poskoči Jova dućandžija — da ga vodimo na budžetu kao opštinskog pisara.

— E, jesi glup, Jovo! — jedva izgovori ćata i udari grohotom da se smeje.

— Što glup, brate, ja tako mislim! Mi smo se skupili ovde da se savetujemo, pa i ja kažem moju. Ako ne valja, ne valja; toliko i čini.

— Ja mislim — dopuni pop svoj predlog — da mi to dete uzmemo kao opštinsko dete.

— I to nije rđavo — dodaje brzopleto Jova dućandžija — samo kako? Treba li ga smatrati kao svojinu cele opštine, ili samo opštinskog odbora, i onda, treba li ga uvesti u inventar?

Ćata opet riknu da se smeje, a Jova brže-bolje naruči ćati još jedan čokanj rakije, ne bi li ga time oblažio i oraspoložio prema sebi.

— Ne mislim ja da ga opština smatra kao svojinu — nastavlja pop mirno — nego da ga izdržava kao svoju sirotinju, kao nahoče.

Kmet jedva dočeka da pop svrši reč, pa pošto ga pakosno promeri, uze on reč:

— Ne može, nismo mi sami opština! Mislite li selo će da pristane na to, da mi držimo opštinsko dete. Mislite li, neće to Radoje Krnja da razduva, pa će da ode i do kapetana, pa bogme i do novina. Ne biva, što ne biva, ne biva!

— E, pa šta biva onda? — uplete se nestrpljivo dućandžija. — Ne može crkveno dete, ne može opštinsko, e, pa, šta može? Deder, ćato, eto ti si pametan čovek — okrete dućandžija da se ulaguje ćati — deder reci ti, šta ti misliš, pa da te svi poslušamo?!

— Hm! — učini ćata — ništa! Ja ne mislim ništa.

— Govori, brate, ćato — poče i kmet mazno i čuknu u sto, da se ćati donese još jedan čokanj.

— Pa... — oteže ćata — evo šta i kako ja mislim!...

Svi se pribraše i načuljiše uši, a gledaju ćati pravo u oči.

— Ja mislim, braćo, da Anika i nije rodom iz našeg sela, već je rodom iz Krmana, a svaka opština je dužna da hrani svoju sirotinju i, prema tome, Anikino dete dužna je da hrani opština krmanska, na osnovu samoga zakona.

Svi se zaprepastiše i neka radost razli im se po licu.

— Ama, boga ti?! — uzviknu prvi Jova dućandžija.

— Može li to, pobogu brate? — dodade pop.

— Brate, ćato, iz tvojih usta u božje uši! — poskoči oduševljeno kmet i poljubi ćatu među same oči.

— To sve, braćo, može da bude i mora biti — nastavi ćata znalački i mirno — tako je po samome zakonu! Ostavite vi samo meni, da ja nakitim akt, a vi mirno noćas spavajte, pošto prethodno platite ovo što sam ispio.

— A kad ćeš da napišeš akt? — pita sad već radoznalo kmet.

— To je moja briga — odgovara ćata — ti samo naredi da Sreja sutra zorom krene sa aktom i sa detetom u Krmane.

— Pa zar odmah da ponese i dete?

— Odmah, dabome!

I sad već nasta veselje kakvom se nisu nadali, jer ko je mislio da će tako srećno da se skine ovolika briga s vrata.

GLAVA OSMA

Sadržina akta opštine prelepničke, od 29. marta 1891. godine br. 143.

SUD OPŠTINE PRELEPNIČKE
br. 143
29. mart 1891. godine
Prelepnica

Sudu Opštine Krmanske, Krmane

Anika, bivša žena pokojnog Alempija ovdašnjeg, a sada udovica pokojnog Alempija, udavši se nadležno za pokojnika, postala je tim samim sedelac i stanovnik suda opštine prelepničke. Smrću pak Alempijevom, ona je postala udovica ove opštine, čime je prestala biti žena pokojnog Alempija i na taj način, kao što se to može i crkvenim knjigama utvrditi, ona, kao rodom iz sela Krmana, pripada tome selu, kao sedelac i stanovnik i kao sirotinja te opštine, koja je na osnovu dotičnih članova naročitih zakona, dužna svoju sirotinju i izdržavati.

Olakšavna okolnost za tu opštinu međutim leži u tome, što je dotična Anika, po svome sopstvenom nagovoru, otišla i odsmucala se u svet, gde je rada dalji svoj život da provodi. Ali je Anika u poslednje vreme rodila jedno nenadležno dete, za koje se ni u kom slučaju ne može reći da ga je rodila sa pokojnim Alempijem, pošto je on umro trinaest meseci pre no što je Anika stekla u sebi nameru za porođaj ovoga deteta.

Na taj način, za to Ankino dete ne može se opredeljeno reći ukoliko je bračno, te bi se pre smelo tvrditi da je vanbračno i tim samim pripalo bi kao sirotinja opštini, kojoj bi pripala i njegova majka, da nije prenebregla svoje pravo na sirotinju otišavši u svet.

Prema svemu izloženome, ta je opština dužna izdržavati svoju sopstvenu sirotinju, pošto je Anika iz te opštine rodom, na osnovu čega čast je ovoj opštini, poslati joj u prilogu pod % dete, koje se od sad ima smatrati kao opštinsko dete te opštine.

O prijemu ovoga akta, kao i priloga koji uz ovaj akt ide, moli se sud opštine krmanske da izvoli odgovoriti.

Pisar

Mića Ristić

(M.P.)

Predsednik suda

Paja Jeremić

GLAVA DEVETA

Jedna sasvim nevina opština koja nije ni kusnula ni liznula prelepničku čorbu, te prema tome nije pozvana ni globu da plaća.

To je bilo u subotu zorom, kad je Sreja birov strpao akt opštine prelepničke br. 143 u silav, a prilog uz taj akt strpao pod miške, pa se uputio u Krmane. Akt je bio miran u silavu, i kraj njega bi Sreja rahat i bezbrižno putovao, ali prilog, to je bila beda za Sreju. Malo-malo, pa se prilog zaplače i zapišti tako da je Sreja četiri-pet puta pomišljao da ga prosto baci. Na stranu još što je Streja jedanput morao i da prepovija prilog uz akt br. 143, kad je osetio da mu se ovlažila nešto šaka. Naposletku, kad mu dosadi piska i vriska, maši se jandžika, odlomi komad proje, napuni prilogu usta, pa se krenu ponajlak dalje.

Sunce već odskočilo, sa uzoranih njiva diže se maglica, iz čestih lastara čuje se ševa, a Sreja, brišući šakom znoj sa čela, korača leno ka Krmanu, koje je već na dogledu.

U Krmanu, međutim, sedi kmet sasvim nevino u sudnici i ne sanjajući šta će ga zadesiti toga dana. A kmet krmanski Radisav je razborit i pametan čovek. On se, istina, ne razume u poslu ništa, ali je bar onako naočit čovek, pravi gardist, pa ti čisto milo kad ga vidiš da zasedne za svoj sto. Ili, kad ti opsuje oca ili mater, a ono mu to nekako i liči. On je služio i vojsku pa je bio kaplar, te nekako vojnički i upravlja opštinom. Kad dođu, na primer, parničari za potricu, pa stanu jedan nasred sobe, a drugi dole kraj vrata, a on ih premeri, premeri, pa tek vikne:

— Postroj se, brate, postroj se, kako si to stao! 'Odi ovamo, stani kraj ovog drugog... tako... ravnjaj se, ravnjaj se! Ne gledaj mene nego gledaj svoga druga pa se ravnjaj!

Ili, na primer, zovne birova da ovaj nešto objavi pa mu veli:

— Zovi selo na uzbunu i saopšti mu, da sutra izmaršira na kuluk, da se popravi sreski drum. Eto ti akt g. kapetanov, pa im pročitaj.

Tako isto vojnički on svršava i kancelarijske poslove. Mesto da napiše na aktu: „Saopšteno mi je" ili „Primam k znanju", a on napiše prosto: „Razumem!" Ili, mesto da napiše: „Sajuziti sa ranijim aktima", a on napiše: „Prikomandovati ranijim aktima".

Takav je kmet Radisav, odsečan, neumoljiv, i tako on svršava sve poslove.

Elem, takav kakav je, sedi on u sudnici sasvim nevino, i ne sanjajući šta će ga zadesiti toga dana. Tek da se digne, da se uvrati nešto poslom u kmeta Ivka, a uđe njegov birov. Veli:

— Došao Sreja iz Prelepnice, doneo neki akt.

— Daj ovamo taj akt! — veli Radisav odlučno.

Birov unese akt. Radisav ga otvori, priđe prozoru i poče da čita, gunđajući u sebi.

Kad svrši čitanje, on samo što učini:

— E, ne može to tako, nećemo im čak ni odgovoriti! — pa uze pero i napisa na poleđini: „U akta" i predade birovu, veli:

— Na, nosi ovo ćati!

Birov odnese, a Radisav se spremi da pođe u kmet Ivka kao ono malopre i, taman da pređe preko praga, a evo ćate iz druge sobe sa onim aktom. Ćata je neko mlado, golobrado đače koje je Radisavu gledalo u oči kao u sveca da gleda.

Radisav se vrati u sudnicu.

— Šta je, ćato? — veli.

— Pa... kako ćemo ovo?

— Koje?

— Pa ovu stvar iz Prelepnice?

— U akta, prosto u akta! — ponavlja Radisav odlučno.

— Ama ne može u akta! — dodaje ćata ponizno.

— Zašto ne može? — isprsi se kmet, misleći da time ćata hoće da ospori njegovo poznavanje kancelarijskih poslova.

— Ne može zato, što uz ovaj akt ide i prilog, pa kako ćemo taj prilog da metnemo u akta.

— U akta zajedno sa prilogom! — zagrmi Radisav.

— Znam, al' taj prilog je dete, živo dete.

— A jes'! — učini Radisav pošto se sad tek seti. — Jes' bogami, pa, kako ćemo?

— Ja ne znam! — slegnu ćata ramenima.

— E, ali znam ja! — reče Radisav, pa se okrete birovu. — Gde je to dete?

— Eno ga u ćatinoj sobi — odgovori birov, a u taj mah se i Milić tako razdra iz ćatine sobe, da i Radisav i ćata i birov otrčaše tamo i, na svoje veliko zaprepašćenje, videše da je Milić, ležeći na krevetu ćatinom, gde je bilo i nekih akata, ova prosto učinio zauvek neupotrebljivim.

— Pfuj! — učini Radisav, pa se okrete birovu. — Zovi mi odmah Sreju iz Prelepnice, neka nosi ovo đubre.

— Koga Sreju? — upita birov.

— Sreju iz Prelepnice, onoga što je doneo ovaj akt i dete.

— Pa on... — poče birov i češe se za vratom — ovaj... ostavio ovde akt i dalje pa se vratio u Prelepnicu.

— Ama ko se vratio? — dreknu Radisav.

— Pa on... Sreja iz Prelepnice.

— A ostavio ovo?

— Jes' — veli birov.

— Uh! — učini Radisav — pa šta ćemo mi s ovim?

I ćata i birov pogledaše u zemlju i slegoše ramenima.

— Slušaj, ćato, zovi mi odmah članove u sudnicu, da vidimo kako oni kažu: jesmo li mi dužni hraniti i onu sirotinju, koju naši stanovnici ma gde i ma u kom kraju sveta rode?

Pa polazeći dodade još:

— Sad ću ja kroz polovinu sata biti ovde, a oni neka me očeknu.

Kmet ode do Ivka, a ćata i birov se sporazumeše: birov da čuva dete, a ćata da ode i pozove članove.

Sabraše se članovi pred opštinu te maločas, kad dođe Radisav, uđoše svi u sudnicu. Predsednik Radisav sede u čelo stola, zauze vojnički stav i salutira, pa uze reč:

— Mirno! Otvaram sednicu. Braćo! Opština prelepnička poslala nam je jedan raport. Pročitaj ga, ćato!

Kada ćata pročita akt opštine prelepničke br. 143, svi se odbornici krmanski pogledaše i zgranuše.

— Vala — dreknu Petar Rančić — nismo mi budale da svetsku decu hranimo. Ko je drobio, neka kusa!

— Ja velim — dodade Radisav Andrić — kad ima zakona u ovoj zemlji za ljude, ima ih i za decu, pa neka po zakonu bude!

— A ja bih rekô — predloži Milisav Nedeljković — da mi ovaj predmet zajedno sa detetom uputimo Državnom savetu na rešenje.

Predsednik Radisav, pošto sasluša sve ove mudre govore, viknu opet: „Mirno!", i uze reč:

— Stvar je ova, braćo, jednobrazna i ona je za nas u propisnom odstojanju. Zato ćemo mi lepo napisati jedan raport u kome ćemo reći da krmanska opština nije dužna da hrani sirotinju koja svoje poreklo vodi iz opštine prelepničke.

Kmetu Radisavu se naročito dopade ova poslednja rečenica, pa se okrete ćati:

— Unesi, ćato, u dnevnu zapovest ovako od reči do reči: „Krmanska opština nije dužna da hrani sirotinju koja svoje poreklo vodi iz opštine prelepničke".

I ćata unese to od reči do reči u zapisnik. Svi pristaše na predlog kmetov da se tako učini to jest da se vrati dete sa aktom u kome će se reći pomenute reči kmetove.

Time je sednica bila završena i Radisav viknu članovima suda: „Voljno!", te se ovi digoše i pođoše svaki svojoj kući.

Kako je već bilo omrklo, to te večeri ostadoše ćata i birov muku da muče sa detetom, a sutradan, zorom, krete se birov opštine krmanske sa aktom suda br. 86 i sa pod % priloženim opštinskim detetom.

Grešni Milić, evo, već i po drugi put pođe na put kao prilog uz akta, samo sad pod drugom numerom.

GLAVA DESETA

Grom iz vedra neba.

Nedelja pre podne a svršila se služba božja. Izgrejalo sunce te ne može lepši dan biti. Nije žega, a nije ni pripeklo, nego baš onako izgrejalo te ti drago sunčati se na božjem zraku. Narod u stajaćem ruhu, razmileo se po porti, oko krsta i pred mehanom.

Kad je tako lep dan, a ono svako ti je oran za razgovor, a ako iko, orni su pop, kmet, dućandžija i ćata prelepnički. Briga, koja ih je do juče klala, skinula im se s duše blagodareći ćatinoj mudrosti, pa sad sede pred mehanom i ćaskaju, a vidiš vesela su lica te čisto im radost i zadovoljstvo ispisano i na čelu i na obrazima i na usnama.

A razgovaraju o svemu i svačemu kao ljudi kojima je sve potaman. Tako, pop priča kako je čuo da vladika voli plovku na pirinču i to, veli, samo batake jede.

— A ja, brate — veli pop — volim je na podvarku i to, nemoj da mi doneseš batak; daj mi trticu, ako hoćeš da ti kažem hvala.

— A ja volim leđa! — veli kmet.

— More kakva leđa! Trtica je, brate moj — uzvikuje pop, a kaplje mu voda iz usta — jedno fino parče; imaš šta da oglođeš i da oližeš!

Ćata na to dodaje:

— More, kakva trtica od plovke, to je samo zalogaj. Dok zineš, a nje nema. Ja sam jeo trticu od noja. Sama trtica sedam oka mesa, jedna trtica pa dosta četrnaest vladika da ugostiš.

— A kakvo je meso od noja? — pita dućandžija.

— Pilećina, prava pilećina!

— Ima li jadac? — opet pita dućandžija.

— Jesi, bre, glup, Jovo! — veli mu ćata. — Kako ne bi imala jadac, ptica je, nije čovek! Samo razume se, veliki jadac kao rogovi na kući.

— Bre!... — učini dućandžija zadivljen.

— Jedanput smo lomili jadac sa nekim Nemcima, pa nas sedam Srbina sa jedne strane teglimo, a sedam Nemaca sa druge strane. Jedva ga prelomismo.

Posle već vodili su i druge razgovore, kao ljudi kojima je čisto srce kao staklo i mirna savest kao u jagnjeta, i ne nadajući se kakva ih nevolja za koji čas čeka.

E, ali, što kažu, um za morem a smrt za vratom. I kakvih ti sve čudnovatih slučajeva nema u životu i u svetu! Koliko se puta to, na primer, desilo te iz vedra neba, i bez ikakvog naročitog razloga, grune grom; ili, kad se ti i ne nadaš nego gledaš veselo u svoj usev, a ono grune grad pa ga pomlati; ili, zdrav zdravcit čovek sedi s tobom, pije, razgovara se, šali se, pa tek zakovrne očima i umre. Eto, takav jedan čudan slučaj desio se i danas, baš kad je ovako lep dan, i baš kad su i pop i kmet i ćata i dućandžija toliko zadovoljni i radosni, da im je radost ispisana i na čelu i na obrazima i na usnama.

Sede oni tako i vode razne razgovore, a tek dotrča u jedan mah, zaduvan, birov Sreja, koji — kao što smo to iz pete Glave ovoga romana primetili — nikad ne donosi dobar glas kad god dotrči tako zaduvan.

Sreja i ne priđe stolu, no manu šakom na kmeta, te se kmet diže sa stola i ode malo u stranu. Sreja mu nešto prošaputa, a kmet, kad to ču, preblede u licu i pomodre kao zrela smokva.

Onda kmet manu šakom na popa, te se pop diže sa stola i ode malo u stranu. Kmet mu nešto prošaputa, a pop, kad to ču, preblede u licu i pomodre kao zrela smokva.

Zatim pop manu šakom na Jovu dućandžiju te se Jova diže sa stola i ode malo u stranu. Pop mu nešto prošaputa, a Jova, kad to ču, preblede u licu i pomodre kao zrela smokva.

Zatim Jova dućandžija manu šakom na ćatu te se ćata diže sa stola i ode malo u stranu. I Jova mu nešto prošaputa, a ćata niti preblede u licu niti pomodre kao zrela smokva, pošto je on od rane zore pio i bio uveliko i bled i modar kao modar patlidžan.

Nastade jedan trenutak ćutanja, jedan težak, sudbonosan trenutak, za vreme kojega niko nije ništa mislio i svi su se međusobno glupo gledali.

Naposletku, ćata kresnu okom kmetu i pođe sudnici, kmet kresnu okom popu i pođe za njim, pop kresnu okom dućandžiji pa se i on krete za ovima, a dućandžija, pošto nije imao kome da kresne okom, krenu se za svima, bez ikakva izraza u očima i na licu.

Kad su došli u sudnicu, videli su svojim očima ono što su malopre jedno drugom šaputali na uvo: naime, videli su svojim očima akt suda opštine krmanske br. 86 i onaj fatalni prilog uz akt, koji se tako zadovoljno smešio kao da mu je milo što se opet vratio među svoje.

Uđoše svi u sudnicu, a Sreja ostade u ćatinoj sobi sa prilogom. Ćata razvi akt opštine krmanske i pročita ga glasno. Svi ćute kao zaliveni, jer niko ne ume da misli a kamoli da što kaže.

Jedva na jedvite jade diže pop glavu, pogleda sve odreda i prošaputa:

— Pa sad?

Niko ništa ne odgovori, te se jasno ču muva zunzara kako se gruva o staklo u prozoru. Tek u zlo doba dodade kmet:

— Jes’, bome, šta ćemo sad?

Opet niko ništa ne odgovara. Ćata bi možda i mogao da odgovori na ovo pitanje, al’ on izgleda namerno ćuti da ih pusti malo da se na svojoj muci prže kao riba na zejtinu. Kmet kao da je to osetio, pa mu se okrete:

— Šta ti misliš, ćato, onako kao stručno lice?

Ćata i tu tvrda srca beše pa ni reči ne odgovori, iako je već bio smislio šta treba raditi. Uživao je prosto da ih gleda kako se prže, pa kad im se jedna strana zarumeni da ih izvrne u tiganju da im se malo i druga strana poprži. Kad kmet ponovi svoje pitanje, ćata, mesto da odgovori, zaniha glavom sumnjivo, diže obrve na čelo i promrmlja:

— Bogami!...

A to je bilo dosta za sve da opet brižno obore glave, nemajući hrabrosti više ni da se međusobno gledaju.

I usred te tišine, ćata ujedanput, i to onako odlučno, izbaci:

— E, sad ćemo, braćo, kapetanu da se žalimo na protivzakoni postupak krmanske opštine!

Svi digoše glave kao da ih sunce ozari i razvedriše im se čela. Popu bilo čak milo da još jednom čuje te utešne reči, pa zapita:

— Kako reče, tako ti Boga?

— Rekoh — ponovi ćata — kapetanu ćemo, pa da vidimo ko bolje zna ovozemaljske zakone, ja ili Radisav.

— A hoće l' to pomoći? — pita kmet.

— Razume se! — odgovara ćata odlučno.

— A šta tu može kapetan učiniti? — pita dućandžija.

— Narediće opštini krmanskoj da mora primiti dete.

— E, to bi valjalo! — kliknuše svi.

— Nego nešto da ti kažem! — preseče im ćata raspoloženje.

— Govori, govori, ćato! — moli ga kmet.

— Nemojte vi misliti da će to ići baš onako sasvim olako. Može kapetan i drukče to da uzme, pa da se obrne stvar.

— Uh, naopako! — uzdahnu opet pop.

— Ama zar ne možeš ti, ćato, da udesiš nekako — domišlja se kmet — pa da kapetan ne izokrene nego uzme stvar zakonski.

— Pa ono može — teši ih ćata — po meni može. Ja kad mu napišem žalbu ne može je on okrenuti.

— E, pa što se onda pribojavaš? — pita dućandžija.

— Ne pribojavam se ja za mene, nego velim, nekako jače potkrepiti stvar.

— Pa lepo, ćato, brate, i da je potkrepimo samo nas nauči kako?

— Ja velim — nastavlja ćata posle kratkog razmišljanja — da sa žalbom ode odavde kapetanu onako kao neka deputacija građana.

— Sasvim — prihvata brzopleto kmet — eto pop neka vodi deputaciju.

— Ja velim — brani se pop — da se ja ne mešam u to. Druga je to stvar kad bi deputacija išla zbog krečenja crkve, na primer, pa da je ja predvodim. Ovako, najbolje bi bilo kmet kao građanin, onako u ime celokupnog građanstva.

— Ama 'de ću ja? — brani se i kmet.

— E, pa ajde, vi ćete kao za krštenje, pa će deputaciju da predvodi Radoje Krnja! — preseče ih ćata i oni se svi pred takvom mogućnošću prestraviše.

— Pravo kažeš! — prihvatiše svi u jedan glas.

— Nego ćete sva trojica, ovako kako ste, da se dignete sutra sa prvom zorom pa u varoš. Drugi da pođe ne bi valjalo.

— Ama zar baš mora da se ide! — počeša se pop za uvetom.

— Pravo da ti kažem, pope, mora! — odseče ćata. — Drukčije je to kad se lično žalite; ne može onda ni kapetan tek onako preko kolena da reši!

Promisliše, promisliše malo, pa uvideše da drukče ne može biti nego tako kako kaže ćata. Dogovoriše se sve što će i kako će, pa ode svako svojoj kući da se spremi za put, a ćata osta da napiše akt.

A kad sutradan svanu zora, tri putnika kretoše iz sela, pažljivo izbegavajući da njihov odlazak ne padne seljanima u oči. Nosili su sobom, razume se, i akt suda br. 151 sa grešnim Milićem koji sad već i po treći put putuje kao prilog uz akta.

Sa ovim nesrećnim prilogom najveće su muke videli dok su promakli kroz selo, jer je pop morao prilog da sakrije pod mantiju, a posle već, kad su izmakli, svi su se odreda menjali noseći ga.

Tako i stigoše nadomak dotičnoj varoši, posle dužeg putovanja.

GLAVA JEDANAESTA

Dotična vlast.

U pripovetkama se obično naše varošice nazivaju: A*, B*, V*, G*, D*, Đ*, E*, Ž* Z*, i već tako dalje. Pisac ovoga romana je preturio svu srpsku pripovedačku literaturu da vidi je li ostalo koje slovo iz azbuke neupotrebljeno, te da tim slovom on nazove ovu varošicu, u kojoj će se dešavati budući događaji. Pa kako nije našao, to mu drugo ništa ne ostaje, no da je nazove kancelarijskim imenom „dotična varoš".

U toj, dakle, dotičnoj varoši nalazi se, razume se, i dotična vlast, u vidu dotičnog kapetana za koga se upravo ne bi moglo kazati da je „dotični", pošto ga svi poznajemo. Jer to je, brate, poznati kapetan Jerotije, koji se junački nosio sa tolikim komisijama i čije se ime stalno provlačilo kroz sve „dopise iz unutrašnjosti"... Uostalom, to ne treba rđavo tumačiti, jer je kapetan Jerotije inače uživao veliko poštovanje gde god je služio. On je za devet godina službe promenio četrnaest srezova, i, pri rastanku s njim, svaki mu je od ovih srezova poklonio sablju, a narod ga ispraćao do granice svoga sreza, što smo mi Beograđani zatim čitali u naročitoj depeši, koja je glasila: „Danas narod sreza P*, isprati omiljenog načelnika Jerotija do granice svoga sreza i pri rastanku pokloni mu, za savesnu službu, sablju. Čestitamo srezu R*, gde je kapetan Jerotije premešten, na ovakvome starešini kakvoga u njemu dobija." Istina, zli su jezici govorili, da je to jedna ista sablja, koju je on četrnaest puta dobio (jer je svaki srez preko njega vršio nabavku sablje iz Beograda) kao i da je to jedan isti telegram, koji četrnaest puta on o svome trošku šalje, ali — zli jezici nikad se i ne služe istinom.

Najzad mogu zli jezici govoriti što hoće, glavno je za kapetana Jerotija da je on, za devet godina svoje službe, svega šest puta bio isteran iz ove i to uvek zato što se nije slagao bilo sa „programom" svoga ministra ili okružnog načelnika, bilo sa programom Glavne kontrole. U dotičnom srezu on je kapetan, evo, već tri meseca, i narod je vrlo zadovoljan njime, a, što je glavno, on je zadovoljan narodom.

Dakle taj kapetan Jerotije sedi jedno jutro u kancelariji i razmatra žalbu neke udovice, a pandur uđe i prijavi mu kmeta i sveštenika sela Prelepnice.

— Neka dođu — veli kapetan, pa ostavi akta na stranu, a diže glavu i pogleda u popa i kmeta, koji tek naiđoše na vrata... (Docnije ćemo videti zašto i Jova dućandžija nije došao.)

Kapetan Jerotije premeri popa i kmeta od glave do pete, jer ih je znao samo po čuvenju, a dotad mu nisu dolazili ni za što.

— A šta ste vi došli? — upita ih najzad.

Kako se kmet i pop nisu ranije dogovorili ko će pred vlašću govoriti, to se pogledaše međusobno, pa obojica oćutaše.

— Što ste došli, pitam vas?

Uze najpre kmet reč:

— Mi — veli — došli u ime jednog deteta, to jest... u ime naše opštine, koja je vanbračno rodila jedno dete... upravo...

Kad vide pop da se kmet zbunio, te će svojim objašnjenjem napraviti još veću bruku, munu ga laktom da ćuti, pa sam nastavi:

— U našoj opštini rodilo se jedno vanbračno dete koje ne pripada nama.

— Zašto ne pripada vama? — pita strogo kapetan.

— Njegova majka, kao udovica, pripadala je nama — uplete se opet kmet, a pop ga ponovo munu laktom, pa sam nastavi:

— Njegova majka je udovica, a rodom je iz drugog sela, iz Krmana, pa onda to dete i pripada toj opštini.

— A koliko ima vremena kako je njegova majka udovica? — pita opet kapetan.

— Trinaest meseci, ušla je u četrnaesti — odgovara pop.

— A gde je probavila to vreme udovištva? — pita opet kapetan.

— U našem selu — veli pop.

— A vi ste je, razume se, kao dobri ljudi, pazili i negovali kao svaku siroticu?

— Kako da nismo, gospodine — odgovori kmet, sa uverenjem da ta zasluga pripada opštini a ne crkvi, te da je pozvan na to pitanje on da odgovori a ne pop.

— I, razume se, kao bednu siroticu, niste je ostavljali ni gladnu ni žednu, pa ste je grešnicu i obilazili, da je pripitate kako joj je?

— Kako da nismo, gospodine — utrpava se opet kmet, i čisto mu milo što gospodin kapetan tako laskavo misli o opštini, kojoj je on predsednik.

— Ama, gospodine — poče opet pop — ona je rodom iz Krmana.

— A, iz Krmana? — pita kapetan.

— Jeste! — odgovoriše i pop i kmet.

— A za vreme otkako je udovica, da li su je obilazili koj' put kmet i pop krmanski?

— Nisu gospodine!

— E, vidiš, koj' obilazi udovicu taj podnosi i trošak. Neću o tome više ništa da čujem, razumete li? Tako kako kažem, tako mora biti!

— To ne može tako da bude! — usudi se pop da rekne. — Mi smo doneli i pismenu žalbu, pa ako je odbijete, onda vas molimo da nam date i pismeno rešenje, jer hoćemo da se žalimo i višoj vlasti.

— Slušaj, pope — poče kapetan vrlo ozbiljno. — Nemoj da me nateraš da ti obrijem bradu, a ti kmete, pripazi se, jer ja se ionako domišljam da ti ovih dana pošljem komisiju.

Kmet i pop prebledeše i ne smedoše da se pogledaju u oči.

— Mislite vi — nastavi kapetan — ne znam ja celu tu stvar; mislite vi, daleko je vaše selo, pa nema ko otud da mi javi.

I kmet i pop glede u zemlju i svakome iziđe pred oči Radoje Krnja, crn, crn kao gak, a šta mu misli svako od njih u duši, ne daj Bože Radoju da ga nešto to i postigne.

— I mislite vi — nastavlja kapetan — meni da podlijete vodu! Mali ste, more, za to! Ne treba mi nego samo da pritisnem nokat pa da prsnete kao buvice.

I popu u tom trenutku iziđe pred oči kapetanov nokat, ali ogroman, veliki, kao što je red da bude jedan državni nokat. A sebe vide kao milu, sitnu, crnu buvicu, koju su uhvatili pod jorganom, pa je drže među sobom dva državna prsta i spremaju se da je polože, a zatim da se navalja državni nokat na nju.

Kmetu je opet cela stvar sasvim drukče izgledala. Njemu se ovo upoređenje sa buvicom činilo da se više na popa odnosi, jer pop, onako zadrigao a u crnoj mantiji, i ličio je donekle na buvu koja se dobro podnapila krvi. Ali, mada se kmet tešio time da se pretnja kapetanova odnosi više na popa, opet oseti neki svrab oko članaka, tamo otprilike gde stoji prsten od bukagije, te diže desnu nogu i počeša njome levu.

— Nego, znate šta? — nastavi kapetan. — Nisam ja baš tako zao i pakostan čovek. Imam i ja srca, a i ljudi smo, trebaćemo se, i vi meni i ja vama.

— Tako je! — uskliknuše obojica i razvedriše malo lica i digoše glave. — Tako je, gospodine, mi nismo, ne znam onako... da kažeš...

— Znam ja, znam. Dobri ste vi ljudi!

— Ama kako! — kliknu kmet, koga očas prođe svrab oko članaka i mal' ne skoči da zagrli kapetana.

— Pa baš zato — nastavlja kapetan — učiniću vam što drugome ne bih učinio.

— Hvala ti, gospodine! — obojica će u jednak glas, a naišle im na oči suze od miline.

— Dakle, poslušajte vi mene što ću vam kazati! — veli kapetan.

— A da koga bi drugog ako nećemo tebe poslušati, gospodine! — odgovori mu pop.

— E — veli kapetan — držite vi to dete kod vas, kao opštinsko dete, kao siroče; pa kad odraste lako je onda.

— Tako je, gospodine!

— I ovu žalbu što ste mi je doneli, evo, ponesite je natrag, pocepajte je. Neću ni da je zavodim, bolje je nek nema traga u arhivi o tome detetu.

— Bolje je! — odgovaraju obojica ubeđeno.

— Pa ovaj — dodaje kapetan — nemojte zaboraviti da ste mi bili u rukama i da sam mogao, da sam drugi čovek, da vam navaljam bedu na vrat koje se ne bi majci lako oprostili. Ali nisam hteo, a vi nemojte to da zaboravite!

— Kako da zaboravimo, gospodine! — odgovori kmet umiljato i slatko kao što on već ume.

— E, tako, vidiš — veli kapetan — pa ajd' sad idite!

Oni se još jedanput zahvališe i pokloniše se pet-šest puta, pa pođoše. Kad su bili na vratima, kapetan još jednom dobaci:

— Pa nemojte sad, čim pređete prag, da zaboravite da sam vas spasao jedne velike bede!

Oni se još jedanput osvrnuše i ubediše kapetana kako to nikad, nikad neće zaboraviti, a zatim se iz sreske kancelarije uputiše u mehanu, gde su odseli, ali usput niti progovoriše jedno s drugim niti se pogledaše.

U kojoj mal' nije pukao po dotičnoj varošici
glas da se pop porodio.

Pre no što su pop, kmet i dućandžija ulegli u dotičnu varoš zastali su da se dogovore, kako će i šta će. Prvo i prvo, bilo je potrebno da se reši ko će uneti dete u varoš. Pop ga tek nije mogao uneti, a, bogami, nisu pristajali ni kmet ni dućandžija. Posle poduže prepirke rešiše da pop uzme dete i da ga sakrije pod mantijom.

Drugo je pitanje bilo, šta će s detetom dok oni odu kapetanu. Tu rešiše, da pop i kmet odu, a dućandžija da ostane u kafani i da čuva dete. Kupiše usput još i jedno šiše mleka i jednu drvenu kašičicu, kako bi prihranili dete ako bi zaplakalo.

Rešiše još da dete kriju kao zmija noge, kako ne bi po varoši pukla bruka, pa stoga odmah, čim uđu u kafanu da uzmu jednu zasebnu sobu i da se uvek iznutra zaključavaju, kako ne bi ko naišao.

Kad tako sve uradiše, ulegoše u varoš mirno. Jedina neprijatnost koja im se usput desila to je što su sreli pop Iliju, koji taman da nazove Boga, a dete pod pop Perinom mantijom kveknu, kao da ga je ko navio. Možeš misliti kako se pop Pera uzvrda, te mal' ga ne ispusti, a pop Ilija ode dalje osvrćući se neprestano i čudeći se u sebi, šta bi ovom seoskom popu, te mesto da nazove Boga, a on dreknu kao jare.

— Biće, ujelo ga besno pseto! — zaključi u sebi pop Ilija, pa ode dalje i prekrsti se, koliko da prizove Boga da ukloni od njega što dalje takvu bedu.

Kad uđoše u kafanu, potražiše odmah sobu, te ajd' unutra, i odmah se zaključaše, a pop stovari teret na krevet.

Kafedžiji pade u oči da je pop uneo nešto krijući pod mantijom, i da su se sva trojica odmah zaključali u sobi i tamo dugo šuškali, ali — sleže ramenima, kao da bi hteo reći: Neka ih đavo nosi, šta me se tiče!

Zatim se digoše pop i kmet te u kapetana, a dućandžija se opet zaključa u sobi i osta da čuva dete. Kako su se pop i kmet vratili od kapetana, mi to već znamo, a kako je bilo Jovi dućandžiji kad mu saopštiše rezultat, možeš misliti. Zaključaše opet vrata iznutra, sede svako na po jedan krevet, te stadoše da govore tiho i da se dogovaraju.

— Ja ga, vala, natrag u selo ne smem nositi! — veli kmet.

— Pa što si onda obećao kapetanu? — pita pop...

— Ja, je l'?... Ama, pa kako, brate, da mu ne obećam. Da mi je kazao da ponesem svu decu iz varoši, ja bi ih poneo. Nije što je strog, nego nekako ume — veli kmet.

— Jest, ume... kako da ne ume! — dodaje pop sa rezignacijom.

— Manj' da ti, kmete, to dete uzmeš pod svoje! — dodaje poluglasno i čisto kroz zube pop.

— Je l' ja? — iskolači se kmet. — Uzmi ga ti, pope, pod svoje, a ne ja! Zar sam ja malo prepatio u kući zbog tog deteta, pa još da ga i pod svoje uzmem.

— E, onda ćemo da ga vratimo u selo, pa ćemo ga i dalje izdržavati kao opštinsko dete! — veli pop.

— A slušajte, ljudi — na to će dućandžija, koji će sad prvi put u životu da predloži nešto pametno — a kako bi bilo, da potražimo ovde u varoši kakvu sirotu ženu, pa da joj plaćamo nešto mesečno, a ona da čuva dete, te da ga i ne nosimo u selo.

Svi digoše veselo glave i pogledaše u Jovu diveći se, kao kad bi gledali čoveka koji je pronašao železnicu. Jova se ohrabri, pa se diže sa kreveta:

— Ja tako predlažem, a vi kako hoćete!

— E, Jovane, Bog te blagoslovio! — veli pop.

— Ta ti je pametna, Jovo! — veli kmet.

I sad nasta dalje šuškanje. Dogovoriše se da te večeri ne idu u selo, nego da ostanu, ovde; da pop sedi i čuva dete, a kmet i Jova da zađu po varoši i da nađu kakvu sirotu ženu, te i da je pogode.

Pre no što pođoše u varoš kmet i Jova, ode Jova te kupi još jedno šiše mleka, da bi se našlo popu, te da prihrani dete ako bi zaplakalo, a zatim odoše, a pop se zaključa iznutra.

Sedeo je pop, bome, i sat i dva, pa kad zaspa dete, a on se malo izvuče iz sobe, pošto zaključa za sobom vrata, koliko da protegli noge. Iziđe pred mehanska vrata da pogleda levo i desno, idu li kmet i Jova, jer mu već dosadi sedeći sam zaključan u sobi. Još malo pa će i veče, a njih još ne beše niotkud.

Stoji on tako pred vratima, a priđe mu mehandžija, neki omalen, prljav čovečić sa grdno širokim raskopčanim prslukom, koji mu je služio kao kaput.

— A... ovaj... je li štogod za prodaju, pope? — zapita mehandžija, ko bajagi nemarno i napravi se da gleda u nebo, dok jednim okom žmirka te pogleda u popa, da mu pročita štogod s lica.

— Šta, brate? — pita pop.

— Pa ono?

— Ama, koje ono?

— Ono, de, što se buniš! Ono što si doneo pod mantijom, što držite neprestano zaključano u sobi — reče mehandžija, pa se zagleda pravo u oči popu.

— A, nije... — učini pop — ono je onako... kako da kažem... jedna naša... naša privatna stvar — poče pop da uvija.

— Pa jest, tako će i da bude! — dodaje mehandžija, a samo što se ne podmigne. Pa onda nastavlja — a mora da je i važna stvar, jer vidim svaki čas se zaključavate i mnogo se dogovarate.

— Pa jest! — dodaje pop ko bajagi nemarno, ali u taj mah pretrnu pa naćulji uši. Nije se varao, on ču iz sobe Milićev pisak, pa kao besomučan odjuri tamo, zaključa vrata za sobom i poče da hrani Milića mlekom.

Mehandžija se već odgovorima popovim čudio, ali ga sad ovo ponašanje ponovo toliko iznenadi, da on pogleda za njim i pomisli u sebi:

— Aja, ovo nisu čista posla!

Da je i on čuo pisak detinji, možda bi mu bilo sve jasno, ali on nije čuo. Zato pođe za popom i dođe pred vrata njegove sobe da osluhne, ali se iznutra ništa ne ču. Pokuša i da priviri kroz ključaonicu, ali ne mogade ništa da vidi. Vrati se zatim u mehanu, pa, kako već nastade sumrak, naredi dečku da pripali lampe, a on iziđe pred vrata vrteći glavom, čime je izražavao kao neku sumnju i zebnju.

Ne prođe malo, a njemu se čelo razvedri, jer spazi da se niz ulicu, pravo njegovoj kafani, uputio Rista policajac! Rista je uvek u to doba svraćao k njemu na po čašu-dve vina, jer nije imao običaj da večerava, nego uvek, mesto večere, popije po čašu-dve crna vina, a posle okrene belo, i to pije kao posle večere.

Mehandžija ga uze na stranu i, šapćući, sve mu redom ispriča šta je i kako je. Reče mu kako se pop, kmet i dućandžija vrlo čudno ponašaju, kako se jednako zaključavaju i dogovaraju, kako su doneli nešto vrlo veliko pod popovom mantijom i to kriju, kako je on popa počeo da pripituje o tome, pa čim je pop osetio da je on posumnjao, a on kao sumanut pobegao i zaključao se u sobi.

Rista policajac sasluša sve to, razmisli se, razmisli se, pa će reći:

— Hm! Hm! To će biti neki događaj!

Rista policajac je uvek i svaku zamršeniju stvar nazivao „događajem".

— To će nesumnjivo biti kakav događaj! — ponovi on, pa reče kafedžiji da mu donese jedno vino od onih, koje on pije kao večeru, te da promisli malo.

Nije mu trebalo više do što je ispio čašu i već je bio gotov sa razmišljanjem. On zovnu mehandžiju i reče mu da on, mehandžija, lupa na popova vrata, a Rista će stajati kraj njega, i da mu ma šta ponudi, da vide hoće li otvoriti. Rista se, međutim, neće još javljati.

Tako i učiniše. Rista ode sve na prstima do sobe broj 3, a mehandžija priđe sasvim slobodno i čuknu na vrata:

— Ko je? — upita pop iznutra.

— Ja sam, kafedžija. Je li po volji da donesem vode?

— Neka, ima! — odgovara pop.

— Ali, molim vas, otvorite — nastavi mehandžija — treba da vam dam ubrus i sapun.

— Nije potrebno — odgovara pop.

— Molim vas, otvorite; tu su ostale papuče jednog putnika koji je sinoć noćio, pa ih traži.

— Ne mogu da otvorim! — odgovori pop. — Ja ću potražiti papuče, pa ću vam ih izneti.

Kad svršiše taj razgovor, a Rista i mehandžija izmakoše od vrata. Rista policaj se ozbiljno zabrinu.

— Događaj, ovo je nesumnjivo događaj! — promumla kroz zube i reši se da preduzme sve mere, da bi saznao tajnu koja mora da je vrlo velika i važna.

On iziđe u avliju kafansku, ne bi li kroz prozor opazio štogod, ali je pop spustio zavese te se ne mogaše ništa videti. Ipak, zavese su pokrile samo donje prozore, a gornje nisu dohvatile, te, ako bi se na štogod uspeo, mogao bi zaviriti u sobu. Odmah Rista, uz pomoć mehandžije, prizva svu poslugu kafansku. Dođe dečko iz mehane, izvuče se ardžija iz štale koji ponese sobom i vile, naviknut da uvek pođe tako naoružan kad god se njegova pomoć traži. Dođe i kuvarica, debela i gojazna, a opasana plavom prljavom keceljom, pa onda štumadla, ošišana i brenovana, sa čistom belom keceljom, belim čarapama i kadifenim crvenim papučama na nogama. Dođe najzad i momak što čisti lampe, opasan polovinom džaka mesto kecelje, i zabazdi na petroleum, kao da je sad iz bureta izišao.

Rista im svima zapreti da ćute i ukratko im objasni u čemu je stvar... Zatim naredi da se donesu jedne lestvice, koje prisloniše uz zid kraj prozora, i glavom sam Rista pope se gore, zagleda kroz prozor, pa se najpre trže zaprepašćen. Zagleda zatim još jedanput, prekrsti se tri puta i sa vrha lestvica objavi radoznalim prisutnima:

— Čudo, čudo neviđeno!

— Šta je, zaboga? — pitaju svi odozdo, a iskrivili glave gledajući u Ristu.

Rista se brže-bolje siđe niz lestvice, pozva sve prisutne na stranu, da ne bi pod popovim prozorom larmali, pa im tiho a značajno reče:

— Pop se porodio!

Možete misliti kako je ta vest uticala na prisutne, kao grom. Prvo zanemeše od čuda, a zatim počeše da razmišljaju. Mehandžija odmah sa pouzdanjem dodade:

— Ama ja sam primetio na njemu porođajne muke i ono, kad on pobeže od mene, mora da ga je baš u taj par snašlo.

Štumadla ciknu, kao da ju je ko uštinuo.

— Ubio ga Bog — dodade — a on još jutros kad je prošao kraj mene, namignu mi. Sram ga bilo!

Momak što čisti lampe poče, od prevelikog čuda, i sam da oseća neke grčeve u stomaku, a kuvarica uze da se gruva u grudi, objašnjavajući kako je i njen muž, otkako se ona pogodila za kuvaricu, počeo naglo da se goji. Jedino ardžija, ostavljajući vile, kao posve nepotreban instrument za porođaj, što reče:

— Ama ljudi, otkud to može biti?

Štumadla, koja je „bila po svetu”, poče da objašnjava kako to može biti. Ona veli zna za još jedan takav slučaj, a momak što čisti lampe na to dobi još jače grčeve.

I dok se tako posluga objašnjavala i prepirala, može li to biti ili ne može, dotle je brižljivi Rista policajac, praćen mehandžijom, otišao naokolo opet pred vrata sobe 3, i sad je sam lupao u vrata.

— Ko je? — zapita pop iznutra.

— Treba li vam kakva pomoć? — pita Rista.

— Kakva pomoć, brate, šta će mi pomoć? — viče pop iznutra.

— Babica možda ili kakva starija žena?

— Kakva žena, ako Boga znate! — viče opet pop. — Ostavite vi mene na miru. Ko je to što me neprestano uznemirava?!

— Ja, policija! — reče Rista svečano.

Taman on to izusti, a odnekud, kao naručeni, stigoše pred vrata kmet i dućandžija.

Oni se zgledaše i začudiše se šta se to ovde, pred vratima njihove sobe, zbiva.

— Jeste li vi odseli u ovoj sobi s popom? — obrnu se sad policajac k njima.

— Jesmo — odgovoriše oni.

— Pa gde ste bili dosad, tražili ste valjda kakvu ženu koja zna oko dece?

Kmet i dućandžija, kad videše da ovaj sve zna, priznadoše, vele:

— Jeste!

— Pa jeste li našli? I da ste našli — nastavi Rista — dockan bi bilo, pop se već porodio.

Kmet i Jova zaprepastiše se, pa ne znaju da li od sve muke da se nasmeju ili da propadnu u zemlju.

— Nego, deder, otvarajte vrata da pomognemo čoveku.

— Ama nemoj, molim te, ne treba nikakva pomoć — poče Jova, videći da bruka sve više raste.

Utom već behu dotrčali i ovde štumadla, kuvarica, ardžija, onaj što čisti lampe, pa i kelner ostavio mehanu, te i on došao da vidi čudo.

— Ja, kao policajac, naređujem da se otvori! — viknu strogo Rista.

To ču i pop iznutra, pa kad vide da nema gde, a on otvori vrata i sad cela ona gomila grunu u sobu. Milić se raskokotao na krevetu pa sve guče. Taman počeo pop da ga prepovija pa, kad puče ova bruka, a on ga ostavio onako gola.

Štumadla se prva pljesnu rukama:

— Ju, kako lepo dete!

— I kako veliko, kao da mu je dve nedelje! — dodade kuvarica.

Pop i kmet i Jova samo se zgledaju, pa, ne ume niko da zine. Jedva se kmet malo pribra pa će reći policaju:

— Molim te, naredi svima da iziđu, a ti ostani ovde da ti objasnimo šta je i kako je.

Rista i učini tako, pa sede, a svi iziđoše. Kmet najpre naruči četiri kafe, pa ispriča sve redom Risti šta je i kako je, i kako su došli kapetanu da se žale, i kako ih je kapetan odbio.

Risti sad tek beše jasno, da sve to nije nikakav „događaj", pa se sprijatelji sa ovim dobrim ljudima i obeća im još, da će on sam ujutru doći da ih odvede jednome vrlo veštom advokatu, koji će ih naučiti, bolje nego iko, šta će i kako će s detetom.

Zatim ostade pop, onako umoran od bruke, da spava s detetom, a kmet, Jova i Rista iziđoše u mehanu da piju.

Rista je, razume se, svima objasnio da se pop u stvari nije porodio i da cela ova stvar nije nikakav „događaj".

GLAVA TRINAESTA

Priča g. Riste policaja, koju iz učtivosti prema
vlasti treba saslušati iako svojom sadržinom
ne pripada ovome romanu.

Tako posedeše policaj, kmet i Jova dućandžija duboko u noć, a
sve čudeći se i krsteći se: kako se to u svetu može da desi ponešto
čoveku, čemu se nikad nije ni nadao.

— Može, može, bome — tvrdi neprestano Rista policaj. — Evo,
da vam pričam samo, šta se meni jedanput desilo!

Jova dućandžija odmah naruči još jedan litar vina, policaj doh-
vati kmetov paklić i poče da pravi novu cigaretu, a kmet i Jova se
primakoše bliže da čuju priču.

— Bilo je to u Beogradu — poče Rista pošto iskapi čašu koja je
bila pred njim, a dućandžija nanovo doli. — Ja sam tada bio kesaroš
i kockar.

Kao da si im komandovao, i kmet i Jova besvesno i jednovremeno
strpaše ruke u džepove gde im je kesa, izmakoše se od Riste kao
opareni i razrogačiše oči.

— Nemoj da se čudite i plašite — nastavi Rista sasvim mirno. —
Zato sam baš ja danas najbolji policaj. U svima velikim carstvima, pa
tako i kod nas, baš kockara i kesaroša će da uzmu za policaja, jer on
im, brate moj, onima što još nisu policaji, zna sve tragove.

— Tako je — rekoše sa uzbuđenjem i kmet i dućandžija, pa se sa poverenjem vratiše opet bliže Risti.

— Kamo ga — nastavi Rista s nekim ponosom — čikam ga ja, da ga vidim toga ko će da bude dobar policaj a da nije prvo bio kesaroš. Odem, brate moj, na vašar pa poznajem svaku 'ticu i znam šta mu misli glava, šta mu misli ruka, a šta noga.

— Tako je — dodaju sasvim ubeđeni kmet i dućandžija.

— Za svaki posao treba nešto da se zna: je l' doktor mora da uči škole, pa da bude doktor?

— Jes' — odgovaraju u dva glasa kmet i dućandžija.

— Je l' sudija mora da uči škole prvo?

— Jes'.

— E, pa. A policaj, kako misliš, on valjda tek padne s neba gotov policaj i zna sve. Nije, brate, nego on mora prvo da bude kockar, pa onda kesaroš, pa onda u žandarme, koliko da odsluži rok u vojsci i time da se oduži svojoj otadžbini i onda postane policaj. Eto, tako sam ja, brate moj, pa zato sam ja i pečen. Deder, kaži mi još jednog policaja, koji je tako pečen kao ja, ajd', reci!

— Nema! — rekoše kmet i dućandžija iako oni, sem ovog Riste, nijednog policija na svetu nisu znali.

Rista, zadovoljan sobom i time što je ovako ubedio ljude o svome školovanju, dohvati opet kmetov paklić i poče da gradi cigaretu iako prošlu nije popušio. Poćuta malo, poćuta, pa se onda seti da je on u stvari počeo da priča priču iz svoga kesaroškog života te je nastavi:

— Elem, kao što vam kažem, to je bilo u Beogradu. Šetam ja jedanput po Kalemegdanu, a bio sam lepo odeven i, onako, kako da kažem, bio sam da vidiš i lep čovek nekako, nije kao ovo sad... Pa — šetam tako, a već mrak i razišao se svet, samo na jednoj klupi sede dvoje, muško i žensko, onako on lep čovek, a ona još lepša. Baš lepa ženska, i to gospođa i lepo obučena. Sednem ja na drugu klupu, sasvim blizu njih, a okrenem leđa, pa se pravim kao da ne slušam šta razgovaraju, a čujem im svaku reč. Čujem ja iz razgovora da su to muž i žena i čujem da on sutra ujutru hoće da putuje dnevnim vozom u Niš radi nekog posla.

— Razumeš — govori on njoj — novac je u mojoj fioci. Daću ti ključ, a ja stižem predveče u Niš, pa ne znam da li ću za to veče ili sutradan svršiti posao. Ako svršim, ja ću da ti telegrafiram: „Pošlji novac", a ti izvadi novac i pošlji telegrafskom uputnicom.

— Pa dobro — veli ona — a što ti sam ne poneseš novac?

— Ostavi ti to — veli muž — to je moj plan. Hoću da se pravim pred njim kao da nemam ni pare, pa ako mi ne pomogne, ja ću da mu kažem kako sam uzajmio telegrafski od tvoga oca, pa mi poslao koliko je mogao, a resto ću mu ja poslati, kad se vratim u Beograd.

Tako oni još razgovaraju, a ja načuljio uši, jer, brate, tiče se nekih para koje su u fioci, a koje ja možda mogu da strpam u svoj džep.

Dignu se oni, a ja, onako izdaleka, pa za njima, da vidim kuću. Pratim ja njih i dopratim ih do kuće, da vidim gde sede. Sutradan siđem i na stanicu, te da se uverim svojim očima da je onaj gospodin otputovao. Elem, sad se dignem ja, da se na sve strane raspitam o svemu što mi je potrebno.

Saznam prvo i prvo, da u kući gde sede ima svega dve sobe, jedna sa ulice, a druga iz avlije, i da iz sobe u sobu ima vrata, a svaka soba opet ima vrata u hodniku. Doznam zatim, da u ovoj sobi sa ulice spavaju i da nemaju nikog mlađeg u kući. Služi ih jedna devojčica, ali ona predveče ide svojoj materi te kod nje spava. Dakle, sve kao što treba i kao udešeno za mene.

Saznam zatim i da je onome gospodinu, što je otputovao, ime Mladen Petrović, a njegovoj ženi Lenka.

Kad sam tako sve saznao, ja sednem i napravim plan, kako ću do novaca doći. Da provaljujem vrata ili prozor, pa da se uvučem u kuću i silom da iznudim novac, nisam hteo, jer to je razbojnički, a ja nisam bio razbojnik, niti bih to hteo. Hteo sam, dakle, na lep način da izvučem novac.

Nabavim ja dakle jedan stari telegram pa uzmem gumu i izbrišem što je u njemu pisalo, pa onda sednem i napišem ovakav telegram: *Lenki Petrović — Beograd. — Onog časa kad dobiješ ovaj telegram, pa makar to usred noći bilo, pošlji novac telegrafskom uputnicom. Mladen.*

Mislio sam ovako: Oko ponoći da odem i da kucnem na prozor sobe u kojoj Lenka spava; kad ona otvori prozor, da joj predam telegram. Ona, onako bunovna, neće primetiti da je na toj 'artiji brisan neki stari telegram a napisan nov. Zatim ću joj reći, ako ima kakav odgovor, da sam ja telegrafski momak i da ću joj rado učiniti uslugu. Ona će mi ili poverovati pa me zvati unutra i, onda, čim sam unutra a nisam nasilno ušao, lako mi je — bez novca ne bih izišao; ili će me moliti da je pričekam, ako bi htela da ide u telegraf, jer bi je bio strah oko ponoći sama da ide. Ja bih je pratio i već kako bih joj uzeo novac, to je moja stvar.

Da bih se još više osigurao, odem predveče u telegraf i javim se tamo kao momak Mladena Petrovića i kažem da je on u Nišu, pa me poslala gospođa da pitam: imali za nju kakav telegram. To sam hteo da vidim, da nije slučajno došao već kakav njegov telegram, pa još dodam raznosaču: „Ako bi i došao noćas kakav, nemojte buditi gospođu, ja ću ujutru rano doći sam za telegram”.

Elem, sve to tako ja udesim i čekam sad da padne noć.

Tu zastade Rista policaj sa pričom, a kmet i Jova ni da mrdnu, već jedva dišu i čekaju sa nestrpljenjem nastavak, jer sad će biti šta će biti. Rista poruči kafu, strese pepeo sa cigare, zevnu malo pa nastavi priču:

— Padne noć, ama kao da sam je naručio: nigde zvezde nego mrak kao testo, a zaovijao neki vetar da duva, kao da ga ko pogodio pod platom da to radi. Ja odem u kafanu kod *Orača,* te pij jednu, pa drugu kafu da me rasani, a neću vino, volim da sam trezven kad takve poslove vršim.

Popijem i treću kafu, pogledam u sat, vidim još četvrt do dvanaest. Ajd', rekô, da se krenem. Da zametnem trag, zapitam još kelnera: „Boga ti, koji je odavde najpreči put do Vojne bolnice?" On mi objasni, ja platim kafu, pa slegnem niz Dva bela goluba, te ajde pred Mladenovu kuću.

Pogledam levo i desno, nema nikog. Prekrstim se najpre pa prizovem božju pomoć, pa: kuc, kuc, kuc na prozor.

Postojim ja malo, a jedva dišem. Prozor se lagano otvori i pojavi se ona, gospa Lenka, na prozor, a pružila lepu golu ruku pa mi daje ključ.

Ja se zbunio, pa ne znam šta ću, a ona prošaputa:

— To je ključ od hodnika, pazi, uđi sve na prstima, jer je ovde u drugoj sobi moja svekrva.

Ja primih ključ i dok da zinem, da joj odgovorim, ona zatvori prozor. Ja se sad tek nađô u čudu sa ključem u ruci. Šta ću, Bože, pomislim se, pa, kô velim: kad mi je sama dala ključ, još bolje. Ako otvorim pa uđem, to opet nije razbojništvo.

Uđem ti ja lepo u avliju, otvorim ključem lagano hodnik, uđem i zaključam opet iznutra, pa onda, kako sam znao koja je soba za spavanje, uputim se polako na prstima, pravo pa u tu sobu. Tek što uđoh u sobu, a ona iz kreveta opet prošapta:

— Nemoj paliti sveću, da ne primeti što svekrva, nego svuci se u mraku pa 'odi lezi!

Ja se za časak promislih šta da radim, pa se reših da je poslušam; svučem se onako u mraku i legnem...

Ona me snažno zagrli i poljubi i nastavi šaptati:

— Zamisli, što nije nikad činio, moj muž mi doveo večeras njegovu majku da mi spava. Misli valjda da me čuva. More, ne sačuva me ni on, a kamoli ta babuskera!

Ja samo ćutim, ne smem ni da zinem.

— Zato sam ti i pisala da dođeš ovako dockan, dok se baba dobro uspava.

Pa me opet naopasti ljubiti i grliti, a — kako da vam kažem — ne ostavih ni ja nju.

Kad bi, pa prođe grljenje i ljubljenje, a ona se tek onda doseti, pa veli:

— Ama šta je to, gde su tvoji brkovi?

A ja onda, bio sam mlad, nisam još imao brkove.

— Pa ja nikad nisam ni imao brkove — progovorim ja.

— Kako nisi imao, šta je tebi, Jovane?

— Pa meni i nije ime Jovan.

— Jovane!

— Bogami ti, gospoja, istinu govorim. Meni je ime Rista.

— Jovane! — pisnu ona pa se trže daleko od mene.

— Jok, nije Jovan nego Rista!

Ona se kao oparena uspravi u krevetu, dočepa kutiju sa žižicama, pripali jednu, podnese je meni pred lice, pa kad opazi čoveka koga niti zna niti poznaje, a ona dunu u žižicu pa htede da vrisne, ali od straha valjda ne mogade ili ne smede da ne čuje svekrva, nego zari glavu u jastuk pa poče da plače.

— Slušaj, gospo, nemoj da plačeš nego sedi da se razgovaramo — rekoh joj mirno.

Ali ona ni da okrene glavu, nego samo plače.

— Pa dobro — rekoh ja — ako ćeš da plačeš i ja ću da se okrenem pa mirno da spavam, pa ćeš ti ujutru da me moliš da se dignem odavde, ama ja neću. Meni je dobro i ovde da ne može bolje biti.

Sirota žena vide i sama da će tako biti, pa prestane da plače i okrete se meni pa poče da se izvinjava:

— Izvinite, molim vas, to je pogreška.

— Ništa, ništa — velim ja — izvinite vi mene!

— Ne, ali ja sam se osramotila, vi ste stran čovek...

— Pa vi ste stranog čoveka i čekali, niste valjda vašeg muža?

— To jeste — reče ona promuklo — ali... to je jedan moj prijatelj iz detinjstva. Ah, užasno, užasno... pa onda, molim vas, bar s kim sam imala čast, ko ste vi?...

— Znate, gospođo, za vas nije tako važno ko sam ja koliko šta sam ja.

— Vi?

— Da ja, a ja ću vam to iskreno reći; vidite, ja sam lopov.

Sirota žena zagrcnu se, pa onda joj grunu potok suza i poče da dršće kao ranjena košuta, a zabi glavu u jastuk te ne sme da je digne.

Pustio sam je malo da plače da je prođe strah, pa onda joj sasvim mirno i tiho rekoh:

— Nemojte se plašiti, ja sam sasvim miran i dobar čovek, ja jedino što volim pare.

— Nemam, nemam, nemam — pišti ona, a ne diže glavu sa jastuka.

— Ta nije da nema, ima; znate ono malo para u fioci!

Ona skoči kao oparena, pa pisnu:

— Ja ću da vičem za pomoć!

— Izvol'te, molim vas — rekoh ja vrlo ljubazno — zašto ne! Doći će vaša svekrva, ja ću joj priznati da smo se vrlo slatko ljubili i grlili. Zašto da joj ne priznam, priznanje uvek služi kao vrlo velika olakšavna okolnost.

Gospođa Lenka vide da je uhvaćena u sve četiri, pa, nemajući gde, diže se i sede u krevetu. Kad dama sedi sramota je bilo da ja ležim pa se digoh i ja, i tako „ingliže", sedeći u krevetu, nastavismo razgovor.

— Pa dobro šta hoćete vi, govorite? — reče ona odlučno.

— Ta ništa, zaboga, ono malo para iz fioke!

— To ne, to vam ne mogu dati, to bi značilo da ja pokradem svoga rođenog muža.

— Bože moj, a zar ga niste malopre pokrali kad ste mene pustili u krevet?

Ona briznu opet da plače i valjda bi dugo plakala, ali se ču iz druge sobe kako se svekrva promeškolji u krevetu. Ona mi brže metnu ruku na usta.

— Pst! — učini.

— Ta ćutaću ja vrlo rado, ali je krajnje vreme da svršimo našu pogodbu.

— Pst! — učini ona ponovo pa se ućuta kao grob. Ćutao sam i ja poduže, pa kad smo otprilike znali da se baba opet uspavala, nastavismo razgovor.

Preklinjala me je, molila me je da joj onaj novac ne diram i, najzad, obećala mi je kad god joj zatražim dvadeset, trideset dinara, davaće mi.

Meni se, pravo da vam kažem, ražali pa popustih.

— A hoćete li mi dati i večeras jedno dvadeset, trideset dinara? — rekoh.

— Daću vam i pedeset.

— Dobro, pogodili smo se i hvala vam velika što ste me tako lepo dočekali i ugostili.

— Još nešto. Jeste li častan čovek? — upita ona.

— Bože, kakvo pitanje, razume se da jesam!

— Preklinjem vas, nemojte nikom i nikad govoriti ovo što se dogodilo; inače, ja ću se ubiti.

— Nećete se vi ubiti, vi meni trebate da mi dajete troškova kad mi zatreba. Nikom neću govoriti, to budite uvereni.

I tako se ja obučem, dobijem pedeset dinara, pa pođem istim putem kao što sam i ušao. Kad sam joj kazao zbogom, ona mi reče:

— E, jeste li čuli, vi ste neki pošten lopov!

— O, vi mi laskate — odgovorih joj i htedoh još jedanput da je poljubim, ali mc ona zamoli da to ne činim.

— Dosta je bilo — reče — i suviše, i suviše je bilo.

— Eto, tako sam te noći prošao — završi Rista policajac svoju priču — a posle kad god mi je trebalo troška imao sam. Probala je ona da se iseli iz jednog kvartira u drugi, ali sam je ja uvek našao.

Tek posle godine dana izgubio sam je sasvim.

Rista policaj ućuta, a na satu izbi taman ponoć. Kmet čuknu te plati račun sanjivome kelneru. Rista policaj se protegli i pođe, obećav još jedanput da će sutra ujutru doći da ih odvede advokatu, a kmet i dućandžija se uputiše u sobu broj 3, šuškajući usput o čudnovatome događaju koji im je Rista maločas ispričao.

GLAVA ČETRNAESTA

Kancelarija advokata Fiće.

Na kraju dotične varoši, kao i na kraju svake druge varoši kod nas, pa bila ona dotična ili ne, mehane su; one prljave mehane sa prostranim dvorištima u kojima ima vazdan raspregnutih seljačkih kola, a vočići vezani za jaram jedu seno koje je prostrto pod njima. Te su mehane obično pune seljaka koji su se vratili sa pazara, pa uvratili se da dopiju po jednu-dve, ili da se sačekaju sa svojima pa svi zajedno da krenu u selo.

U takvoj jednoj mehani, koja nosi ponosno ime *Narodna gostionica kod Nacionala* a u jednoj odvojenoj sobi, nalazila se kancelarija advokata Fiće. U tu se kancelariju ulazi iz same mehane, kroz jedna staklena vrata kroz koja se, iako nema zavese na njima, ne vidi ništa u Fićinu kancelariju, jer su muve na tim prozorima godinama, kao vredne pčele med, udarale tačku do tačke marljivo, da se ni kroz najgušću zavesu ne bi manje videlo.

Mehana već izgleda kao mehana, niti se razlikuje u čemu od ostalih mehana. Ogledalo uvijeno u tul koji je nekad bio plav, pa onda slike: knez Mihailo, lovčeva pratnja, streljanje Maksimilijanovo i već sve one slike koje se nalaze obešene u svima pripovetkama naših pripovedača, kojima je palo u deo da opisuju mehanu druge klase.

Fićina kancelarija je mala soba, ali zato puna kao košnica. Tu je najpre njegov advokatski sto, običan kafanski sto pokriven dvojim-trojim novinama. Po tom stolu su rasuta neka akta, pa onda stari drveni divit, sav poliven i obliven mastilom; nekoliko pera umrljanih do polovine držalje mastilom; neka masna knjižica bez korica; pa onda jedan sav iskupusan kalendar bez korica i najzad, nekakav zakonik takođe bez korica i bez mnogih listova, koji Fići valjda nisu ni potrebni, jer su svi njegovi klijenti uvereni da on „zna zakon u prste".

On, istina, nije učio škole, nego je bio najpre terzijski šegrt, posle dve-tri godine praktikant, zatim senzal na pijaci, a sad je advokat. Ali, zato, retko će ko da ti svrši posao kao on. Potrči on i u opštinu i u sresku kancelariju; napiše on i tužbu i žalbu i sve što hoćeš. A osim toga, ako je da kupiš ili da što prodaš, tu je on da ti svrši i da ti pomogne; ako je da kome pokvariš pazar, opet je on tu.

I što je glavno, on se ne stidi nikakvog posla; kupiće on i kožu, naći će ti mušteriju da prodaš stare amove, nabaviće ti mlađeg za kuću, pa, ako hoćeš, kupiće ti i piliće na pijaci. Svaku uslugu on će učiniti, svakoga se posla prihvatiti, pa ipak, jedini posao kojim se on ponosi i koji smatra za svoje pravo zanimanje, to je njegov advokatski poziv.

On, doduše, nije nikad nikakvu parnicu terao, ali u arhivi sreske kancelarije i okružnog načelstva, kao i u arhivi opštinskoga suda, gomila je akata, tužbi i žalbi njegovom rukom ispisanih, a nijedna nije prosto napisana, nego onako kako bi i najbolji advokat napisao tj. pomenuta su u svakoj bar po dva-tri paragrafa.

A kako je tek znao paragrafe! Dođe mu seljak pa mu govori o svojoj bedi a on samo sluša, sluša, a kroz zube neprestano mumla one paragrafe koji se odnose na dotičnu bedu.

— Bio ja — veli seljak — dužan Milovanu, mome komšiji, sedamdeset i dva groša...

— Paragraf sto četrnaesti! — mumla Fića.

— Šta veliš?

— Ništa, ništa — veli Fića — dosećam se paragrafa pod koji to potpada, produži ti samo!

— Bio mu, velim, dužan sedamdeset i dva groša, pa kao o Đurđevdanu da mu vratim.

— Trista šesnaesti — mumla Fića.

— A meni se nekako zgodi — nastavlja seljak — te prodam ranije kravu i vratim Milovanu pare na mesec dana pre roka.

— Četrdeset šesti, buki!...

— Mislim, kâ ljudi namirili se, još mu platio i interes i taksu i sve...

— Četrdeset šesti, az.

— Kad, moj brate, on sad meni traži da mu platim interes sve do Đurđevdana, jer veli tako je ugovoreno.

— Dvesta peti, dvesta šesti i dvesta sedmi.

— Šta veliš? — pita seljak i gleda Fići pravo u oči.

— E, moj brate rođeni, šta da ti kažem — počne Fića trljajući ruke — stvar ni sa formalne ni sa zakonske strane nije, da kažeš, prosta. Prosta stvar, moj brate rođeni, zato se zove prosta što se zakonski osniva na jedan odnoseći se paragraf, i tu je onda lako. Teško je dok ne pogodiš koj' je taj paragraf, a kad pogodiš, onda, moj brate rođeni, ti možeš i sam terati parnicu, bez advokatske pomoći.

— Tako je — veli seljak i gleda Fiću pravo u oči, čudeći se koliko njegovom znanju toliko i njegovoj iskrenosti.

— Međutim — nastavlja Fića — stvar nije više prosta čim se osniva na više od jednog odnosećeg se paragrafa. Ova tvoja stvar, na primer, ima ove odnoseće se paragrafe: sto četrnaesti, trista šesnaesti, četrdeset šesti az i buki, dvesta peti, dvesta šesti i dvesta sedmi.

— Ala, brate — začudi se seljak — koliki se paragrafi nabraše za dva'est groša interesa. Jašta li bi ih bilo da je nešto oka dukata.

— Šta ću ti, moj brate rođeni, to je zakon, to su paragrafi. Nisu, da kažeš, ljudi ili svedoci, pa da im kažem: dosta vas je dvojica, a vi što vas je poviše idite kući, je li tako?

— Tako je — veli seljak.

— Vidiš, zato ova tvoja stvar nije prosta, jer to je velika majstorija sa toliko paragrafa se nositi. Jer, vidiš, moj brate rođeni, paragraf trista šesnaest kaže: daj Milovanu do onog dana interes kojega si mu položio novac. Jest, al' četrdeset šesti buki veli: e, nema vrdanja, nego plati Milovanu interes sve do Đurđevdana!

— Slušaj — dodaje seljak posle kratkog razmišljanja — pa taj trista šesnaesti je pošteniji od toga buki, sudi ti meni po njemu ako možeš.

— Jest, al' dvesta peti kaže: nema da se sudiš samo po jednom paragrafu, nego nas moraš sve da zoveš, svi smo mi paragrafi časni i pošteni i kao braća smo, ne odvajamo se jedno od drugoga ni u dobru ni u zlu.

— O, maj'! — češe se seljak, i nastavlja — pa dobro, gazda Fićo, kako me ti savetuješ šta da radim?

— Moj brate rođeni, nije to kako te ja savetujem, nego zakon; kako te zakon savetuje, tako da radiš!

— Pa, kako, molim te?

— Eto, paragraf četrdeset šesti az veli: kad stvar nije prosta, a ti idi advokatu, plati mu dobro, na to nemoj da žališ, jer će te drukče skuplje koštati.

— Pa da platim, gazda Fićo, nije da ja neću da platim, ali koliko?

— E, moj rođeni brate, za tužbu samu daćeš ti meni dakle četiri dinara, a platićeš dabome i druge troškove što bude i koliko bude.

— Ama kakvih četiri dinara — zaprepasti se seljak — taman toliko traži i Milovan interesa.

— Znam, brate, ali ti ovde ne braniš četiri dinara nego tvoj obraz i tvoju čast. Je l' tako?

— Pa... tako je!

I tako se oni pogode, uzme on četiri dinara i otpočne parnicu za obraz i čast, i ta se parnica nastavlja nekakvih šest meseci, sve sa novim i novim troškovima, i sve sa manje i manje izgleda da će onaj doći do svoga obraza i svoje časti.

Eto, kod toga advokata Fiće doveo je Rista sutradan popa, kmeta i Jovu dućandžiju, a već štumadla je na sebe primila da pripazi dete, pošto sad to nije bila tajna.

Advokat Fića baš kupio dve sirove jagnjeće a uđoše nove mušterije. Rista samo reče u preporuku dve-tri reči pa ode. Na vratima još jednom dodade:

— Gledaj, Fićo, pa nađi čare ovim ljudima, dobri su i čestiti ljudi. Kao da ćeš meni učiniti ako ih spaseš bede.

I pop i kmet i Jova oprostiše se sa Ristom blagodarnim pogledom, pa se onda okretoše Fići.

Fića stoji kraj svoga stola i posmatra ih. On je mali i zadrigla vrata, a retke kose, sitnih očiju. Na njemu je dosta dug, bledunjav ibercig i nove segeltuske pantalone, koje još nisu prane, pa se na svakom prevoju prelomile kao da su od papendekla; na nogama mu cipele koje se, vidi se, mažu mašću, a viksa nisu videle već nekoliko meseci, a štikle na njima iskrivljene i izišle u polje. On celokupan pravi utisak dobra čoveka, koji bi svome bližnjem dao sve što ima, iako je u stvari on radije uzimao od svoga bližnjega sve što ovaj ima.

— A vi ste iz Prelepnice? — progovori on prvi.

— Jes'! — odgovori kmet i onda razveza redom da priča svu bedu koja je postigla selo Prelepnicu sa opštinskim detetom, kao i rešenje kapetanovo.

Za vreme njegove priče Fića je progunđao četrnaest raznolikih paragrafa i to iz šest raznolikih zakona. Pomenuo je i krivični zakonik i građanski postupak i zakon o taksama i zakon o osnovnim školama, pa onda zakon o seoskim dućanima i, najzad, zakon o sreskim i okružnim drumovima. Kakve su veze svi ti zakoni imali sa celom ovom stvari, to je izvesno duboka advokatska tajna, ali jedno što se iz ovoga dalo odmah naslutiti, to je, da cela ova stvar neće moći ni da se ubroji u proste stvari tj. one „koje se zakonski osnivaju na jedan odnoseći se paragraf", nego će tu da se umešaju silni paragrafi, i skočiće jedno na drugo da se pokrve tako, da će ih Fića jedva izmiriti, podsećajući ih da su paragrafi upravo braća i da, kao takva, treba u miru i ljubavi da žive.

Tako je bilo. Kad kmet svrši svoju kažu, a Fića se duboko zamisli i poče da dobuje noktima po stolu. Zamisliše se, bogami, i pop i kmet i dućandžija pa gledaju Fiću u oči, kao što bi u ikonu gledali.

— Bogami!... — učini Fića, pa poče da vrti sumnjivo glavom — neobična i zakonski i formalno neobična stvar — pa onda diže glavu i zagleda se pravo kmetu u oči. — Kaži ti meni, brate moj rođeni, hoćeš li ti da se mi ponesemo s kapetanom ili nećeš?

Kmet se počeša po vratu.

— Pa — veli — ja kâ ne bih, voleo bih ja lepo s njim; ljudi smo, zašto da se svađamo.

— Dobro! — veli Fića i opet se duboko zamisli.

Prvi put je ovo da Fića ne otpoče da obrće i premeće paragrafe i naširoko i nadugačko i da priča, nego se zamisli, ozbiljno se zamisli. Jedva se malo trže od misli pa diže glavu i zapita:

— A koliko je staro dete?

— Nema ni dve nedelje — veli pop koji se najbolje razumevao u datumima.

— Hm, hm! — učini Fića ponovo, pa se opet zamisli.

I popu i kmetu i Jovi gotovo beše čudno što se advokat toliko misli. Zar je to baš tako teška beda? Ali — nemadoše kud, nego da očeknu šta će im reći.

Najzad Fića diže ponovo glavu, a vidiš rešio je stvar, jer se veselo smeje i zadovoljan je sam sa sobom.

—Eh, vidiš, moj rođeni brate, tu stvar nećemo mi ni zakonski ni formalno osnovati ni na jedan odnoseći se paragraf, nego ćemo tu stvar sasvim privatno i vanzakono rešiti.

— A kako? — zapitaše sva trojica i napraviše sitne oči od zadovoljstva.

— E, vidiš — vi ćete meni da date jedanput za svagda sto dinara, a ja ću to dete da uzmem na svoju brigu i, već, moje će to biti šta ću i kako ću s njim. Ipak se obvezujem da ću učiniti samo ono što je za detinju budućnost najbolje.

Sva trojica se i raspoložiše i namrštiše. Da se jedanput za svagda otresu deteta bila je stvar da ne može bolja biti, ali da dadu sto dinara nije im izgledalo tako zgodno iako je kmet za svaki slučaj poneo taman toliku sumu iz prireza za prvo polgođe.

— Neće li biti mnogo? — zapita kmet.

— Ako vam je mnogo, a vi nosite dete kući, možda ćete ga u selu jeftinije izdržavati.

— Ama nije, nego...

— Kako nije! Ja vam kâ prijateljima govorim, a vi zapeli pa mnogo je. Kako mnogo, brate, da računaš po deset dinara na mesec pa to je tek za deset meseci, a gde je za ceo vek?

Prošaputaše još malo, pa kmet odreši kesu, izbroja sve u srebru sto dinara, rukovaše se i izljubiše se sa Fićom, i, kroz pola sata, pop donese opet pod mantijom Milića Fići, a Fića ga odnese svojoj ženi.

Tako se selo Prelepnica jedanput za svagda spase bede koja je pretila da će se kroz ceo svoj život provlačiti kao prilog uz akta suda opštine prelepničke.

GLAVA PETNAESTA

Jedna za čitaoce sasvim nova udovica.

Ja strašno mrzim pisce koji u početku romana pišu lepo i tečno, te vidiš kako je svaka Glava nastavak one prošle Glave, pa tek ujedanput, samo da bi zbunili čitaoce ili sebi zavarali trag, unesu neku sasvim novu ličnost, pa u novoj Glavi počnu da pričaju nešto, što nikako nije nastavak iz one prošle Glave. I koliko god sam u ovom romanu hteo to da izbegnem, opet mi je nemoguće, jer bi mi bilo vrlo teško obići ovu udovicu sa kojom mislim sad upoznati čitaoce. Kad je poznaju, čitaoci će i sami uvideti da je takvu udovicu teško obići.

Ona se devojkom zvala Mica, u braku kao žena zvala se Milka, a sad se kao udovica zove gospođa Mileva. Gospođa Mileva je tek od pre tri meseca udovica. Ona još nosi crninu, ide svake subote na grob svojega muža koji je zasadila šebojem, i drži pokojnikovu sliku više svoga kreveta za spavanje, uvijenu u crni flor. Koliko je volela pokojnika vidi se između ostaloga i iz samih posmrtnih plakata, u kojima je ovako tužno završila objavu o smrti pokojnikovoj: *Molim sve prijatelje i poznanike za tiho saučešće u ovoj groznoj tuzi*, a potpisala se: *Neutešna udova Mileva*.

Ova neutešna udova Mileva prilično je zadrigla; punih je obraza, omalena, a okrugla, lepih crnih očiju i obrva, a majušnih usta, tako malih da ti se čini da ta usta ne bi nikad mogla da protivreče štogod mužu ili da koga ogovaraju. Od osobenih znakova, gospođa Mileva imala je onaj znak na sebi koji imaju sve žene koje su teške u devetome mesecu. Tek deset meseci kako se udala i jedva je proživela šest meseci sa svojim mužem, pa, eto, ostala udovica i to sa posmrčetom pod bremenom. Da je bar pokojnik to doživeo da vidi svoje čedo, ali mu se, eto, ne dade, a koliko se grešnik tome radovao.

Pokojnik je bio vrlo dobar i pitom čovek; mogao si ga ubediti i dokazati mu sve što god si hteo, ako si mu samo lepo umeo da objasniš. Jednom se samo pokazao malo tvrdoglav i kao čovek koji ne razume šta mu se govori, a to je, kad se pokušalo ubediti ga kako bi trebalo da napiše testament. I kako je još pažljivo to gospođa Mileva učinila. Nije htela sama to da mu kaže; kako bi ga, zaboga, vređala time kad su tako lepo živeli. Umolila je gospodin-Miliju, penzionisanog sudiju, čoveka vrlo ubedljivog, tihog, razgovornog i čoveka koji to tako lepo ume izdaleka.

Jer odista, pokojnik je na dve nedelje pred umiranje izgledao tako rđavo da je svaki čas mogla smrt nastupiti. Da umre bez testamenta ne bi bilo zgodno već i zbog toga što ima i braće i druge familije, a da mu se kaže onako slabom u oči da napiše testament, teško je, jer ga to može jako potresti.

Zato gospođa Mileva prozove lepo sebi gospodin-Miliju pa mu kroz suze rekne:

— Gospodin Milija, vi znate, ceo svet zna koliko ja volim svoga muža. Ja zbilja ne znam hoću li i mogu li ostati živa, kad on bude umro. Ja ne verujem da ću ostati živa. Pa sad kažite sami, kako mu mogu u oči kazati, da bi trebalo da napiše testament.

— Odista — veli gospodin Milija — to je vrlo nezgodno za vas.

— Vrlo težak položaj — uzdahnu gospođa Mileva.

— Odista težak — uzdahnu i gospodin Milija, i to više da pokaže neko učešće, jer inače nije imao nikakvog naročitog razloga da i on uzdiše.

— E, pa vidite, kad bi vi to nekako. Svi su mi kazali da bi vi to umeli, lepo i iz daleka, onako da uvijete pa da mu kažete.

— O, molim — dodaje gospodin Milija ljubazno — što se toga tiče, ja ću sasvim to uviti i počeću što je moguće više izdaleka.

Posle tih reči gospodin Milija se diže, zakašlja se vrlo autoritativno i pređe u sobu bolesnikovu. Pozdravi se sa pokojnikom, pripita ga o ovome i onome, pa onda poče sasvim izdaleka. Veli mu:

— Brate i prijatelju, ti valjda i sam vidiš da ćeš za dan-dva umreti. Šta vrede te medicine i recepti, ništa... koješta... trice i kučine... ništa ti to neće pomoći! Eto, pogledaj kako ti se proziru uši, pa i usta su ti pomodrela. Može biti nema ko da ti kaže iskreno; danas čovek ima vrlo malo prijatelja koji će mu iskreno reći istinu u oči. E, ali ja, kome sam prijatelj, prijatelj sam mu!

Bolesnik još kod prvih reči gospodin-Milijinih razrogači oči, uznese glavu u jastuk i poče kao prut da dršće od straha, a zinu da zove u pomoć, ali ne mogade da pusti glas od sebe.

Gospodin Milija, u uverenju da je već prvim rečima učinio dobar utisak, nastavi i dalje da prijateljski i iskreno obaveštava svog prijatelja.

— Pa kad ćeš već da umreš, brate, kad to već i sam uviđaš...

Bolesnik manu rukom kao da bi hteo reći da on to ne uviđa, a gospodin Milija nastavi:

— Šta, ne uviđaš? Pa, deder, iznesi mi makar jedan protivrazlog... Ćutiš, ćutiš, je li, jer nemaš nijedan protivrazlog. A i kad bi imao kakav bi to razlog bio, eto, reci sam: „Bog je veliki, lekovi... doktori...", je li, to su tvoji razlozi? Ali to nisu nikakvi razlozi, prijatelju! Zar ti ne vidiš da si sama koža i kost, na tebi nema ni kile mesa, pa pogledaj kakve su ti oči: kao u mrtvaca. Dakle, tu ne vrede fraze, jer to, brate: „Bog je velik!", to je fraza koja se kod svakog samrtnika upotrebljava!

Bolesniku pođoše suze na oči, a usne još više pomodrile i poče da škljoca zubima od silne drhtavice.

— Dakle — nastavi g. Milija — najpametnije što možeš učiniti, to je da što pre napišeš testament. Što pre, razumeš li, jer ako igde, a to kod samrtnika je opravdano: „što će biti jesenas, neka bude večeras".

Gospodin Milija htede još da govori, ali bolesnik, ne znajući već kako da se oprosti ove strahote od iskrenosti, prevrnu se na drugu stranu i pokri se jorganom preko glave, pa i tako pod jorganom još zapuši uši prstima.

Kad gospodin Milija vide da je na taj način nemoguće da njegovi dalji razlozi dopru do ušiju bolesnikovih, diže se i iziđe iz sobe u predsoblje, gde ga je s nestrpljenjem očekivala gospođa Mileva.

— Jeste li uspeli? — zapita ga nestrpeljivo.

— Ne brinite, ja sam počeo sasvim izdaleka, najpre sam ga ubedio da će naskoro umreti. O, verujte, u to je on sad već potpuno uveren.

— O, baš vam hvala! — reče tužno buduća udovica.

— E, a zatim sam tek prešao na pitanje o testamentu, i o tome sam mu govorio. Ja mislim da sam i u tom pogledu uspeo.

Gospođa se Mileva vrlo ljubazno zablagodari gospodin-Miliji i isprati ga do kapije, a zatim se vrati u sobu svoga bolesnoga muža. Kad ona uđe, on najpre nepoverljivo gvirnu ispod jorgana, pa tek kad se uveri da to nije Milija, diže jorgan s glave i dozva tihim glasom ženu k sebi.

Gospođa Mileva pristupi tužna lica postelji.

— Ovoga gospodina — poče da šapće bolesnik — ovoga što je sad bio, nećeš nikad više puštati k meni. Naredi momku da ga izbaci čim naiđe na vrata, da ga isprebija kao mačku pa da ga izbaci.

Gospođa Mileva obeća da će ispuniti ovu bogougodnu želju samrtnikovu.

Bolesnik zatim nanovo dobi neko drhtanje i vatru i bolest pođe nagore. Do posete gospodin-Milijine lekovi su nešto i pomagali, ali od te posete pođe sasvim nagore. Poče bolesnik i da bunca, a u bunilu i da govori koješta. Sve mu se priviđao gospodin Milija, pa kao gospodin Milija nije penzioner nego zubni lekar, a on ga kao pozvao da mu izvadi jedan kutnjak, a gospodin Milija kao zavukao klešta u usta, ali mesto kutnjaka sčepao mu dušu pa vuče li vuče. Eto, takvi snovi i slike počeli su pokojniku da izlaze pred oči, a on se brani i rukama i nogama i bunca:

— Klešta... jaoj... to je duša, to nije kutnjak... Milija... Milija!...

Celu noć je tako rđavo prespavao, a ujutru, kad se razbudio, bilo mu je još gore. Tada već poče i sam da uviđa, kako bi trebalo da napiše testament i kad to saopšti gospođi Milevi, a ona ni časa ne počasi već posla po advokata i po svedoke.

Oni dođoše pa lepo napisaše i potpisaše testament. A evo kako je pokojnik rasporedio svoje imanje, koje je bilo vrlo veliko:

Ako posmrče, koje će gospođa Mileva po smrti muževljevoj roditi, bude muško, celo njegovo imanje koje predstavlja više od dve stotine hiljada, pripada detetu, a glavni je tutor i rukovalac toga imanja gospođa Mileva. Ako pak posmrče bude žensko, onda mu pripada dvanaest hiljada dinara radi udaje, gospođi Milevi „pristojno izdržavanje", a sve ostalo imanje braći i ostaloj porodici pokojnikovoj.

Kao što se iz samog testamenta vidi, za gospođu Milevu bi mnogo bolje bilo da rodi muško no žensko. Drugim rečima, njen porođaj biće izvlačenje lutrije kojom će prilikom ona dobiti ili glavni zgoditak zajedno sa premijom ili samo „osminu".

A taj porođaj ili „izvlačenje" ima da se desi najdalje za nedelju dana od dana kada smo se mi čitaoci upoznali sa gospođom Milevom.

GLAVA ŠESNAESTA

Porođaj, znamenje, pelene, fačle, babica, novo korito, pop, kum, krštenje, boščaluk, povojnica, i sve druge sitne i krupne stvari, koje mogu imati veze sa jednim tako intimnim događajem, kakav će se opisati u ovoj Glavi.

Pošto je već i testament bio napisan i pokojnik umro i lepo sahranjen i dostojno ožaljen, gospođi Milevi nije ništa drugo ostalo do da izvrši još i tu formalnost, da rodi.

Razume se da je gospođa Mileva jako polagala na to da rodi muško, i to, kao što se poverila babici tetka-Lenki, najviše zato, što bi u njemu videla svoga pokojnog muža, koga još nikako nije mogla da prežali.

Babica joj je dala i jedan vrlo lep savet:

— Da bi dete bilo lepo, čuvajte se da ne spazite nekog ružnog čoveka, već gledajte sve u lepog čoveka.

Toga radi, gospođa Mileva je svako poslepodne sedela kraj prozora, kraj kojega je rado šetao mladi sudski pisar Vasa Đurić i ne sluteći, da će i on sa svoje strane doprineti da dete bude lepše.

Kad je tako sve bilo pripremljeno da se ispuni i poslednja zakonska formalnost za izvršenje testamenta, stigoše jednoga dana od krojačice još i pelene, fačle, košuljice i sve druge sitnice; stiže i novo korito, i već sve je bilo toliko gotovo, da je od tog trenutka svakog dana bila u pripravnosti i vruća voda.

Takvog jednog dana, kad je u bakraču ključala voda, ona što se svakog dana pripravljala i kad je gospođa Mileva u sobi punoj pelena, fačla i drugih sitnica sedela kraj prozora, očekujući da vidi gospodina Vasu Đurića, kucnu neko tiho na vrata.

— Slobodno! — odgovori gospođa Mileva tužnim, udovičkim glasom.

Vrata se otvoriše i tiho, smireno i prijateljski stupi u sobu advokat Fića.

Čitaoci, koji poznaju sve Fićine osobine i poslove, neće izvesno pomisliti da je on došao gospođi Milevi da kupuje kože, ili da prodaje stare amove, pa čak i da ponudi mlađe. Ne, on je došao vrlo važnim i čisto advokatskim poslom, koji ćemo saznati iz niže izloženog razgovora Fićinog i gospođa Milevinog:

Fića: Ja vam nisam poznat, ali to ne menja stvar. Ja sam advokat, poznati advokat Fića.

Gospođa Mileva: Milo mi je, a šta želite?

Fića: Vidite, gospođo, meni je poznata vaša stvar koja sa formalne strane nije tako prosta i ona se odnosi na mnoge odnoseće se paragrafe koji, s obzirom na sve evropske zakone, protivureče jedni drugom.

Gospođa Mileva: Ja vas ne razumem, gospodine.

Fića: Teško je i razumeti, brate moj, jer, kao što pomenuh, stvar nije prosta.

Gospođa Mileva: Pa dobro, šta hoćete vi?

Fića: Odmah ću vam reći u čemu je stvar. Meni je poznat testament vašeg pokojnog muža.

Gospođa Mileva (kod tih reči ne reče ništa, ali se celim licem okrete prema Fići i poče pažljivije da ga sluša).

Fića: Tim ste testamentom, vi, brate moj i gospođo moja, up-ućeni da rodite muško, jer kad bi rodili žensko, to bi bila propast za vas. Vi valjda nemate namere da rodite žensko?

Gospođa Mileva: Da, zaboga, ali otkud ja znam; ja bih volela muško, ali to je u božjoj ruci.

Fića: E, vidite, to je baš ono što to nije u božjoj ruci nego u našoj, upravo u vašoj, gospođo!

Gospođa Mileva (prekrsti se i prepade): Bože Gospode, šta vi to govorite?!

Fića: To što vam kažem! To sve zavisi od vas, pa da, bez ikakve povrede odnosećeg se zakona, rodite muško dete. Ako se poverite meni, ja mogu da učinim da vi rodite...

Gospođa Mileva (pošto je rđavo razumela poslednju Fićinu rečenicu, pocrvene do ušiju i jedva poluglasno progovori): Ali zaboga, ja sam u devetom mesecu...

Fića: Utoliko bolje. Vi ste u devetom mesecu, vi ćete za koji dan roditi, i ako rodite muško — neka je sa srećom. U takvom slučaju vi ćete meni za moju dobru volju i gotovost dati jedno sto dinara i to je sve. Ali... (i tu Fića udari značajno glasom) ako vi rodite žensko, u drugoj sobi do vaše biće u pripravnosti jedno skoro rođeno muško dete, i to dete nema ni oca ni majke, i za koje se uopšte ne može tačno ni znati kako je rođeno.

Gospođa Mileva (zaprepastila se, gleda levo i desno, ne zna ni sama šta da kaže; po svemu izgleda da joj se plan dopada, ali da ne zna sme li ovom čoveku verovati ili ne).

Fića (poznao je šta ona misli): Može biti vi se bojite da to učinite, jer ne poznajete mene. Vi se varate, jer stvar je vrlo prosta. Teško je bilo samo da se nađe ovakav plan, to je ono što u celoj stvari košta, drugim rečima moja nagrada. A poverenje, gospođo moja i brate moj, poverenje prema meni možete imati, jer pred paragrafima, koji se odnose uglavnom na ovu stvar, i ja bih bio toliko isto kriv koliko i vi, kad bi do čega došlo. Dakle, ja moram čuvati sebe; to ćete priznati da ja moram čuvati sebe.

Gospođa Mileva: Da, ali... kako da kažem... ako se dozna?

Fića: Ne može se doznati, ja ne smem kazati, vi ne smete kazati.

Gospođa Mileva: Ali — babica?

Fića: Babica? — Babica će biti moja žena; ovu koju imate, oteraćete.

Gospođa Mileva: A dete?

Fića: Muško će biti vaše.

Gospođa Mileva: A žensko?

Fića: Daćemo ga nekom, to je moja briga. Ja ću ga dati tako da se o njemu neće ništa znati. Vi ćete davati nešto mesečno za izdržavanje, tog deteta.

Gospođa Mileva (ćuti, dugo ćuti, razmišlja): Juh, strah me je i da mislim.

Fića: Birajte: ili dvesta hiljada dinara sa kojima vi raspolažete ili „pristojno izdržavanje".

Gospođa Mileva ustade s mesta, pređe preko sobe uzbuđena, vrati se opet, zagleda Fići u oči i htede nešto da ga upita, ali se uzdrža. Fića živo nastavi:

— Vi se možda pitate, šta bih ja tražio za takvu uslugu. Molim, ja sam skroman, vrlo malo, onoliko koliko vi smatrate da je pravo za tako jednu veliku uslugu.

— Ne, ne kažem to, za to bih lako, ali... ne smem da se rešim, nije to tako lako rešiti se.

Pa ipak, posle izvesne borbe, gospođa Mileva se reši da usvoji predlog i utvrdi pogodbu sa Fićom.

Tog istog dana gospođa Mileva se naljutila na babicu tetka-Lenku što je dockan došla i oterala je, a uzela za babicu Fićinu ženu. Istina, mnogi su se začudili tome, jer Fićina žena nije nikad praktikovala taj zanat, ali kada je tako volja porodiljina, neka joj je.

I sad već dođe dan koji se očekivao. Gospođa Mileva leže u krevet, u kome su bila tri jastuka sa heklovanim ajnsecima, pa onda porodiljski jorgan od crvene svile i već sve drugo što je potrebno.

U sobu ne sme niko da uđe do Fićina žena, a u drugoj sobi, do porodiljine, sedi Fića spreman da porodi dete kakvo testament zahteva.

Gospođa Mileva se zamuči i u ime Boga rodi — muško, istina veliko dve i po nedelje, ali to ne mari ništa. Žensko dete, koje se bez ikakve stvarne potrebe tu našlo, još te iste noći odnese Fića negde iz kuće.

A sutradan, prosu se po varoši glas da je gospođa Mileva dobila noćas krasno, lepo i zdravo muško dete koje jako liči na pokojnika.

Dete dobi na znamenje ime Momčilo, a nedelju dana zatim na krštenju Nedeljko. Tako grešni Milić sad i po drugi put bi rođen, pa i po drugi put kršten, a ovaj drugi kum ozbiljno se požali kumici-porodilji, kako mu mal' ne otpadoše ruke držeći dete, jer:

— Bog neka ga poživi, ali je dete tako napredno i veliko, kao nijedno dosad što sam ih krštavao.

GLAVA SEDAMNAESTA

Posle četrdeset dana.

Prošlo je četrdeset dana, drugim rečima prošlo je toliko vremena, koliko bi trajao najveći post u godini, i gospođa Mileva se pridigla sveža, rumena, nasmejana, tako da gospodin Vasa Đurić nije mogao a da ne uzvikne: „Udovica i po!"

Bivše opštinsko dete, bivši Milić, a sadašnji Nedeljko, raskokotao se ležeći kao paša u svilenim pelenama, pod svilenim jorgančićem, u vrlo finoj kolevci i sa niklovanom cuclom u ustima i to tako lepom cuclom, kakvu mu nikad ne bi kupio odbor opštine prelepničke pa makar udario naročiti prirez na građane svoje opštine.

Nedeljko je sasvim zadovoljan svojom sudbinom i on ovako u sebi misli:

— Ovo je mnogo bolje, no kad su me vukli birovi uz razna akta, ili pop pod svojom mantijom, ili kad mi je Jova dućandžija trpao u usta debelu drvenu kašiku s mlekom.

To jest, Nedeljko to ne misli, jer on još i ne ume da misli, nego pisac ovog romana veruje da bi Nedeljko izvesno tako mislio, kad bi mogao.

I dok Nedeljko tako uživa, gospođa Mileva već sedi kraj prozora, kraj kojega je i pre rado sedela, iako sad nije nikakva potreba da vidi gospodina Vasu, pošto je već rodila lepo dete.

Da, ali je sad već navikla da sedi kraj tog prozora, a gospodin Vasa je navikao da prolazi kraj toga prozora, a kako je navika druga priroda, to je ta „druga priroda" tako izmenila gospođu Milevu, da je sad već otpočela i da otvara prozore kad prođe gospodin Vasa, a gospodin Vasa je opet čak do ćoška izvijao glavu.

Kako je gospodin Vasa međutim bio sudski pisar i radio u masenom odeljenju, to nije čudo što je, kako sa masom tako i sa udovicom, morao doći u dodir. On se, dakle, upoznao sa udovicom i češće puta bi se potad i uvratio njoj, da je pogdešto usavetuje odnosno njene mase, kojom je ona kao glavni tutor uveliko rukovala.

Kad se prvi put tako uvratio, bio je lepo dočekan i poslužen slatkom i kafom; kad je drugi put došao, dobio je slatko, kafu, čašicu rakije i — gospođa Mileva je naročito njega radi ispržila mafiše. A kad je treći put došao, dobio je slatko, kafu, rakiju, mafiše i slatke jabuke, koje je gospođa Mileva svojom rukom ljuštila. Tom prilikom su gospodin Vasa i gospođa Mileva i igrali udvoje žandara do dvadeset i jedan. Kad je četvrti put došao, dobio je sve što i pre, ali sad su već igrali žandara do sto i jedan i tom prilikom se gospođa Mileva rešila da skine crninu.

— Pravo kažete, gospodin-Vaso — rekla je uzdahnuvši — i onako ima čovek i suviše tužnih dana u životu, dosta je što je srce čoveku sve ocrnjeno, što će mu još i crno odelo.

— Ne samo to, gospođo — dodaje gospodin Vasa ljubazno — nego vama i lepše stoji haljina u boji. Na primer „liht-blau" prema vašem licu i prema vašoj kosi! Ja to zamišljam, imaginiram i verujem da su i anđeli liht-blau i njihove haljine moraju biti liht-blau.

— O, molim, vi vrlo mnogo laskate — dodaje udovica i stidljivo ljušti jednu krišku jabuke, koju će zatim nataći na nož i ljubazno ponuditi gospodin-Vasi.

— Laskam? — nastavi gospodin Vasa vatreno. — Bože sačuvaj! Pa, evo, zamislite sami, kakvi bi izgledali anđeli kad bi imali „žandarblau" ili „dunkl-roza" haljine. Koješta, to bi bilo koješta!

Prilikom te posete pozvala je gospođa Mileva gospodina Vasu sutradan na večeru pa kako ćemo sa tom večerom i sa gospodinom Vasom imati u idućoj Glavi posla, to je pravo da se još u ovoj Glavi malo bliže upoznamo s njim.

Da je lep, to znamo još iz prošle Glave a da je mlad, to ne treba ni kazati, ali treba kazati da je to ujedno i sve što on ima. Svršio je nekako trgovačku školu pa otišao u poreznike, odatle u policijske pisare, a odatle u sudske. U toj službi stekao je dva para cipela, četiri bela prsnika, četvore pantalone i tri kaputa, sedamnaest mašna, dva tuceta džepnih marama i zabranu na pola plate. To mu je gotovina, ne računajući dugove. A dugova je imao raznolikih, pa i takvih da se čovek krsti i čudi. Na primer, u knjizi trgovine *Spasić i drug* ovako je glasila njegova partija dugovanja:

6 ženskih košulja . . . 18 dinara
1 par ženskih bronerskih cipela . . . 13
24 lepeze . . . 14.40

Međutim, niti je on nosio ženske košulje, niti bronerske cipele, niti se hladio sa dvadeset i četiri lepeze.

A u radnji *Braće Dimitrijevića* ovako mu je glasila partija dugovanja:

2 kutije pudera . . . 5 dinara
4 tuceta ukosnice (harnadle) . . . 0.60
1 šlajer . . . 1.50
1 mider . . . 4

I kad se zna da je gospodin Vasa muško, što je uostalom, kako ukazom tako i samom krštenicom, utvrđeno, onda su zbilja čudnovati ovi podaci o njegovim dugovanjima. Druga je stvar, međutim, što u knjizi gazda-Spase kafedžije ima ovakvu rubriku:

1. Pet meseci neplaćene kirije (soba br. 7) . . . 125 dinara
2. Četiri meseca neplaćen kost . . . 160
3. Dato mu u gotovu na zajam . . . 72
4. Plaćeni mu muzikanti za jednu noć . . . 10
5. Plaćeni mu muzikanti za jednu noć . . . 8
6. Plaćeni mu muzikanti za jednu noć . . . 12
7. Večera i piće za muzikante 17/II . . . 9
8. Plaćeno vešerki za njegov veš . . . 17.50

No njegovi krediti nisu samo pomenute firme. Njegovi glavni kreditori su udovice. Čudo je taj čovek, otkako se uvukao za pisara masenog odeljenja, voleo da pozajmi novac od udovica.

— Volim od udovice uzeti na zajam nego ne znam šta! — govorio bi uvek i držao bi se toga tako uporno, da od udovaca, na primer, ne bi za Boga zatražio.

— Pa kako im vraćaš? — upitao bi ga bedni arhivar, koji je dospeo u maseno odeljenje tek kad mu je bilo pedeset godina.

— Na rate — odgovorio bi gospodin Vasa. — Udovicama se drugače i ne vraća zajam nego na rate. Ja i ljubav provodim na rate, pa i dugove svoje plaćam na rate.

— Ljubav na rate?! — zaprepastio bi se arhivar, koji nikad u životu nije bio srećan da sazna šta je to ljubav, onako kao što ima na primer ljudi koji nikad u životu nisu jeli ananas ili bananu.

— Tako, na rate! — odgovara gospodin Vasa. — Jer ljubav to je izvesna obaveza prema onoj koju volimo, je l'te?

— Jeste! — veli arhivar iako on ni pojma nema da li je tako ili nije.

—E, vidite — veli gospodin Vasa — a sve obaveze ja otplaćujem na rate, kako mogu i koliko mogu. Razumete li sad?

— Razumem! — odgovara arhivar iako u stvari sad tek nije ništa razumeo.

Eto kakav je gospodin Vasa Đurić. No osim svih pomenutih, on ima još jednu lepu osobinu: on ume vrlo lepo da priča i da zabavlja. O tome ćemo se uveriti u idućoj Glavi ovoga romana.

GLAVA OSAMNAESTA

Gospodin-Vasin žulj.

Sutradan uveče bila je, dakle, večera kod gospođa-Mileve, kao što smo to iz prošle Glave saznali.

Nasred sobe postavljen mali četvrtast sto, u tanjirima salvete savijene kao srce, a nasred stola visoka pivska flaša puna jorgovana, đurđevka i ljubičice. A gospođa Mileva uspavala Nedeljka veselom udovičkom pesmom, pa se obukla u „liht-blau" haljinu da iznenadi gospodina Vasu.

Praštajući se sa crnom svojom haljinom, koju neće više poneti, uzdahnula je teško, a navlačeći na sebe „liht-blau" haljinu, koju će odsad redovno nositi, uzdahnula je takođe teško.

Oko sedam i po sati, kao što je glasio poziv, uđe gospodin Vasa u sobu, sa jednim od svojih belih prsnika na sebi i stade iznenađen na vratima. On ponovi svoj raniji kompliment, da odista i anđeli nose „liht-blau" odelo, pa sede za sto prema gospođi Milevi i počeše večerati uz najslađi razgovor.

Za sve vreme večere, gospodin Vasa se nešto vrpoljio na stolici, a posle večere tek priznade, da je morao pod stolom skinuti jednu cipelu, jer ga strašno peče žulj. Povodom te napomene, on poče da priča gospođi Milevi čitavu istoriju.

— Jedanput — kaže — mal' nisam izgubio službu zbog tog prokletog žulja. Bio sam pisar policijski pa jednog dana dođe depeša:

dolazi gospodin načelnik. Naš kapetan je bio nov i prvi put u struci, pa se uzvrpoljio i uzmuvao kao da je glavu izgubio, a mi se svi obukli u svečano odelo. Stiže načelnik i dočekasmo ga kao što mu i priliči. Uđe on u kapetaniju, pa u kapetanovu sobu pozove sve činovnike da im, po poznatom i beskorisnom običaju svih načelnika, čita lekciju o savesnosti u službi, o tačnom vršenju iste, i o mnogim drugim stvarima, koje se nalaze i u mnogim raspisima iz unutrašnjosti.

Da je g. načelnik govorio malo, ja bih sasvim lepo izdržao mirno i ponizno, ali g. načelnik oteže besedu, koja je trajala ravno četrdeset i pet minuta. Ja sam mirno i pažljivo slušao besedu g. načelnikovu i gledao mu pravo u oči, tako da je obratio na to pažnju i malo-malo pa bi se meni obraćao i, upravo, više meni govorio no ostalima.

Tačno petnaestoga minuta, meni sevnu žulj prvi put i ja vrdnuh nogom; zatim me štrecnu još dva-tri puta i ja počeh kao lelek da stojim na jednoj nozi. Prođe još malo, pa mi naiđoše suze na oči, a kad već bi trideset i pet minuta, a ja počeh da prevrćem očima, da se ugrizam za usne i uopšte tako da se kezim i kreveljim, da se g. načelnik, naviknut u početku besede da gleda jedino meni u oči, dvaput zbunio i pokvario besedu. Ja sam ustima čas pravio slovo „o", čas sam obrazima pravio slovo „f", jedan sam obraz zatezao, a drugi opuštao i bekeljio se da Bog sačuva.

Načelnik, najzad, u najvećoj zabuni, završi na dvoje na troje besedu i otpusti nas sve, a ostade sa g. kapetanom. Malo posle, zove me g. kapetan.

— Gospodin-Vaso — veli — šta je to zaboga s vama?

— Koje, molim vas?

— Kakvo je to vaše ponašanje prema g. načelniku?

— Molim, kakvo ponašanje?

— Ponašanje, zbog kojega će g. načelnik prosto predložiti da vas otpuste iz službe, jer ste mu se vi, za vreme njegovog govora, bekeljili, klibili i kezili — reče odlučno g. kapetan.

— Molim pokorno, kako bih se ja mogao bekeljiti na g. načelnika. Ja sam dobar i ispravan činovnik i nikad se u životu nisam bekeljio na vlast — odgovorih ja ponizno.

Uto mi, na moju veliku sreću, opet sevnu žulj, i ja se iskrivih sav.

— Eto, eto, bekeljite se i na mene, a ovamo se pravdate!

Meni sad tek beše jasno, a kažem g. kapetanu sve o mome nesrećnom žulju, te me jedva opra pred g. načelnikom.

Gospođa se Mileva slatko smejala ovoj nevolji gospodin-Vasinoj i ponudi mu jabuke, koje je za sve vreme priče svojom ručicom ljuštila.

Gospodin Vasa, kad vide da se priča dopala gospođi Milevi, nastavi i dalje da priča.

— E, ali drugi put desilo mi se nešto mnogo zanimljivije, i to sa jednom damom.

— Boga vam? — učini gospođa Mileva i pogleda vragolasto. — Pa što mi to niste pričali?

— To je bilo iste zime — poče gospodin Vasa — pa, jedno veče, znate, bio sam pozvan na večeru o slavi gospodin-predsednika okružnog suda. Ja sam za večerom sedeo do gospođe predsednikovice, a s leve moje strane sedela je svastika gospodin-pomoćnikova, koja je važila kao najlepša devojka o koju smo se svi otimali. Ja sam počeo najživlje da se zabavljam sa gospođicom i primetio sam odmah, da se jako zainteresovala mojim pričanjem i ćaskanjem. Služio sam je za vreme večere, dodavao sam joj i nudio sve što je želela, uopšte, bio sam toliko pažljiv i toliko je zabavljao, da sam već dobio i hrabrosti te, za vreme dok se pevalo *Mnogaja ljeta* g. predsedniku, izjavim joj i ljubav. Ne treba ni da kažem, da mi je u najlepšem momentu, upravo pri samoj izjavi ljubavi, žulj počeo strašno da dosađuje. Da bih mogao da produžim razgovor, ja kao ovo sad svučem cipelu pod stolom, i onda nastavim razgovor sa još većom voljom i hrabrošću. Gospođica Hristina nije htela odmah da mi odgovori na moju izjavu, već mi stište toplo ruku i tiho reče, baš kad se pevalo *Mnogaja ljeta* gospođici predsednikovici:

— Posle večere igraćemo malo. Vi ćete igrati sa mnom lans tada ću vam, za vreme igre, odgovoriti.

I odista, kad se završi večera, muzika najpre zasvira jedan tuš, jer je jedan pisar pio zdravicu gospodinu načelniku „strogom, pravednom i odličnom starešini, a ocu i majci naroda kojim upravlja". Zatim se poče igra kraljevim orom, koje je poveo g. predsednik sa g. načelnikom; pa onda neko drugo vrlo sitno kolo i tako redom, igra za igrom.

Ja sam goreo od nestrpljenja kad će se već jednom objaviti lans, a sve prethodne igre nisam igrao, niti sam se micao sa mesta. Naposletku, gospođica Hristina dođe k meni veselo i pozva me:

— Gospodine, sad će lans!

— I dobiću odgovor? — šapnuh ja veselo.

— Dobićete! — odgovori ona stidljivo i obori oči.

— Ajde, zaboga! — poče ona nestrpljivo.

Ja ćušnuh ruku pod sto da nađem cipelu, ali — cipele ne beše kraj mene. Potražih je još malo bolje, ali — ne beše je. Mene obli znoj.

— Izvol'te vi, evo, sad ću ja.

I kad se ona malo odvoji, ja zavukoh prosto glavu pod sto, ali — moje cipele nigde, razumete li nigde, kao da je u zemlju utonula!

Možete zamisliti moju zabunu i to u momentu kada sam trebao da čujem tako važnu, tako odsudnu reč.

Gospođica Hristina se opet vrati da me pozove, jer je muzika već bila oglasila igru a tri para se behu postavila očekujući četvrti, naš par. Ja još jedanput očajno turih glavu pod sto, ali cipele nigde. Najzad sa očajanjem saopštih gospođici, ne mogući ničeg pametnijeg da se setim, da mi je vrlo teško, da me glava boli i zamolih da igra s kim drugim.

Ona me prezrivo pogleda, okrete ljutito glavu i priđe jednom mladiću, koji nije ni znao da igra, ali kome ona obeća da će ga poučavati.

Ja sam i dalje sedeo kao očajnik, gledao kako se igra, gledao nju, koja nije htela više nijednim pogledom da me udostoji. Hristina ostade sa onim mladićem u drugoj sobi, a ja sam i dalje sedeo na svome mestu kao prikovan. I sedeo sam tako sve do zore.

Počeše gosti da se razilaze, a ja sam i dalje sedeo. Otišao g. Kosta apotekar sa gospođom i svastikom, otišao đakon Jova, koji je sva *Mnogaja ljeta* počinjao i njegova gospođa, koja je ponela punu maramu kolača „za decu" — a ja sam i dalje sedeo. Otišla je, sa sestrom i zetom, pomoćnikom, i gospođica Hristina ne okrenuv se ni laku noć da mi kaže, a ja sam i dalje sedeo. Odoše i Cigani, koje je g. predsednik lepo ispratio, a ja sam i dalje sedeo.

Najzad, kad se g. predsednik i gospođa mu vratiše, pošto su ispratili Cigane, zaprepastiše se kad videše da ja, na onom mestu gde sam večerao, još nepomično sedim. Ja im objasnim moju bedu i nevolju i sad svi troje, pozvavši u pomoć i kuvaricu, počesmo da tražimo cipelu, ali, cipele nigde. Jedva se na jedvite jade seti kuvarica i pljesnu se po čelu:

— Znate šta, biće da se to Kastor igrao!

I odista, kuvarica otrča u šupu gde je Kastor spavao iza jednog bureta i nađe moju cipelu.

Proklinjući sve pse na svetu, ja obukoh cipelu i odoh kući, izvinjavajući se gospodinu predsedniku i gospođi i misleći usput na tako lepu ljubav koju je cipela, ili bolje reći žulj, ili bolje reći Kastor rozorio.

Gospođa Mileva slatko se smejala kad ču svršetak ove tužne istorije i ponudi opet gospodina Vasu jabukama, a čašu mu nali vinom.

Tako uz jabuke, mafiše i vino, proveli su još neko vreme prešav i na druge razgovore. Gospođa Mileva pričala je kako ona vrlo lepo mesi mafiše, zatim kako će dati jedan zub da joj se plombira i kako ona nikad ne nosi uštirkanu donju suknju, a gospodin Vasa je opet pričao o nekom svom ujaku, koji je divno svirao u harmoniku, o svome kolegi pisaru Peri, koji po ceo dan jede u kancelariji oblande, one okrugle za lepljenje zvaničnih pisama, i o sebi, kako on lepo ide na šlitšuhe pa ume na jednoj nozi da ispiše osmicu po ledu.

Razgovarali su i o drugim stvarima i izvesno bi se u prijatnom razgovoru još pozabavili, da duvarski sat ne izbi ponoć i da se Nedeljko ne razdra tako dušmanski, kao da se nalazi pod pazuhom Sreje birova na putu za Krmane, iako je spavao u finim kolicima, pokrivenim liht-blau zavesicama i sa cuclom od nikla u ustima.

Gospodin Vasa nađe da je vreme da pođe i saže se da navuče cipelu, ali, na svoje veliko iznenađenje, ne nađe cipelu pod stolom. Tražio je i tražio, pomogla mu je i gospođa Mileva ali — nigde cipele.

Tako tražeći cipelu ostade do četiri sata ujutru kod udovice, a kad pođe od nje, zapita je na vratima, držeći je u zagrljaju:

— Priznajte mi nešto?

— Šta to?

— Je l'te da vi nemate u kući nikakvo kuče?

— Nemam — odgovori udovica stidljivo i sakri glavu u njegova nedra.

Gospodin Vasa se uputi zadovoljan kući, prepremišljajući usput o tome, kako mu njegov žulj ne mora uvek samo neprilike praviti.

GLAVA DEVETNAESTA

Jedan neprijatan događaj, koji se i u svima ostalim romanima iznenada dešava, i to uvek u momentu kad se junak romana u najprijatnijem položaju nalazi.

Mi već znamo kako glasi partija dugovanja gospodin-Vasinih u radnji *Spasića i druga*, kao i u radnji *Braće Dimitrijevića*, te utoliko će nas više iznenaditi šta su se u toj partiji odjedanput izmenili artikli. Mesto midera, lepeza, ukosnica, šlajera i dr. nova partija dugovanja kod *Braće Dimitrijevića* glasi od nekoliko dana:

1. Jedna lopta . . . 0.80 din.
2. Jedna zvečka . . . 0.40
3. Jedna cucla . . . 3.20
4. Jedna svilena benkica detinja . . . 5
5. Jedna štrikana kapica detinja . . . 1.30

Kako svi čitaoci znaju da gospodin Vasa, pisar masenog odeljenja, nije sisao na cuclu, niti je igrao loptom i zvečkom, niti je pak nosio benkice i štrikane kapice, lako će se dosetiti da je gospodin Vasa sve to kupovao i nosio malom Nedeljku, jer je od one večere vrlo često išao gospođi Milevi u pohode, ne bojeći se nimalo, hoće li mu se još koji put izgubiti cipela ili neće.

Tako su prolazili lepi i prijatni dani gospođa-Milevi, dok jednoga dana, kao što se to i u ostalim romanima dešava — ne iskrsnu pred nju neko, kome se nije nadala.

Taj neko o kome već u dvema Glavama ovoga romana nije bilo ni reči, bio je Fića advokat koji je onako srećno obezbedio gospođi Milevi tutorstvo nad ogromnim nasledstvom.

Što je Fića advokat tako iznenadno iskrsnuo, to ne bi bilo nimalo čudnovata stvar, ali zahtev, koji Fića advokat iznenadno stavi gospođi Milevi, bio je upravo takav, da bi mogao svu sreću njenu iz temelja da obori. Naime, Fića u nekoliko iskrenih reči, ne pozivajući se ni na kakav odnoseći se paragraf, objasni udovici da je ona upravo sad u njegovim rukama. Ako on samo hoće, može celu stvar o detetu otkriti sudu, a to bi ne samo razrušilo sreću gospođe Mileve, nego bi je dovelo u vezu sa mnogim paragrafima koji ne bi bili vrlo raspoloženi i naklonjeni gospođi Milevi.

Svi će mi čitaoci poverovati da je gospođa Mileva pri izjavi Fićinoj pobledela. Iako je njoj bledilo vrlo lepo stajalo, izgleda da to nije na Fiću tako uticalo, koliko bi recimo na gospodina Vasu, već je i dalje nastavio da ređa sve gori od gorega paragrafa. Gospođa Mileva pokuša i u nesvest da padne, ali je Fića sasvim ravnodušno sačeka da je prođe nesvest i nastavi nabrajanje paragrafa iz svih mogućih zakona, koji su za poslednjih dvadeset i pet godina doneti u Srbiji. Kad je najzad nabrajanje iscrpeo, on završi razgovor ovako:

— I upravo, draga moja gospođo, ostavljajući sve drugo na stranu, ja bih vas molio da mi date sto dukata. Bogami, potrebni su mi. Može biti vi ne verujete da su mi potrebni, ali vam se kunem svim na svetu da su mi potrebni.

— Ju! — učini gospođa Mileva i to takvim nekakvim naglaskom kao da je uzviknula „jaoj"!

Gospodin Fića se još jednom zakle da mu je taj novac potreban i poče opet da joj broji paragrafe koji bi, kad bi samo on hteo, mogli biti veoma neraspoloženi prema njoj. Na taj način on ubedi gospođu Milevu da nema gde i ona mu dade sto dukata uzdahnuvši teže no što je za svojim mužem uzdahnula.

Fića se diže zadovoljan i ode sa obećanjem da će je obići, da je neće zaboraviti.

To je bilo kao danas, a sutradan eto ti Fićine žene, gospođa-Cajke, koja veli sve od porođaja nije bila, te se malo uvratila da obiđe gospođu Milevu. Ona prvo ode da vidi kako napreduje Nedeljko i nađe — da nije uroka — da je dete vrlo napredno i stoga ga ispljuva dva-tri puta. Zatim sede i poče da priča o novim zubima, koje je tih dana namestila apotekarica, o pelceru od duplog karanfila, koji se nije primio gospođi Sari protinici, i o tome kako je gospođa Arsinica prevrnula bundu pa se poznaje da je prevrnuta.

— I molim vas, kažite mi sad vi sami iskreno i sestrinski, liči li joj prevrnuta bunda a ovamo tepeluk na glavi?

Na taj način gospođa Cajka dođe u razgovoru na tepeluk i odmah izjavi, kako je njoj jedina želja u životu da ima tepeluk.

— Pa zar mi ne bi lepo stajao? — pita gospođu Milevu i iznosi glavu kao da ga već ima.

— Vrlo bi vam lepo stajao — odgovara gospođa Mileva sasvim nevino.

— E, pa vidite, slatka moja — nastavlja gospođa Cajka brzo — ja mislim za onoliku ljubav, što sam je vama učinila, i za tako veliku tajnu, što je ja zbog vas krijem, ja mislim pravo bi bilo da mi kupite jedan tepeluk.

Gospođa Mileva poblede i pred Fićinom ženom onako isto kao što je i pred Fićom, ali i Fićina žena to primi sasvim ravnodušno.

— Pa, zaboga — pisnu najzad gospođa Mileva — zar vam nisam zato dala, i još koliko!

— Bože moj, gospođa-Mileva — odgovara sasvim mirno gospođa Cajka — pa ono je bilo samo onako u prvoj radosti. Tek ne mislite samo na onome da ostane. Slatka moja, pa ja ću celoga mog života vući tu tajnu i s njom ću upravo i u grob leći, a vi mislite onih deset dukata, što ste mi dali, da mi bude sve.

— Pa dala sam i gazda-Fići pedeset — veli očajno gospođa Mileva.

— To je on zaslužio.

— Al' juče sam mu dala sto.

— E, pa, mora biti da mu je trebalo.

— Pa šta vi mislite, zar celoga života, kad god vam ustreba, da vam dajem?

— Ta neće nama valjda baš celoga života trebati. Možda će doći vreme kad i nama neće trebati.

Posle ovako utešnih reči gospođa Mileva opet preblede, jer sad tek vide u kakve je kandže zapala, ali natrag se nije moglo i ona izvadi trideset i šest dukata i dade gospođi Cajki da kupi tepeluk.

Gospođa Cajka se slatko zahvali i obeća da će se, noseći tepeluk, uvek sećati dobre gospođe Mileve.

Ali, nije gospođa Mileva ni na ovome samo prošla. Javila se kroz dan-dva i još jedna ličnost koja se gospođa-Milevi dosad nije nikako ni javljala. To je neka Maca, stara udovica, kod koje je Fića ostavio na negovanje devojče koje je rodila gospođa Mileva.

Kad bi ovaj roman bio pisan po pravilima, po kojima se pišu romani u kojima je glavna sadržina tajno rođenje nekog tajnog deteta, onda bi ova Maca trebala sasvim drukčije da uđe u kuću gospa-Milevinu, pošto je Maca ona poverljiva ličnost, pokrovitelj tajne. Maca bi trebala da se ogrne dominom i oko ponoći da stane pred vrata i da se dva-tri puta okrene levo i desno pa, kad niko ne spazi, da zakuca triput u kapiju. Malo posle, trebalo bi da se kapija otvori i stari sluga da joj mrdne glavom i, ne govoreći usput ništa, da pođe napred uz jedne tajne stepenice kojima se kroz tajna vrata ulazi u sobu gospođe Mileve.

Ali, kako Maca i ne zna ništa o ovim pravilima iz pravih romana i kako uopšte nije imala nikakvog literarnog obrazovanja, to je ona, kao što bi i svaka druga Maca, došla prosto na podne i uputila se pravo gospođi Milevi.

Gospođu Milevu je ne malo iznenadio njen dolazak, jer, po dogovoru koji je imala sa Fićom, Maca nije trebala da zna čije je dete koje ona neguje, već samo da prima od Fiće po trideset dinara mesečno. Međutim stvar se odmah objasnila, kad je Maca saopštila Milevi da ona — eto već tri meseca — nije ni deset para od Fiće primila, a kad mu je najzad dosadila tražeći, on je uputio gospođi Milevi.

Grešna udovica, ne raspitujući ništa, isplatila je Maci sva tri meseca i dva unapred i još odozgo morala joj dati za haljinu i pomoć da plati neku dužnu kiriju.

I sad, kad je već počelo klube da se razmotava, a ono se časom i razmota i zamrsi. Ne prođe malo, pa Fići opet zatreba trideset dukata, pa onda gospođa Cajka zaželi da uz tepeluk ima i bundu, a Maca svaki čas poče dolaziti te za drva, te za kiriju, te za ovo te za ono. I tako je to neprestano išlo.

A grešna udovica davala je dok je mogla davati, ali kad jednoga dana pokuša da odreče, tajna poče najpre da se šapće od usta do usta, pa onda ode u čaršiju, a iz čaršije dođe i do ušiju one braće pokojnikove, koja su isključena iz nasledstva.

I sad se složiše mučki svi oni paragrafi što ih je Fića udovici brojao, pa digoše hajku i na Fiću i na Fićinu ženu i na grešnu Macu, pa ti se lepo jednog dana nađoše svi četvoro u pritvoru okružnog načelstva.

Parnica nije dugo trajala. Maca je priznala, gospođa Mileva je odricala, gospođa Cajka je priznala i Fića je odricao. Fića je prilikom suđenja čak rekao:

— Gospodo sudije, s obzirom na formalnu i zakonsku stranu, stoji fakt da ovde postoje dva deteta, od kojih je jedno, vi to nećete osporiti, gospođa odista rodila. Zato ima dokaza, od kojih je najjači samo dete, koje svakojako nije veštačko dete, nego je sasvim prirodno dete.

No i pored ove rečitosti gazda-Fićine, sud donese odluku kojom pošalje u Požarevac sve četvoro, a devojčicu — onu koju je gospođa Mileva rodila — vrati u njena prava i obrazuje za nju masu.

Nedeljko, koji je takođe bio pred sudom kao prilog uz akta, ili kao dokaz ili kao svedok, ili, najzad, Bog će ih sveti znati, zašto su ga doneli pred sud, tek glavno je da je Nedeljko izbačen na ulicu. Njega sud uputi opštini da se stara o njemu, pošto se ni na koji način nije moglo saznati čije je to dete, a opština ga da jednoj pralji na čuvanje.

Tako grešni Nedeljko, posle kratkovremene sreće, postade opet opštinsko dete zadržavši, radi sećanja na srećne dane, niklovanu cuclu.

GLAVA DVADESETA

Julijana pucerka i njena kći Elza.

U ovoj varoši, u kojoj su se toliki prijatni i neprijatni događaji, vezani za sudbinu Nedeljkovu, desili, pre šest godina dođe neka Julijana, koja sama sebe prozva Julijana pucerka. To valjda, što je tako krupnu reč uzela sebi za titulu, pribavi joj vrlo mnogo mušterija, jer badava, drukče to zvoni kad gospođa Savka pita gospođu Micu:

— Ko vama, boga vam, pere veš?

— Pa Sara Jovančina.

— E, meni, znate — odgovara ponosno gospođa Savka — meni i pere i pegla Julijana pucerka. Istina je malo skuplja, ali vredi; pogledajte krognove na mome mužu, kao da ste ih sad iz dućana kupili.

Najzad o tome nije potrebno opširno govoriti — jer je pisac ovoga romana vrlo rad da izbegne razgovor o tuđem vešu — već je glavno ovde to da je Nedeljko došao kod Julijane na stanovanje.

Julijana pucerka ima, razume se, i svoju prošlost, iz koje joj je ostala jedna osamnaestogodišnja ćerka, a koja se prošlost završila Julijaninim proterivanjem iz Beograda usled čega se ona i rešila na puceraj u ovoj varoši.

Njena kći Elza nema svoju prošlost, ali ima budućnost, i zbog te budućnosti upravo nije i Elza pošla s majkom u unutrašnjost, već je ostala u Beogradu.

Elza je bila malo i ljupko devojče sa plavim viticama i najpre je nosila od kuće do kuće one velike kutije sa ženskim šeširima, a malo zatim kutije počeše njoj da donose. To je bilo naskoro zatim, kad se prvi put na nju nasmešio „jedan gospodin". Taj „jedan gospodin" nasmešio se zatim i drugi put na nju. Ona onda to javi svojoj majci Julijani, koja tada nije bila pucerka, i ova potraži priliku da se i na nju nasmeši taj „gospodin".

Zatim Elza dobi lep kvartir, lep šešir i lepe haljine i prestane biti malo i ljupko devojče sa plavim viticama. A „jedan gospodin" prestade biti nepoznati, jer je to bio gospodin Sima Nedeljković, načelnik ministarstva. Tako se stvar vrlo lepo udesi, i ovo mirno i tiho gnezdo postade pravi raj, u kome je načelnik ministarstva predstavljao dobroćudnog Adama, Elza Evu koja je sve moguće vrste jabuka izela, a Julijana zmiju, koja bi to i bila da g. načelnik ministarstva nije to osetio i udesio da za neku sitnicu bude proterana iz Beograda.

Elza, ostavši sama u svetu, bez materinske nege i roditeljska saveta, preda se potpuno gospodinu načelniku i u toku od šest godina toliko se navikne na njegove savete i uputstva, da ga počne smatrati kao oca. Ta okolnost pak, što Elza poče gospodina načelnika smatrati kao oca, njega toliko naljuti da je sasvim napusti.

Baš kad je Nedeljko ušao u kuću Julijane pucerke, stiglo je brižnoj majci i pismo od njene kćeri, kojim joj saopštava tu nesrećnu vest, da je napuštena i samohrana u svetu. Julijana se toliko najedi usled te vesti, da odmah istuče Nedeljka koji nije njenu kćer Elzu ni poznavao.

Posle ovoga pisma razvila se čitava prepiska između majke i ćerke.

Ćerka u prvom pismu javlja o događaju; u drugom pismu proklinje gospodina načelnika, a u trećem pismu javlja majci da se gospodin načelnik ženi.

Majka savetuje u prvom pismu kćer da se uteši; u drugom pismu savetuje je da piše gospodinu načelniku i da ga zove k sebi; a u trećem pismu savetuje kćeri da mu se osveti.

Na ovo pismo ćerka odgovara da pristaje, i osvetiće se, ali pita majku za savet, i majka joj odgovara da se odmah krene iz Beograda i da dođe ovamo, u dotičnu varoš. Tu će se dogovoriti majka i ćerka, utoliko pre, što je majka Julijana već imala plan.

I tako jednog dana naiđoše kola koja je sa nestrpljenjem i suzama u očima očekivala Julijana pucerka. Iz kola se pojavi Elza, putnički obučena sa mekim slamnim šeširićem na glavi. Skoči lako kao srna u majčin zagrljaj, a ova je okupa svojim vešerskim suzama.

Zatim uđu u kuću i otpočnu razgovor nadugačko i naširoko, o svemu što je bilo i o svemu što će biti. Dobra i brižna mati ovako usavetuje ćerku:

— Ja imam nekakvo dete ovde, dali mi ga na čuvanje, ali niko i ne vodi računa o njemu. Ja mislim da ti to dete uzmeš i da ga poneseš u Beograd, pa onda da ga odneseš gospodinu načelniku i da mu ga ostaviš pred vratima, odmah sutradan posle svadbe. Na cedulji ćeš napisati da je to dete koje si s njim dobila, pa lepše osvete ne treba mu.

Elza vrlo radosno prihvati ovaj plan, jer se bolje ne bi mogla osvetiti načelniku. Plan dakle bude usvojen i određeno da Elza sa Nedeljkom još odmah sutra krene na put.

Za sve to vreme, dok su majka i ćerka razgovarale o osveti, Nedeljko je ležao u jednoj veš-korpi, punoj nečijeg prljavog veša, i zadovoljno se igrao niklovanom cuclom i onom zvečkom koju je, za uspomenu na lepe dane, dobio od gospodina Vase Đurića, koji za tim lepim danima žali tako isto kao i Nedeljko.

GLAVA DVADESET PRVA

Čuvstvo Tome bogoslova koje se unekoliko
razlikuje od čuvstva Nedeljkovog.

Zorom zatandrkaše kola kaldrmom pa s ove sleteše na drum koji,
okićen telefonskim direcima, vodi pravo u prestonicu.

Pod arnjevima, osim Elze i Nedeljka, sedi još jedan putnik koga
je kočijaš, po dozvoli Elzinoj, primio u kola do prve varoši gde će
putnici konakovati.

Taj putnik bio je mlad čovek, suv kao šibljika, a prozračan kao
izgladneo komarac. Nosio je dugu kosu, bele piketske pantalone i
grdan neki kaput koji izgleda da je krojen na leđima kakvog arhi-
mandrita. Utoliko se iz prvih razgovora moglo saznati, ovaj se putnik
zvao Toma, i bio je bogoslov.

Toma je celim putem zamišljeno ćutao i učtivo se povlačio u
kraj sedišta, da ne bi bio na smetnji Elzi koja je na krilima držala
Nedeljka. Kad Elzi dosadi ćutanje, progovori tek koliko da se govori:

— A vi ne putujete daleko?

Bogoslov se najpre užasno zbuni, pa kad se pribra malo, odgovori
tankim devojačkim glasom:

— Ne, do prve varoši.

— Šta ćete tamo? — nastavi Elza.

Toma se sad već ohrabri i kao dođe sasvim k sebi, te nastavi
razgovor vrlo slobodno.

— Gospođice... to jest, ako to nije vaše dete?!...

— Moje je — odgovori Elza praveći materinsko lice.

— Dakle, gospođo — nastavi Toma bogoslov — moja je istorija čudnovata, to jest, nije toliko ni čudnovata, ali je ipak zanimljiva.

— E? — učini Elza, kao da bi ga htela pitati o toj istoriji.

I Toma bogoslov poče svoju priču onim ravnim mekim, jednolikim glasom, kojim se peva heruvika:

— Ja sam, znate, bogoslov i svršio sam tri razreda bogoslovije sa odličnim uspehom. Jedva sam čekao da svršim bogosloviju pa da se zapopim, jer pop... ah, gospođo, pop biti to je za mene bio ideal! Zamislite samo: pop, idealan pop... mantija, služba Bogu, epitrahilj, nafora, slovo... slovo božje, slovo koje bi svake nedelje govorio i to napamet... zamislite, napamet...

Toma je u razgovoru sasvim pao u vatru, te je izgledalo kao da je pričao šestim „antifonskim glasom”. U tom zanosu ko zna šta bi još sve kazao, da Nedeljko ne udari u grdan plač te počeše da ga umiruju i Elza i Toma bogoslov, pa i sam kočijaš, kome dosadi dernjava.

Toma, iz prevelike uslužnosti, uze Nedeljka sebi u krilo, da bi se gospođa malo odmorila, pa nastavi priču, ljuljkajući Nedeljka.

— Ali, gospođo, Bog je veliki, njegove su tajne nedostižne, njegove naredbe neporečne. Ja sam mislio da budem pop, a evo... sad sam se rešio da idem u glumce!

— Ju! — učini Elza. — A kako to?

— Ne znam, božja naredba! — sleže Toma bogoslov ramenima i sad spusti ton, kao kad bi pevao „sedmim glasom”.

— A kako ste saznali tu naredbu? — upita Elza naivno.

— Kako?... U snu. U našoj varoši bilo je skoro jedno malo pozorište, koje se sad nalazi u ovoj varoši gde ćemo konakovati i gde ću ja ostati, jer su me primili za člana. Evo, mogu vam pokazati i pismo kojim me direktor prima.

Toma izvadi iz levog džepa jedno prljavo pismo i poče ga čitati:

— Poštovani gospodine. Ima u ovome širokome svetu jedno usko poprište sa prostranim težnjama, koje u se sabiraju sav život čovečanski, život koji kazuje sve. Daske, daske, daske, gospodine, to je ideal čovečanstva. Te daske i Vas su dakle oduševile, pa neka je sa srećom. Primam Vas za člana sa 30 dinara mesečne plate... i tako dalje.

— Kao što vidite, stvar svršena, ja sam angažovan. A evo kako je to bilo: Bio sam, dakle, jedno veče u pozorištu, pa odem kući i legnem u krevet, pošto sam po običaju očitao molitvu, *na son grjadušči*. Zaspim ja vrlo tvrdo, kad, ujedanput, u snu mi se pojavi Ognjena Marija, ali obučena sasvim kao što se danas gospođice oblače, tako kao vi, sa šeširom na glavi, rukavicama na rukama i suncobranom u ruci. Ja se iznenadim i počnem joj u stihovima govoriti: „Šta je tebi, Ognjena Marija, te ti takva izlaziš pred mene?" A ona mi mekim, blagim glasom odgovori: „Slušaj, Tomo, nemoj da se ludiraš, nego ajde ti u glumce, da vidiš kako je to lepo!" Ja se uplašim i kažem: „Ju, Ognjena Marija, šta je vama; kako bi vi meni tako što savetovali?" A Ognjena Marija mi odgovori: „More, nemoj da se ludiš, nego ajde ti u glumce!..." I posle, kao nestane Ognjene Marije, a ja se probudim i bio sam sav oznojen, ali znate kako oznojen, kao da sam razgovarao sa samim svetim Petrom ili sa rektorom bogoslovije.

Ja, znate, tu tajnu nikom ne kažem i to ne zbog sebe, nego da ne bih sramotio Ognjenu Mariju. Kad sutra uveče, legnem ja opet da spavam i očitam dvaput *son grjadušči*. Ali tek što zaspim, kad ono, evo ti opet meni u snu Ognjene Marije, onako isto obučene. Ja opet počnem u stihovima: „Šta je tebi, Ognjena Marijo, te ti mene na zao put navodiš?" „Nemoj da se mlatiš, Tomo", odgovori mi Ognjena Marija, „nego slušaj šta ti kažem, dođi ti u glumce!" „Ama, otkud to meni liči?", pitam ja Ognjenu Mariju. „Da dođeš, i to meni za ljubav!", odgovori Ognjena Marija, i tu se tako vragolasto osmehnu na mene i uštinu me za obraz, da ja nisam znao šta ću od sramote, nego joj popretim da ću je sutra tužiti rektoru bogoslovije. Ona se na to slatko nasmeja i reče mi: „Tomo, Tomo, zagledaj me malo bolje!" Kad je ja zagledam malo bolje, imam šta i videti: to nije bila Ognjena Marija, nego Lenka glumica, ona što igra sve neke đavolaste uloge i ume tako satanski da se nasmeje.

Sad znate, stvar dobije sasvim drugi vid. Ja se pomolim Bogu da mi oprosti, što sam mislio da je ona Ognjena Marija, a to sam zato mislio što sam navikao dotle samo svece da sanjam. Međutim, sutradan, sretnem usput Lenku glumicu onako isto obučenu kao Ognjena Marija. I sad, ja ne znam zašto, valjda je i to bila naredba božja, Lenka se nasmeja na mene, ali, znate, tako ljupko, kao da bi mi htela reći: „Nemoj da se mlatiš, Tomo, nego dođi ti u glumce!"

Pozorišno je društvo zatim otišlo iz naše varoši, al' ja sam svaku noć sanjao Lenku, a pogdekad tek rektora. Najzad to me toliko savlada da ja pojmim da je to naitije, da je to naređenje božje i tako se rešim... napišem pismo direktoru onog pozorišta koji mi, kao što vidite, povoljno odgovori.

Tu Toma bogoslov zaćuta i potapša Nedeljka, koji mu je bezbrižno ležao na krilu i gledao mu pravo u oči, kao da i on sluša priču Tominu.

Gospođica Elza, koja je sa najvećom radoznalošću slušala Tominu priču, osmehnu se vragolasto (onako kao Ognjena Marija) kad Toma svrši svoje kazivanje, pa dodade:

— Sad razumem, gospodine Tomo, sad razumem.

— Molim, šta razumete? — upita Toma usplahireno.

— Razumem naredbu božju. Vi ste se u stvari zaljubili u Lenku glumicu.

— Ko, ja?! — učini Toma i pocrvene do ušiju, jer on u to ni sam nije verovao.

— Priznajte.

— Ali to ne mogu nikako priznati, kad nije istina — poče odlučno da se brani Toma bogoslov iako mu sad tek prvi put puče pred očima ta strašna istina.

— E, pa, eto — nastavi Elza vragolasto — kad se njeno ime pomene, vi pocrvenite.

— Čije ime, molim vas?

— Ta Lenkino, nije valjda Ognjene Marije.

— Ja ne znam... — nastavi zbunjeno Toma i mal' ne ispusti Nedeljka.

— Slušajte, priznajte mi pa ću vam pomoći.

— Vi?!

— Da, ja ću vam pomoći. Ja ću večeras, pošto moram konakovati u toj varoši, kazati gospođici Lenki sve. Priznajte mi.

— Ja ne znam šta da vam priznam. Ne mogu reći da je volim (to „volim" otpeva Toma „čvrstim glasom"), ali osećam, nešto osećam. Osećam neko čuvstvo, to čuvstvo me muči, to čuvstvo mi prožima telo. Ja osećam to čuvstvo u srcu, u duši, u žilama, u grudima. Ja osećam to čuvstvo u rukama...

I tu Toma prekide priču, jer oseti zbilja nešto u rukama. Ali to nešto nije bilo Tomino nego Nedeljkovo čuvstvo, koje se unekoliko razlikovalo od Tominog.

Gospođica Elza zapuši nos, kočijaš opsova nešto, a Toma bogoslov napravi tako tužno lice, pogledajući čas u svoju šaku, a čas u bele piketske pantalone, koje su sad već ličile na generalštabnu kartu sa svima zalivima, lukama, ostrvima i poluostrvima.

Moradoše da zaustave kola, te da se prepoviju i izbrišu Toma bogoslov i Nedeljko, pa zatim, sa umirenim čuvstvima, uđoše obojica u kola te kretoše dalje, i još malo, pa se kola uzneše na rđavu kaldrmu i zatandrkaše kroz živu čaršiju, dok se ne zaustaviše pred kafanom kod *Zlatnog lafa*.

GLAVA DVADESET DRUGA

Jedna strašna noć.

Bio je već sumrak, kad su se zaustavila kola pred *Zlatnim lafom*, kafanom drugoga reda, ali važnom stoga što u njoj sad daje predstave pozorišno društvo pod upravom g. Radisava Stankovića.

Kafedžija je baš bio na vratima, kad se skidoše s kola Elza sa Nedeljkom i Toma bogoslov, i kad ih spazi, a on pljunu i reče nešto ružno pa se skloni s vrata. To po svoj prilici stoga, što je mislio da su i oni glumci a otkako kod njega društvo igra i kostira se, omrzao je strašno taj uzvišeni poziv.

Pošto ih je i štumadla dočekala sa velikim nepoverenjem, dobiše najzad sobu, i to Elza sobu broj sedam, a Toma sobu broj jedanaest. Dadoše se odmah na posao: Elza da prepovije Nedeljka i da ga nahrani, a Toma da ispere pantalone i da ih isuši, kako bi se ispravno mogao javiti gospodinu upravniku.

Taman je Toma prvu polovinu posla svršio, a kucne neko na njegova vrata. Kako su mu pantalone bile na prozoru, on živ pretrnu, ali se sakri iza furune i otuda zapita:

— Ko je?

— Izvinite — progovori gospođica Elza kroz poluotvorena vrata — smem li vas moliti za jednu uslugu?

— O, molim, svaku uslugu.

— Ja ovde u varoši imam jednog vrlo dobrog prijatelja, pa bih htela da se nađem sa njime. Bi li mi vi pričuvali dete?

— Vrlo rado... ovaj — poče da muca Toma ne mičući se iza furune — ali, vi ćete se vratiti brzo, je l'te? Jer, poznato vam je da se ja večeras moram javiti gospodinu upravniku.

— O, molim, znam ja to! — odgovori Elza i proturi kroz odškrinuta vrata Nedeljka, a Toma bogoslov primi nežno svoga mladog krvnika, koji mu je baš danas, kad će se videti sa gospođicom Lenkom, tako dušmanski iskvario bele piketske pantalone.

Vrata se zatvoriše i gospođica Elza ode lakim koracima niz stepenice, a Toma ostade da brine dve brige, svoje pantalone i Nedeljka.

I prođe, bogami, dosta vremena, sumrak osvoji sasvim, upališe se već i lampe, osušiše se već i pantalone, a Elze još nema da se vrati. Toma se sav ispružio kroz prozor, pa gleda levo i desno, ali nje nema. Poče već i muzika da svira i publika da dolazi u pozorište, a Elze još nikako nema. Toma bogoslov da pobesni, čas izviri na prozor, čas iziđe na vrata. Jedanput je sa gornjeg sprata čak i na sokak sišao, al' naviknut da bude savestan, brže se vrati gore da ne bi dete samo ostalo.

Najzad i predstava poče. On ču prvo zvonce pa ču drugo zvonce i ču neki aplauz, jer kad god bi se gospodin upravnik pojavio u kojoj sceni, onaj što sedi na kasi i onaj drugi što razvodi morali su aplaudirati, koji aplauz zatim prihvate glumci za kulisama i najzad oni iz publike, koji imaju besplatne ulaznice. A Toma čuje i muziku i zvonce i aplauze i šeta ljut kao ris, noseći Nedeljka u rukama.

Ko zna da ti aplauzi nisu možda namenjeni njoj, gospođici Lenki; ko zna, da nije ona sad na sceni, u kakvoj od onih đavolskih uloga, kao što je bila ona, posle koje je Toma sanjao Ognjenu Mariju? Kako je soba bila puna mraka, te jedva nešto blede svetlosti unosila mesečina kroz otvoren prozor, to u onoj polutami poče se pred očima Tome bogoslova prikazivati slika gospođice Lenke glumice u svima uglovima sobe, i za krevetima i iza ormana i iza furune. Vidi je lepo kako se satanski primamljivo smeši, čuje joj glas, a oči, one njene lepe oči, izgleda mu kao da ih je puna soba. Kao po nebu kad se ospe bezbroj zvezda, tako se po mraku njegove sobe osulo bezbroj Lenkinih očiju, te svetlucaju na sve strane kao svećice pobožnih hrišćana na bdeniju o strasnoj nedelji.

Iz toga divnog zanosa probudila bi ga užasna stvarnost, kad bi mu pogled pao na nesrećnog Nedeljka, koga je još neprestano nosio na rukama, a koji mu je tako uporno sprečavao da o svojoj sreći ne sanja samo, već da je i rođenim očima vidi. Utom bi do njega ponovo dopirao aplauz odozdo, i to bi ga opet dražilo da što pre siđe dole.

Najzad se odluči na jedan vrlo smeo korak, jer drugače ne bi mogao postupiti. Savest mu nije dozvoljavala da ostavi samo dete koje je primio kao amanet, i onda mu ništa drugo nije ostajalo, već da ponese sa sobom i Nedeljka. Nije mislio da pođe s njim na binu, jer gde bi se sa tuđim detetom na rukama predstavio gospodinu upravniku ili možda čak i gospođici Lenki, već samo da ode u publiku, da se sakrije u neki ugao i da otud gleda predstavu i vidi nju — Ognjenu Mariju.

Čim se odvažio, Toma pođe i da ostvari tu svoju misao. On zaključa po navici sobu za sobom, iako nikakvih stvari nije imao, i pođe dole odakle je dopirao zvuk muzike i aplauza. Mora da je prošao već prvi, a verovatno i drugi čin, jer nikakve kase pred ulazom nije bilo i on slobodno, i bez ikakvih prepreka, uđe u kafanu, gde se predstava održavala.

Moralo je biti između činova, jer je bina bila zatvorena glavnom zavesom, publika za stolovima je glasno razgovarala, a Cigani, koji su sedeli ispred bine, štimovali su instrumente spremajući se da počnu svirati. Toma ništa nije gledao, ništa video, on je upravio pogled pravo tamo, u glavnu zavesu, jer iza nje je ono „usko poprište sa prostranim težnjama koje u se sabiraju sav život čovečanski", kao što divno u svome pismu g. direktor kaže; iza te zavese je ona — gospođica Lenka.

Na glavnoj zavesi, koja se leluja od promaje, bila je izmalana divna slika. Oblaci, sami oblaci, i kroz te oblake leti kit. Upravo, ta je slika izgledala kao kit samo u prvi mah, a kad se gledalac malo bolje zagleda u nju, vidi da je to vila koja je predstavljena kao gola ženska sa šavom preko trbuha, kao da je kadgod vršena operacija na njoj, pa joj trbuh sašiven kanapom zarastao, a lekari zaboravili da joj izvuku kanap. Ta optička obmana dolazila je otud što je platno, od kojega je glavna zavesa, baš na trbuhu vilinom sastavljeno, pa se valjda boja otrla te se šav sad vidi. Vila nosi, kao što to u prvi mah izgleda, u jednoj ruci par kren-viršla, a u drugoj jednu šunku. Međutim, kada se malo bolje zagleda, vidi se jasno da je to lira što izgleda kao par obarenih kren-viršla, a šunka nije ništa drugo nego rog sreće. Sasvim visoko, na desnoj butini vilinoj, vidi se jedna rupa. To je ona rupa kroz koju glumci i glumice gledaju publiku sa bine.

Zanesen divnom slikom na glavnoj zavesi, Toma nije ni primetio da se u publici ori smeh na njegov račun. Publika se nije smejala što je to bila kakva neobična pojava da se donese dete na predstavu. Naprotiv, to je bila ovde vrlo obična pojava, samo što su drugu decu donosile majke, sedele sa decom u krilima u publici, dojile ih za vreme činova i prepovijale ih. Ali Toma, u svome velikom kaputu, sa detetom u naručju, morao je izazvati smeh. Kad je taj smej već obuhvatio celu publiku, probudio se Toma i skrenuo pogled sa glavne zavese na gledaoce i spazi da su sve oči uprte u njega i da se smej odnosi na njega. On se zbuni, pocrvene i pojmi da mu treba pobeći, ali, ni sad to ne ume sebi da objasni, šta mu bi te ne poteže na vrata koja su mu bila bliža, već pravo na binu do koje se morao kroz publiku provlačiti praćen uvek glasnim smehom. Biće da je on, gledajući u glavnu zavesu, spazio sa strane mala platnena vrata, kroz koja su izlazili oni koji su imali posla na bini. To su bila ta vrata kroz koja on ima da uđe u nov život; kroz ta vrata ući će on u svet kome misli odsad pripasti. I, kada je osetio sram od svetine koja mu se rugala, morao je u trenutku doći na ideju, da će iza onih vrata naći prijatelje, koji će ga, kao novog druga svoga, prihvatiti i spasti srama.

Prošavši kroz ta vrata, on se ujedanput nađe među nekim polomljenim foteljama, dekoracijama, prevrnutim stolovima i čitavim čudom od vašara. Na pozornici nije nikoga bilo, sem jednog momka koji je nameštao i on se njemu obrati pitajući ga gde se nalaze glumci. Momak mu pokaza na jednu rupu koju je, mesto vrata, zatvaralo jedno staro i prljavo platno. Toma razgrnu platno i uđe u oblačionicu koja je bila puna raznoliko odevenih glumaca. Jedni su se oblačili, drugi svlačili. Jedni tek lepili brkove i bradu, a drugi je skidali. Svi su oni sedeli oko jednog dužeg stola na kome je gorela petrolejska lampa. Sobica je bila puna dima, smrada i raznih stvari razbacanih po podu ili obešenih po zidovima.

Kad uđe Toma, svi glumci digoše glave i pogledaše ovoga čudnog gosta. Toma pojmi da mu je valjalo predstaviti se i on im reče ko je.

— Ja sam glumac... upravo hoću da budem glumac. Dobio sam pismo od gospodina direktora da me prima, pa sam došao na dužnost.

Glumci se pogledaše ispod oka i na usnama im se razvuče pakostan osmeh. Razume se, oni ne ostadoše samo pri osmehu, već se oko stola osu čitav pljusak pakosnih primedaba.

Prvi ljubavnik dobaci Tomi:

—Jeste li vi angažovani da igrate majke?

Komičar na to dodade, milujući Nedeljka:

— Kako krasno dete! Jeste l' ga već odbili?

A intrigant će na to:

— Kako ste još slabi. Koliko ima dana kako ste se pridigli iz kreveta?

Komičar prihvati, ko bajagi poverljivim tonom:

— Vi izvesno krijete ko mu je otac?

A „starac", koji se u jednom ćošku oblačio, doviknu mu:

— Ta bežite zaboga u žensku garderobu; ne mogu tek u vašem prisustvu da svučem pantalone.

Na svako od ovih pakosnih zajedanja zaorio bi se po celoj garderobi smeh, a grešnoga Tomu bogoslova poduzela bi takva vatra i zabuna da nije znao da li da plače ili da prosto udavi Nedeljka. On čak nije imao hrabrosti ni da objasni svojim budućim kolegama slučaj sa detetom, te da znaju otkud to da ga on vuče; on je samo, na svaku onu pakosnu primedbu, pitao, više šapćući:

— Gde mogu da nađem gospodina direktora?

Najzad se jedan od mlađih glumaca sažali na Tomu, izvede ga iz garderobe, gde se osećao kao u košnici među zoljama, i odvede ga na binu pa mu nađe mesto iza kulise, gde će sačekati dok upravitelj pozorišta dođe.

Maločas i muzika stade. Na pozornici se nešto užurbaše. Jedan glumac poče da se dere: „Čaršav, brzo čaršav ovamo, Simo!" Jedna glumica opsova mater scenaristi, sufler opali šamar momku koji lepi plakate. To je ta poznata umetnička nervoza koja nastaje u momentu kad će se dići zavesa. Toma je sve to sa uživanjem, sa nekim novim, dosad nepoznatim osećajima u duši, posmatrao.

Najzad otvoriše nasred pozornice jednu rupu i sufler se spusti u nju, a malo zatim zazvoni zvonce. Umiriše se svi i zauzeše mesta za kulisama. Jedan glas dreknu: „Drugi znak!", zvonce zazvoni još jednom i glavna zavesa poče da se navija. Toma spazi najpre viline noge, pa onda rog sreće, pa onu rupu na butini, pa šav preko trbuha, pa onda par kren-viršla, pa vilino lice, pa kosu i najzad opet oblake. Zavesa se diže, a na scenu stupi mladi ljubavnik, koji je sa tugom i potresenim glasom govorio razne ljubavne reči.

Malo zatim i na pozornici se pojavi ona — Lenka, Ognjena Marija. U Tome zaigra srce i oseti neku milinu koja ga žacnu u potiljak pa pođe da mili kroz telo dok ne siđe čak u pete. On je opet bio tako blizu nje, on je slušao njen glas, čak kad bi ona htela baciti pogled iza kulisa, mogla bi ga spaziti. Ali, ona to nije htela, jer je govoreći stalno gledala u publiku od koje je očekivala aplauz.

Toma je gledao u nju netremice i gutao svaku njenu reč i pratio svaki njen pokret. Utom on, ljubavnik, dreknu kao da mu neko kleštima čupa meso s tela:

— Ah, ispovedi mi se, reci mi da me voliš, ovde, gde smo usamljeni, gde nam je jedino Bog svedok! — i grunu se u grudi.

— Ne, nismo usamljeni! — odgovara ona ljupko. — Vidiš li onaj čarobni mesec — i pokaza prstom na lampu koja je visila sa plafona — i čuješ li otuda, iz luga, kako ptica ljupko peva! — pokaza ovamo iza kulisa baš u pravcu gde je Toma stajao.

I upravo u tom trenutku desi se nešto nečuveno, nešto strašno, strašnije od rike gromova, užasnije od zemljotresa. Baš kad Lenka pokaza ovamo i kad reče reči: „i čuješ li, otuda iz luga, kako ptica ljupko peva", Nedeljko se ujedanput razdra kao jare kad ga kolju. I to nije bila obična dernjava, već kao da je neko svom snagom zapeo pa dunuo u gajde.

Može se već misliti kakav je užas nastao. Publika mesto aplauza, koji je gospođica Lenka baš na tom mestu očekivala, zaori gromoglasnim smehom. Gospođica Lenka se zbuni, pocrvene i umuče. Prvi ljubavnik poče nežnim, ljubavnim glasom da psuje oca i mater, iako po samom komadu na njega nije bio red da govori, a publika trešti i dalje od smeha, a Nedeljko se dere kao magarac i to tako revnosno, kao da i on ima rolu u komadu. Gospođica Lenka, od silne sramote i jeda, udari najzad u plač i napusti pozornicu. Zvonce zazvoni i spusti se zavesa da bi se publika utišala i da bi se dalja bruka izbegla.

I sad, iza spuštene zavese, nastade upravo ono što Toma bogoslov neće celog svog života zaboraviti. Najpre, kao furija, dolete k njemu sama gospođica Lenka:

— Magarče jedan! Zar se ovde za kulisama čuvaju deca?

Komičar dotrča i poče trpati detetu u usta neke žute brkove i bradu, a upravnik pozorišta, čupajući se, dolete takođe, i bez jedne reči, i ne predstavljajući se, ščepa Tomu za vrat pa, pošto mu pomenu oca i mater, viknu sa najvećim patosom:

— Napolje! — i gurnu ga ka vratima.

Vrata, kroz koja se ulazi na „usko poprište sa prostranim težnjama koje u se sabiraju sav život čovečanski" otvoriše se, Toma izlete napolje i za njim još i noga upraviteljeva, koja ostavi svoj otisak na zadnjem delu njegovog crnog kaputa. Toma se u jedan mah nađe zajedno sa Nedeljkom u publici, gde ga opet prihvati strašan, urnebesan smeh. On sunu kroz publiku kao kuršum i odjuri na gornji sprat u svoju sobu, baci Nedeljka na krevet, stade prema njemu, podboči se i pogleda ga dušmanskim pogledom.

— Šta hoćeš ti od mene? — uzviknu mu najzad očajno. — Znaš li ti da si celu moju karijeru upropastio?

Zatim pođe krupnim koracima da šeta po sobi, očajno razmišljajući o svome položaju i bacajući poglede pune mržnje kad god bi prošao kraj kreveta na kome je ležao Nedeljko. On do sada u životu nikoga nije mrzeo do Jude Iskariotskoga, pa sad evo Nedeljka. Jednoga trenutka čak sede kraj kreveta, pljunu Nedeljka i uzviknu mu:

— Judo!

Dođe mu čak i nehrišćanska misao da Nedeljka, kao braća Josifa, baci u kakvu rupu, a on kao grešni Jov da skoči kitu u usta. Ali nit je znao gde bi u hotelu našao rupu u koju bi bacio Nedeljka, niti je znao u čija bi usta on skočio. Počeše i druge grešne i gadne misli da ga spopadaju. Jednoga trenutka on čak, u samoubilačkoj nameri, pogleda kroz prozor da vidi kolika je visina do kaldrme, pa se na jedan mah trže, rastrezni se i uzviknu sam sebi:

— Quo vadis, Tomo?!

Huknu, obrisa znoj sa čela i ode do sobe Elzine da vidi da li se već vratila.

Valjda usled velike tragedije koju je preživeo i zbog koje je još bio uzrujan, ili što je bio mrak pa nije dobro video numere nad vratima, tek, umesto u broj sedam, on uđe u broj devet i vide da je soba prazna, ali ga uteši bar to, što je zatekao sobu otključanu, a to će reći da se Elza vratila. On se vrati u svoju sobu, ščepa Nedeljka s kreveta, u tri koraka stiže opet u sobu broj devet i strpa Nedeljka tamo u krevet. Zatim, kao oslobođen nekakvog silnog tereta, polete niz stepenice hotelske i prođe još jednom kroz vrata od lokala u kome se predstava držala. Do njegovih ušiju dopre još jednom glas aplauza tamo za zatvorenim vratima, ali taj uzvik, koji ga je do malopre tako očaravao, sad mu je bio odvratan. On izlete iz hotela na ulicu, i ode u uličicu, u mrak, ni sam ne znajući kuda će.

GLAVA DVADESET TREĆA

Intrigantova priča.

Toma je prošao jednu, dve i tri ulice, osećajući neku potrebu da pobegne što dalje od hotela u kome je preživeo ovu strašnu noć. Idući tako mračnim ulicama, on spazi niske, osvetljene prozore i fenjer pred ulaskom. Kad pod svetlošću pročita natpis *Kafana kod Slavine* kod njega se u jedan mah probudi žeđ. Toma bogoslov, sem što je nekoliko puta godišnje liznuo pričest nije nikada pio vino. Ali se sada probudi neka životinja u njemu i poče da ga golica po stomaku. On uđe u kafanu, sede kao slomljen za jedan sto i naruči pola litra vina.

Za drugim stolom, u istoj kafani, što Toma nije ni spazio, sedeo je „intrigant", koji je svoju rolu svršio u početku trećeg čina, te se već demaskovao i došao pre Tome u kafanu. Kad „intrigant" opazi da je momak doneo pred Tomu pola litra vina, diže se sa svoga stola, priđe Tomi i sede sasvim prijateljski, kao da su upravo do malopre bili nerazdvojni drugovi. On čak kucnu u sto i naruči sebi čistu čašu, a zatim se vrlo ljubazno okrete Tomi pitanjem:

— Hoćemo li po jednu kafu?

— Možemo! — odgovori Toma nemarno i ne dižući glavu.

— Pa... šta ćete! — nastavi intrigant, pošto je naručio kafe. — Desilo se tako, a nije to ništa. Više onako jedan interesantan događaj, kakvima je uopšte naš život protkan.

— Ovo niko nije doživeo! — poče Toma kroz suze.

— E, ako nije to, a ono je nešto drugo, jer život je večna zagonetka, gospodine! A je li to dete odista vaše ili vam je brat?

— Ama nije! — dreknu Toma i poče sve od reda da priča intrigantu kako je i šta je bilo.

Intrigant je iskreno saučestvovao i, za tu iskrenost u saučešću, naručio je još pola litra vina. Kad momak donese, on nali sebi i Tomi, iskapi čašu i nali opet sebi, zatim se duboko zamisli i ponovi utehu kojom je već oslovio Tomu.

— Da, život je večna zagonetka, gospodine, a događaj je ovaj samo jedna scena, kakvima je uopšte naš život protkan!

Intrigant zamoli kafanskoga momka, koji je u taj čas prošao kraj stola, da mu pozajmi duvana za jednu cigaretu i, savijajući je, nastavi:

— U vašem slučaju ne može se reći da nema zapleta, ali, ipak, nema tragedije. Ne kažem da slučaj nije donekle tragičan, ali nema one prave, klasične tragedije!

Toma u stvari nije razumeo sve što mu intrigant govori, ali je osećao da su to reči utehe i pažljivo ga je slušao.

— Kad bih vam ja ispričao svoju tragediju, gospodine, vi biste videli šta je to veličina bola u ljudskoj duši i šta je to razočaranje iz najlepših i ružičastih snova!...

Intrigant je, padajući u zanos i sipajući ove probrane reči, jednovremeno sipao sebi jedno za drugim vino, tako kad dođe do rečenice: „Vi ne znate, moj mladi prijatelju, šta su to prazne grudi, prazna duša!...", on ujedno primeti i da je boca pred njim prazna te dodade:

— Ako vas jezovita istorija moje tragedije zanima, vi naručite još pola litra vina, a ja ću vam je rado poveriti.

Kada vide da Toma čuka u sto da naruči, intrigant, ohrabren, nastavi:

— Poveriti, rekoh! Da, to je prava reč, jer to je istorija mojih najintimnijih osećaja koju nerado kazujem, koju samo svojim prijateljima poveravam.

Mada je očigledno bilo da je ova poslednja fraza iz neke role, Tomi je godilo što ga ovaj veliki umetnik naziva svojim prijateljem, te je zaboravio za časak na sve nevolje koje tek što je preživeo.

Intrigant pređe šakom desne ruke preko dosta razeđene kose, nasloni glavu na levu ruku i otpoče:

— Bila je lepa!... — i kao radnju uz tu frazu dodade jedan dubok uzdah.

— Ko? — zapita usplahireno Toma.

— Ona... Persa... moja žena! — odgovara intrigant bolno i isprekidano. — O, koliko puta sam, gledajući je, uzviknuo: „O, radosti i diko srca moga!"

On ućuta i duboko uzbuđen isprazni čašu, koju je u početku priče nalio. Zatim nastavi:

— Izneo sam je iz prašine, iz kala, iz blata i popeo je na zavidnu visinu, uveo je u čarobni svet idealizma i napojio je čudotvornom vodicom, te je za jednu noć postala umetnica. Ona je bila umetnica. Zapitajte širom celoga sveta o Persi i svako će vam sa poštovanjem govoriti o njenoj umetnosti. Nesrećnica, kako je lakomisleno sve to straćila!

Kod ovih reči intrigantu naiđoše suze na oči, a i Toma se osećaše duboko potresen i gotov da zaplače.

— Ah, gospodine — nastavi intrigant — kada se setim onih večeri, onih čarobnih večeri! Oblaci, zvezde, mesečina... a mi sedimo... ona meni na krilu, i studiramo *Otela*. Ona je igrala Dezdemonu, a ja Jaga. „Na noge, na noge! Udarite u zvona i probudite uspavane građane, inače će đavo da vas načini dedom! Dižite se na noge!"

To intrigant izreče kao sa pozornice, odahnu malo, pa odmah nastavi:

— Trebali ste me videti kao Jaga. Dozvoljavam da u Beogradu Jago može biti bolji kostimski. Mi nismo tako bogati klasičnom garderobom. Ja sam obično oblačio moje bele vunene gaće, imao sam cipele na nogama i Persinu crvenu bluzu, a suflerov šešir sa obodom. U Beogradu, to dozvoljavam da se Jago bolje oblači, ali što se tiče igre, izvolite pitati samoga g. Paju pisara iako s njime ne govorim. A on je gledao Jaga i u Leskovcu i Jagodini i u Smederevu, pa ume da oceni. Pitajte ga slobodno, iako s njim ne govorim.

Osećajući da je ubedio Tomu bogoslova o svojoj veličini u ulozi Jaga, intrigant srknu koliko da okvasi osušeno grlo, pa nastavi:

— I verovao sam joj, nikad nisam posumnjao, nikad nisam mislio da će jedna tako uzvišena Persa tako nisko pasti. Mislio sam kao Otelo: „Ona zar lukava i lažljiva? O, ta onda nebo samo sebe ismeva!" Ali, gospodine moj, realnost nije to isto što i poezija. Ona je podlegla gruboj realnosti, izraženoj u osobi toga istoga Paje, pisara sreskog. Taj je čovek obletao oko nje, obletao je kao što kobac obleta oko pileta koje će ščepati. Ja sam sumnjao, sumnjao sam, gospodine! Oh, da vi znate, što kaže Jago: „Kako mučno i jadno broji trenutke onaj koji je zaljubljen a sumnja, sluti zlo i prevaru a ipak nežno ljubi!" I jednoga dana, istina se pokaza pred mojim očima u svoj svojoj nagoti.

Bili smo tako pred podne kod *Šarana* ja, Paja pisar i Mihailo špediter. Pili smo rakiju i jeli smo krastavce iz vode. Ujedanput — ah, kad se toga setim — Paja pisar izvadi iz džepa maramicu i čvrknu se u nju. To me potrese do dna duše i osećah težak bol u srcu. Ah, ta marama, ili bolje kao što Šekspir kaže: rubac. U jednome komadu trebala mi je marama sa monogramom. Niko u trupi nije imao maramu sa monogramom, te smo zamolili apotekaricu da nam pozajmi jednu. Razume se nismo joj vratili, marama je ostala kod mene. To je bila bela batistna marama sa ukrštenim crvenim slovima S. i R. Maramu je čuvala Persa, njoj sam joj poklonio i — ujedanput vidim, pisar Paja se izrknjuje u nju. Možete misliti kako mi je bilo!

Intrigant odanu malo i dovrši čašu, a zatim je opet nali i nastavi:

— Kad sam na podne otišao kući, Persa je baš sekla crni luk da ga izmeša sa džigericom na žaru. Priđoh joj i uzeh joj ruku. I — sad nastaje druga pojava četvrtog čina:

Ja: Daj mi tvoju ruku. Ta je ruka vlažna.

Persa: Od luka. Čekaj da se obrišem!

Ja: Ta ruka pokazuje da je plahovito i izdašno srce. Vrela, vrela i vlažna. Ova ruka zahteva molitvu, post, mnogo uzdržanja i pobožnih trpljenja, jer u njoj je mlad, vatren đavo, koji može lako da se pobuni. To je dobra, izdašna ruka.

Persa: Ti to odista možeš kazati, jer ta ti ruka daje moje srce.

Ja: Raskalašna, nestašna ruka. U staro vreme srce je davalo ruku; nova heraldika glasi — ruka a ne srce!...

I dalje joj nisam govorio, seli smo i jeli džigericu s lukom. Ja sam imao dobar apetit, ali mi to nije moglo umanjiti duševni bol. Ćutao sam, dok se nisam najeo i, onda, gospodine moj, nastaje svršetak druge pojave četvrtog čina. Ja rekoh da sam video rubac, kao što veli Šekspir, u rukama Paje pisara. Ona veli da to nije istina već da je rubac kod nje. Nastaje dijalog:

Ja: Video sam rubac u Pajinoj ruci, javno je njime ubrisao nos.

Persa: Što ti tako naprasito planu pri tim rečima?

Ja: Je li izgubljen, nemaš ga više? Govori, nemaš ga više?

Persa: Nebo neka nas zaštiti!

Ja: Kako, šta veliš?

Persa: Nije izgubljen, no baš i kad bi bio izgubljen?

Ja: Kako?

Persa: Kažem, da nije izgubljen.

Ja: Pa onda ga donesi; pokaži mi ga!

Persa: To mogu, ali sada neću; to ti je samo izgovor da oklevetaš gospodina Paju.

Ja: Donesi mi rubac, ja već nešto zlo slutim!

Persa: Veruj mi, gospodin Paja je jedan čestit čovek.

Ja: Rubac!

Persa: Nemoj, boga ti, da se mlatiš!

Ja: Rubac!

Persa: Gospodin Paja je čovek koji nam se toliko našao. Dužan si mu trideset i dva dinara...

Ja: Rubac, kažem ti!

Persa: Ti odista zaslužuješ prekor!

Ja: Idi!

I odem od kuće.

Intrigant se osetio umoran dugim kazivanjem, jer je ceo dijalog izgovorio sa patosom, kao sa pozornice. Toma je blenuo u intriganta koji mu je izgledao u ovome času kao neko nadzemaljsko biće. Kafanski momak za kelnerajom se cerio, jer je ovu priču, koju je intrigant svako veče ponavljao svakome ko plati pola litra vina, znao već napamet.

— I sad dolazi kraj! — uzviknu intrigant ujedanput pošto se oseti odmoran — i, ako želite da čujete, vi naručite još pola litra vina.

Toma odmah naruči, radoznao da što pre čuje kraj ove jezovite tragedije. Intrigant ispi jednu čašu i nali drugu, pa nastavi:

— I sad dolazi kraj. Peti čin, prva pojava. Rikvand: tamna noć. Kulise: obične kuće. Ja se oko ponoći vraćam kući noseći u duši zlokobnu nameru. Brava škljocnu. Ona u krevetu, pokrivena vojničkim ćebetom. Bajna, čarobna, spava kao madona. Budi se:

Persa: Ko je to? Pero, ti?

Ja: Ja sam, Perso!

Persa: Ajde, izuj se pa lezi, vidiš da si pijan!

Ja: Kad si legala, da l' si se pomolila Bogu, Perso?

Persa: Jesam, Pero!

Ja: Da l' se sećaš još kakvoga greha koji ti nebo još nije oprostilo? Ako se sećaš, odmah izmoli božji oproštaj!

Persa: Šta ti je, boga ti, što se mlatiš!

Ja: Izmiri se s Bogom, brzo; ja ću se ukloniti. Ne želim te smaknuti nepripravnu, Bože sačuvaj; tvoju dušu neću ubiti.

Persa: Ti veliš da ćeš me ubiti?

Ja: Zacelo!

Persa: Ah, tada nek mi se smiluje Bog! Velim od sveg srca.

Ja: Amin!

Persa: Kad tako govoriš, nadam se da ćeš me ostaviti u životu.

Ja: Hm!

Persa: Pa ipak se bojim, jer si gadan kad se napiješ.

Ja: Seti se svojih grehova!

Persa: Sagreših samo tebe ljubeći.

Ja: Zato ćeš umreti.

Persa: Neprirodno je ubijati ljubav. Oh, Bože, zašto grizeš donju usnu?

Ja: Budi mirna!

Persa: Od srca rado, ali mi reci zbog čega sve to?

Ja: Rubac s monogramom, koji ja toliko cenih i tebi dadoh, ti pokloni Paji pisaru.

Persa: Nisam, živa mi majka! Pozovi ga i pitaj.

Ja: Draga dušo, ne kuni mi se krivo: kucnô ti je samrtni čas!

Persa: Zar mi je mreti u ovaj mah?

Ja: Da, smesta! Zato priznaj samo greh svoj. Ti moraš umreti!

Persa: Smiluj mi se tad, Bože!

Ja: I ja velim: amin!

Persa: Smiluj mi se i ti! Jer te nikad uvredila nisam, nikad ne ljubljah Paju pisara drugom ljubavlju do onom koju sam Bog odobrava; nikad mu ne dadoh zaloge kakve.

Ja: Tako mi neba, ja videh svoj rubac u njegovoj ruci. Ja sam video rubac kad se izrknuo u njega.

Persa: Ubi me sutra, a ostavi me sad s mirom da spavam.

Ja: Ne protivim se!

Persa: Samo još po sata.

Ja: Delom se samo mogu oprostiti sumnje.

Persa: Dopusti mi bar da se pomolim Bogu!

Ja: Kasno je!

I sad, kao mletački crnac, sunem divljačkom snagom na krevet, dočepam je i počnem je tući kako nije izvukla batine još od rođenja. Kad sam je isprebijao kao mačku, ja pođoh i na vratima se još jednom ustavim da iskažem Jagove reči: „Van kuće vi ste slike, u sobi zvonca, mačke u kujni, svetice u jadanju i prenemaganju; kad vas uvrede, onda ste đavoli, gazdinstvo vam je igračka, a domaćice ste samo u postelji!... Vi ustajete na igru, a ležete u postelju da radite!"

I s tim rečima odoh od kuće da nastavim piće, jer me je društvo čekalo.

Kad sam sutradan došao, nje nije bilo kod kuće, a nije ni njenih stvari. Odselila se kod Paje pisara!

Intrigant zaćuta, jer je završio priču o svojoj jezovitoj tragediji. Posle dužeg ćutanja on ispi čašu i dodade:

— Da, život je večna zagonetka, gospodine!

GLAVA DVADESET ČETVRTA

Koja je upravo nastavak strašne noći i svršetak velike Tomine tragedije.

Toma je bio pod utiskom velike i klasične tragedije, koju je intrigant tek završio, kad se kafanska vrata otvoriše i uz žagor uđe čitava gomila novih gostiju. To su bili upravitelj, gospođica Lenka, još jedna „naivka", prvi ljubavnik i još dva građanina koji će platiti ceh. Čim uđoše i spaziše Tomu, oni se počeše gurkati i smejati, a grešni Toma, koji je uz priču intrigantovu malo odahnuo posle teške nevolje, vide opet svu svoju tragediju, te pocrvene i obori glavu.

Društvo zauze jedan poveći sto i ona dva građanina odmah naručiše vino i kafe. Razume se da se nije ostalo samo pri gurkanju i smejanju, već uz prvu čašu vina počeše da padaju i vicevi na račun Tomin. Niko ih nije njemu lično upućivao, ali su govorili tako glasno da mu se svaka reč zabadala kao nož u srce.

— More da je podojio i uspavao dete, pa izišao malo u kafanu! — počeo je komičar paljbu.

— More neka blagodari Bogu što nisam hteo da uznemiravam publiku, inače bi se on pod mojim šakama još jedanput porodio i to bi porodio — blizance! — dodaje upravitelj.

— Ne bi rodio nego bi pobacio! — dodaje upraviteljka.

Razume se, da bi se na svaku ovu primedbu zaorio smeh za onim stolom, a grešni bi Toma osetio kako ga podilaze žmarci i učinilo bi mu se kao da ga vode kroz šibu. I sve bi to Toma možda izdržao, da sad i sama gospođica Lenka ne zinu:

— Ja ne razumem samo, zašto policija ne obrati pažnju na takve protuve za koje se ne zna ni da li su muško ili žensko? — reče ona.

E, to već Toma, koji je pouzdano znao da je muško, nije mogao izdržati. Njemu se pojaviše dve velike suze na očima i reče intrigantu:

— Ja idem, ne mogu duže ostati!

— Ne, nemojte ići! — odgovori mu odlučno intrigant. — Sedite vi i naručite još pola litra vina, a ja idem časkom u njihovo društvo da im objasnim u čemu je stvar. Vi ste u ovom slučaju bili samo kavaljer prema jednoj dami i, kad bi oni znali kako vaša stvar stoji, ne bi vam se smejali. Uveravam vas da vam se ne bi smejali!

Toma ga pogleda blagodarnim pogledom i intrigant se diže te ode onom stolu. Za stolom ga svi radoznalo predusretoše i on uze da šapće i objašnjava nešto. Društvo ga je pažljivo slušalo i Toma poče pun nade da gleda u onaj sto. Za vreme intrigantova kazivanja pogdeko bi se otuda okrenuo i pogledao Tomu, pa je između ostalih to jednom i sama gospođica Lenka učinila. Tomino nadanje poraste još više i poče da mu se vedri duša. Očekivao je da se svi pokaju što su onako postupali prema njemu, što su ga isterali, što su ga ismevali, a gospođica Lenka možda ponovo nasmeje onim osmehom, kojim se u snu smešila na njega. I kad bi se to desilo, Toma bogoslov bi bio ponovo srećan i oprostio bi svima, i zaboravio bi sve što mu se toga dana desilo.

A to bi možda i bilo, ali se u tome trenutku ponovo otvoriše kafanska vrata i uđe najpre jedan artiljerijski kapetan, a za njim jedan momak iz hotela kod *Zlatnog lafa*. Taj momak, čim opazi Tomu, pokaza ga kapetanu prstom. Kapetan samo što viknu momku:

— Zovi mi unutra posilnog! — pa naglo priđe Tominom stolu i dreknu — je l'te vi, magarče jedan, znate li vi da ću vas iseći sabljom kao repu!

— Molim!... — učini Toma i poče da dršće kao da igra kakvu staračku rolu.

— Kome vi podmećete decu kao kukavica jaje! — dreknu opet kapetan. A tek što izusti, uđe posilni noseći Nedeljka.

— Daj to žgepče ovome gospodinu ovde!

Posilni predade Nedeljka, a nesrećni Toma primi ga u naručje, ne znajući prosto šta da kaže i gde očima da pogleda.

Za onim stolom zaori se opet ogroman smeh, kome se sad pridruži i kelner i onaj drugi momak od *Zlatnog lafa*. Jedino posilni što se vrlo diskretno smešio, jer nije bio dobio prethodnu dozvolu od kapetana da se sme glasno smejati.

Tomu obuze žar te oseti kako mu gore tabani i obrazi i gleda u patos, moleći u sebi Gospoda Boga pravednog, da se taj patos otvori i da ga proguta.

Kapetan, onako gnevan, okrete se onome stolu, koji se još glasno smejao i počne mu objašnjavati:

— Zamislite nitkova jednog, uvukao se sinoć u moju sobu pa mi metnuo dete u krevet!

Glasan smeh se opet zaori. Toma niti je čuo kapetana niti bi, da ga je čuo, pojmio u ovom trenutku da je on u tuđu sobu, a ne u Elzinu uneo Nedeljka. Kapetan nastavi:

— Ja došao mrtav umoran sa učenja, pa grunuo u krevet koliki sam dug, kad osetim za leđima nešto mi mrda. Možete misliti kako mi je bilo. Upalim brže sveću, kad — imam šta i videti — žgepče, ovo žgepče! Hu, trista mu muka, što sam napravio larmu po kafani; hteo sam da poubijam i gazdaricu i štumadlu i kuvaricu i uopšte sve što je kadro roditi dete. Čujem posle od gazde, da je sinoć u hotel stigla neka bitanga sa detetom, po svoj prilici sa namerom da ga podbaci kome! I kome je našao?... Meni, meni, čija žena triput uzastopce rađa bliznake, bliznake gospodo moja! Pa sad dodajte tome da ja u svakoj kafani gde noćim, nađem u krevetu po jedno dete, no... lep bi to broj izašao, vrlo lep broj!

Smeh se opet zaori, a sad mu se i sam kapetan, pa čak i posilni pridruži. Toma oseti kako se ljulja patos, a stolovi, čaše, stolice i svi posetioci počeše da se okreću u kovitlac. Kapetan pođe pa se na vratima još jednom zadrža i podviknu:

— Samo se vi još i dalje šunjajte oko moje sobe, pa ću vam pokazati. Uostalom, ja sam već i policiji prijavio stvar! — i zalupi vrata te ode, a posilni za njim.

Tomi se odsekoše noge i ne moga više da se drži na njima, nego klonu na stolicu, a Nedeljka spusti na krilo. Njemu ništa više nije bilo jasno, on ništa više nije razumeo, ništa čuo, ništa video. On nije mogao da pojmi otkud sad Nedeljko na njegovom krilu, kad on zna da ga je ostavio u Elzinoj sobi. Nije mogao da razume otkud se sad u celu ovu stvar upleo jedan artiljerijski kapetan. On ni izdaleka nije slutio da je pogrešio sobu i, mesto u Elzinu, da je metnuo Nedeljka u krevet jednoga artiljerijskog kapetana, koji će se umoran sa vežbe vratiti.

Kad ode kapetan, za susednim stolom otpoče opet razgovor pun pakosti na račun Tomin. Intrigantov je pokušaj sasvim propao i počeše se opet otuda razlegati vicevi kao varnice, paleći grešnoga Tomu i po duši i po licu i po očima. Najglasnije ih je kazivala gospođica Lenka i njene su pakosne reči najdublje zadirale u Tominu dušu.

Najzad, kad se malo pribra, on pojmi da bi najbolje bilo udaljiti se iz ovog pakla, ali nemađaše snage da se digne. On pribra poslednje snage svoje i pozva momka te plati trošak, pa uze Nedeljka pod pazuho da pođe, iako je osećao da će ga ispratiti smeh. Ne mari, to će biti poslednji smeh, više ih nikad neće videti, niti oni njega. I taman da pođe, ali sad, i po treći put, otvoriše se vrata i pojavi se na njima policijski pisar sa jednim žandarmom i uputi se pravo k njemu.

Toma opet izgubi svu moć u kolenima, ova se previše i on klonu na stolicu, a hladan znoj mu orosi čelo.

— Vi ste, dakle, gospodine, taj čovek s detetom? — reče pisar poznatim zvaničnim tonom.

— Ja sam! — odgovori Toma, uveren i sam da je zbilja on taj čovek s detetom koga policija traži.

— Pođite, dakle, sa mnom! — dodade pisar odlučno, a Toma pojmi da drugače i ne može biti no da mora poći, iako se za onim stolom ponovo zaori smeh, kome se sad iskreno pridružio i sam intrigant.

Kad iziđe na vazduh, Toma se osveži i oseti lakši. Mada nikad nije imao posla sa policijom, mada se teško osećao u društvu policijskog pisara, koji je išao kraj njega i žandarma, koji je išao za njim, ipak se osećao bolje no maločas u kafani pod pljuskom podsmevaka i grdnji.

U policiji je prilično dugo trajalo ispitivanje, jer u prvi mah Toma nikako nije mogao da da jasan odgovor, naročito na ova tri pitanja:

a) U kojoj nameri vi nosite sobom ovo dete gde god mrdnete, pa čak i noću po kafanama?

b) Ako ste vi zaista, kao što izjavljujete, došli da se upišete u glumce, onda šta će vam ovo dete? i

v) Zašto ste vi to dete podmetali jednom artiljerijskom kapetanu u krevet?

Jedva najzad uspe Toma da izmoli pisara da ga od početka do kraja sasluša. Pričao mu je počevši od svoga poročnog sna pa do belih piketskih pantalona; čitao mu je pismo upravnikovo, pričao mu je svoje stupanje na pozornicu i sve, sve od reda. Pisar se slatko smejao Tominoj priči, što je ovoga neobično bolelo, jer je bar kod vlasti očekivao saučešće. Kad je završio priču, pisar zazvoni u zvonce i naredi žandarmu da pozove žensku koja je sinoć odsela u sobi broj sedam kod *Zlatnog lafa*.

Dok je žandarm išao da to izvrši, pisar zamoli Tomu da mu pojedina mesta svoje tragedije nanovo ispriča i vlast se opet slatko smejala. Naročito se vlasti neobično dopao san Tomin i ona jezovita scena kad mu je Lenka uzviknula: „Magarče jedan, zar se ovde za kulisama čuvaju deca!"

Najzad se otvoriše vrata i na njima se pojavi Elza, praćena žandarmom. I, sad nastade jedna zbilja potresna scena, ali ne između nesrećne majke i izgubljenog deteta, kao što to čitaoci očekuju, već između Elze i policijskog pisara. Čim ona prekorači prag, a pisar skoči iznenađen:

— Zar si ti to? — dreknu on.

— Ja, dabome! — odgovori ona i poleteše jedno drugome u zagrljaj.

I sad se ispostavi da je upravo pisar taj prijatelj, koga je Elza izišla iz hotela da traži, i sad se ispostavi da je upravo zbog toga pisara grešni Toma sve noćašnje nedaće i nevolje propatio.

— Pa gde si, zaboga — tražim te celo veče, dvaput sam ovde dolazila.

— Dežurni sam, pa sam obilazio varoš.

I Elza i pisar izviniše se Tomi, a pisar čak pocepa akt saslušanja i sad svi četvoro, pošto je Elza ponela Nedeljka, krenuše u hotel.

Elza i pisar sa Nedeljkom uđoše u njenu sobu, pošto rekoše laku noć Tomi, a Toma, prolazeći kraj sobe broj devet, u kojoj je izvesno već tvrdo spavao umorni kapetan, oseti neke žmarce u kičmi i u leđima.

Kad uđe u svoju sobu, Toma se obučen prostre po krevetu i prebaci jorgan preko glave.

GLAVA DVADESET PETA

Jedna porodična tajna koja nema nikakve veze sa dosadanjim porodičnim tajnama iznesenim u ovom romanu.

A ujutru, u zoru, kretoše opet poštanska kola, noseći Elzu i Nedeljka put Beograda.

Toma bogoslov je svršio svoje, Toma bogoslov je otišao. On sad grešnik pešači — jer je, slušajući intrigantovu tragediju, potrošio sav novac koji je imao — i vraćao se kao zabludeli sin majci bogosloviji, gde će pred rektorom pokajnički pasti na kolena i ispovediti mu svoje patnje i svoje gorko razočaranje u „usko poprište sa prostranim težnjama koje u se sabiraju sav život čovečanski"! I jednoga dana, tamo docnije, kad bude bio pop, kad bude imao svoju parohiju, on će kakve zimske večeri, sedeći uz zagrejanu peć, pričati svojoj popadiji o tome kako je život čovečji večita zagonetka.

Elza, sedeći bezbrižno pod arnjevima, nije više ni mislila na Tomu, a nije ni Nedeljko, koji je na Elzinom krilu spavao tako mirne savesti, kao da nije noćas toliko nesreća počinio.

U kolima je bio sad jedan nov saputnik. Omalen dežmekast gospodin, žmirkavih očiju, prosedih brkova i neobično brbljiv. On reče Elzi da je đumrukdžija i da putuje u Beograd, jer je čuo da će biti premešten pa da obustavi to. Ne ide mu se, veli, iz mesta gde se već svikao i stekao porodične i prijateljske veze.

— Ni država nema računa da nas svaki čas premešta — dodaje đumrukdžija, objašnjavajući Elzi. — Sviknu se trgovci na mene, sviknem se ja na njih; sviknu se šverceri na mene, sviknem se i ja na njih. Znam ja njega, zna on mene; znam ja šta on misli, zna on šta ja mislim. I taman sve udesiš da ti posao ide kao namazan i bez glavobolje, a država tek ajde, premeštaj.

Ovaj govorljivi saputnik neprestano je razgovarao o svemu i svačemu. A jednog trenutka, kad se Nedeljko nešto malo zaplaka, obrati pažnju i na njega, premeri ga od glave do pete, pa će tek reći:

— Ima mu deset kila?

Elza se iznenadi što on na kile govori o detetu, i ne znajući da je njegovo đumrukdžijsko oko već izvežbano da svakom paketu odmeri težinu.

— Da vam ne smeta što plače? — upita Elza.

— A ne, volim ja više neka plače. Ja čak imam jednu iglicu pa kad mi koja žena stigne kao putnik preko granice, s detetom u naručju, a ja bocnem ono dete pa se razdere kao preklano jare.

— Ju! — učini Elza i pogleda čudnovato čoveka što bode decu.

— A što! — pravda se on. — Volim ja da ono plače nego da plače država!

Elzi sad tek ne beše jasno zašto bi država plakala, ako ovaj čovek ne bocne dete iglom; ali joj on odmah i to objasni:

— Prošle jedanput tako tri putnice sa decom u naručju. Pregledam im ja stvari, a one sele u ćošak, otkopčale bluze pa doje decu. Svako dete najmanje deset kila. Kad posle, čujem ja, to nisu bila deca, nego svaka prepolovila u pelene po deset kila duvana! A je l' ćemo tako, velim ja, e, onda, iglicu. Pa od tog doba, to mi već postao običaj, da bocnem svako dete. Vidim svojim očima, dete je, nije duvan, al' ne plače. A ja mu priđem, sasvim onako roditeljski, pa mu ko bajagi tepam, a brzo ga bocnem. Neću da mi ćuti. Bog mu dao grlo, pa neka plače.

A kad se već prešlo na razgovor o deci, saputnik se i ne zadrža na tome predmetu.

— Je li vam to prvenče? — pita on Elzu.

— Jeste! — veli ona.

— Jeste l' ga bez operacije rodili?

Elza se ponovo zgranu ovom čudnovatom pitanju, ali đumrukdžija, koji nije uvek čekao odgovore na svoja pitanja, dodade sam:

— Moja žena uvek rađa sa operacijom! — i tu stranu reč on izgovori sa nekim ponosom, kao da je operacija neka naročita osobina, koju Bog dodeljuje tek pogdekojoj ženi.

Elza ne znade šta bi mu na to mogla kazati, al' on sam nastavi:

— A, čudnovato, ne drže mi se deca. Samo prvo dete, sin. Taj mi je, hvala Bogu, živ i zdrav i lepo je izrastao.

I na to mu Elza ništa ne odgovori. Malo zatim on joj upravi pitanje:

— Šta je vaš muž?

— Nisam udata! — odgovori Elza stidljivo.

— Tako — oteže đumrukdžija. — Pa ko je onda otac detinji?

— E, to je tajna! — odgovori mu Elza.

— Tajna? — učini on, pa se zamisli, ozbiljno se zamisli, pa će tek posle dužeg vremena i više sam sebi reći — čudnovato zaista, skoro svako treće dete je tajna.

Elza nije pojmila šta je on time hteo reći, ali, kao i uvek, on je ne ostavi dugo u nedoumici.

— Eto, molim vas — nastavi on — to moje dete, o kome sam vam kazao da mi se održalo, i to je jedna tajna. I to nije, da kažeš, obična tajna nego pravi roman.

On zastade malo, premišljajući valjda da li da tu tajnu poveri, pa odlučivši se, nastavi:

— Ja sam se malo postariji oženio. Imam dobrog prijatelja, komšiju, mlad čovek, a već pet-šest godina kako se oženio. Pa on me okupio: Ajde, veli, ja ću da te oženim! Nemoj ti, veli, ništa da se mešaš, ja ću da izaberem mladu! I ja se nisam ništa mešao, on našao, on prosio i on me oženio. Bio mi je stari svat, a našao mi, bogami, i mladu i lepu ženu, tako jedno dvadeset godina mlađu od mene.

— I pre smo lepo živeli — nastavlja đumrukdžija — ali sad, otkad smo se oženili, te postali i kao neka svojta, naše su se dve kuće tako saživele, da prosto nismo izbijali jedno drugom iz kuće. Dođem ja predveče kući iz kancelarije, a moj komšija i stari svat već kod mene. Veli: nije moja domaćica kod kuće, a ja velim gde ću nego u komšije! A tako i ja kod njega.

I što je najlepše, tako kad beše druga godina na izmaku, otkako sam se oženio, a mi dobismo zajedno i prinovu. Njegova žena rodi sina, a tri dana zatim i moja rodi sina. To je taj bez operacije, što je i sad živ. Njemu je to bilo treće dete, ali prvo muško, a meni prvo pa muško. I, već, veselju nije bilo kraja. Čas on kod mene, čas ja kod njega, pa samo pijemo u zdravlje naših sinova.

Dogovorimo se da ih zajedno i krstimo, pa kako je ista babica bila i kod moje i kod njegove žene, to prve nedelje dođe babica i uze oba deteta, te ajd' u crkvu, a za njom mi kao očevi. Njegov sin dobi ime Milosav, a moj Rajko.

Tog dana smo se dobro napili i neprestano smo se ljubili i cmakali.

Kad, ne prođe ni četiri meseca, a njegovo dete, Milosav, zanemože nešto i prokunja pa umre. Žao njega a žao i mene, dabome.

A moj Rajko, zdrav kao tresak i lep i napredan. Ali, nešto, čudnovato poče da mi pada u oči — što više dete raste, sve više poče da liči na starog svata. Na mene ama baš ništa!

Ispočetka sam se domišljao da li se to tako meni ne pričinjava samo, ali tako, dođe on predveče kod mene, uzme Rajka, metne ga na krilo pa igra sa njim, a ja gledam, gledam njega, gledam dete i sravnjujem. Isti nos, ista usta, iste obrve, iste oči, pa čak iste i uši. Uzmem koji put dete pa ga prislonim sebi uz obraze i stanem pred ogledalo pa sravnjujem. Ne liči: u mene debele usne kao bubrezi, a u njega tanke, male; u mene prćast nos, a u njega prav i šiljat; u mene tanke obrve kao dve gladne gliste, a u njega pune, pune kao pijavice; u mene žmirave, zelene oči, a u njega otvorene, krupne, crne oči. Ne ličimo jedan na drugog kao da nismo otac i sin.

Tu prekide đumrukdžija priču, jer Elza, koja se dosada iz potaje smejala njegovoj nevolji, ne moga više da se uzdrži nego udari u glasan smeh.

— Nemojte da se smejete — primeti on — jer nije to što vi mislite. Videćete, kad vam ispričam celu stvar, da nije to.

Elza se uozbilji i đumrukdžija nastavi priču.

— I ja sam pomislio ono i ohladilo mi se srce kao lubenica kad se izvadi iz bunara. Išao sam ulicama zabrinut, u kancelariji nisam umeo ništa da radim, uopšte tako sam bio rasejan, da se šverc u to doba počeo naglo da razvija. Više puta noću, tako, ležim u krevetu, pokrijem se jorganom preko glave i sam sa sobom razgovaram. Kažem najpre sebi: ovako je; pa onda sam sebi odgovaram: nije tako! Osećam prosto kako sam se pocepao na dve polovine, a svaka ta polovina opet je jedno ja, pa se ta dva ja prepiru među sobom i svađaju se. Ovako otprilike:

Prvo ja: Ne, nikada to ne može biti, on je moj prijatelj, on je moj stari svat.

Drugo ja: Može biti, sve može biti na ovome svetu. Prijatelj danas jeste a sutra nije, a stari svat nije rod.

Prvo ja: Al' on me je i oženio!

Drugo ja: Pa možda te je zbog sebe i oženio.

Prvo ja: Al' moja žena, zašto bi to činila?

Drugo ja: Zato što si mator.

Prvo ja: Moja me žena voli!

Drugo ja: On je i mlađi i lepši.

Prvo ja: On je čestit čovek!
Drugo ja: Dešava se to i kod čestitih ljudi!
Prvo ja: Ne, ne, ja to ne verujem.
Drugo ja: Blago onome ko ne veruje!

— Eto, tako se ja noću sam sa sobom svađam, a kad se probudim, spazim Rajka, on — pljunuti stari svat! I što više raste, sve više liči na njega, a sve manje na mene. Primetio već i stari svat, primetila i moja žena da mi nije dobro, da sam neraspoložen, pa me pitaju šta mi je, a ja se lomim da l' da im kažem!

A Rajko već odrastao, već hoda, već trči. I moja žena jedanput, uzela neke moje stare pantalone da ih prekroji za njega, te mu skrojila dugačke, duge do zemlje, kao što ljudi nose. Obukao ih Rajko pa trči da mi se pohvali, kad ja — imam šta videti — mali čovek, mali stari svat. Samo da uzme sveće, da mi stane za leđa pa da me venča. E, tu nisam mogao da izdržim, nego odoh ženi pa joj sve redom i iskreno kažem:

— Takva i takva stvar, ovo dete potpuno liči na starog svata.

— Jeste! Primetila sam i ja to — veli žena — pa sam sve čekala, hoćeš li ti koji put povesti razgovor o tome.

— E, pa, evo, poveo sam ga! — velim ja ženi.

— Da nisi ti, ja bih povela razgovor! — veli ona meni.

— Pa dobro, kako ti to tumačiš? — pitam je ja.

Moja žena duboko uzdahnu, po čemu sam ja zaključio da je nešto tišti.

— Rekla bih ti, ali mi te je žao.

Sad me tek dovede u zabunu. Izgleda da će ono „drugo ja" imati pravo, jer evo moja žena gotovo priznaje i žali mene. I mada sam ja čovek hladne krvi, opet nešto usplamte u meni i zaigra mi u ruci ona igla kojom bockam decu.

— Govori, hoću da znam! — grmnuh ja strogo, onako strogo kao pri pregledu kad podviknem: „Otvarajte kufere, hoću da pregledam!"

Moja se žena nimalo ne zbuni, nego mi sasvim iskreno odgovori:

— Htela sam odavno to da ti kažem, ali sam te štedela, jer sam znala da ti to može naneti bol. Ali kako tvoja sumnja meni nanosi bol, to ja volim da ti podnosiš bol nego ja. I, eto, kazaću ti kako ja tumačim, otkud to može biti da je dete toliko nalik na staroga svata.

I tada mi žena poveri jednu veliku tajnu, koja me i dan-danas mori. Ona mi reče:

— Ja mislim, ništa drugo neće biti, nego je babica, prilikom krštenja, promenila decu.

— Kako? — zgranuh se ja.

— Ja mislim — nastavi žena — da je ona promenila decu i nama dala starosvatovog sina a njemu našeg.

Meni se diže kosa na glavi.

— Pa to znači da je naš sin umro?

— Razume se!

— I da Rajko nije moj sin?

— Ja bih se smela zakleti — reče žena — da on nije tvoj sin.

Bio sam kao lud, nisam znao šta da mislim i šta da kažem. Jasno mi je bilo kao dan da je tako kao što žena kaže, ali, to znači da moj sin, koga sam voleo kao dva oka u glavi, nije moj sin, i...

— Pa dobro — rekoh ženi prestravljeno — to znači, ako bi se stari svat tome dosetio, mogao bi tražiti dete natrag?

— I podneti nama račun za sahranu onog drugog deteta.

— More, to je najmanje, ali...

Nisam umeo više da mislim. Ućutao sam kao zaliven i ćutao sam dugo, dugo, dugo. Najposle, digoh glavu i zapitah ženu:

— Pa dobro, šta ti misliš, šta treba raditi?

— Ja mislim ništa — veli žena. — Treba da se praviš kao da je to tvoje dete i ničim da ne pokažeš starosvatu da štogod sumnjaš. Budi prema njemu ljubazan kao i dosada, još ljubazniji nego dosada, a celu stvar ćemo ja i ti čuvati kao tajnu, kao večitu tajnu!

I tako sam i radio, poslušao sam doslovce ženin savet. Bio sam raspoložen, bio sam još ljubazniji prema starome svatu, tako da on ništa nije mogao da posumnja. Samo pokoji put, kad bi on došao k meni, pa uzeo dete na koleno i počeo bi ga milovati, meni bi palo na pamet i u sebi bih rekao:

— Bože moj, on i ne zna možda da miluje svoje rođeno dete.

Đumrukdžija ućuta, jer je završio kazivanje o svojoj porodičnoj tajni. Elza, koja je pažljivo slušala njegovu priču i jedva se uzdržavala od smeha, na kraju priče se ko bajagi uozbilji te reče:

— Odista čudnovata tajna!

Ali bar ta priča učini da Elza i ne oseti kad stiže u Beograd, i tek kad opazi onaj niz kuća s jedne i druge strane druma, koji silazi od Torlaka, ona vide da je kraj puta.

Još malo pa se kola uspeše na uzvišicu na kojoj leži prestonica.

GLAVA DVADESET ŠESTA

Jedan čas muzike u kome sudeluje i Nedeljko, iako je u ranijim Glavama već utvrđeno da on nije nimalo muzikalan.

On je tačno znao da pisarska klasa nosi šest hiljada dinara miraza, sekretarska dvanaest, načelnička dvadeset, a ministarski položaj bar pedeset hiljada. (On je, začudo, bio raspoložen za ovu poslednju sumu, i to kako za sumu tako i za položaj koji istu donosi.) Pa ipak, nešto nije znao, i to je, da uz šest hiljada dinara ide samo žena; uz dvanaest hiljada dinara ide žena i jedna svastika koja „ne može od sestre da se odvoji", a zet je „tako dobar", pa je izvodi u društva; uz dvadeset hiljada pak ide žena i takođe svastika, koja „ne može od sestre da se odvoji", no prema kojoj je zet „tako dobar" pa, sem što je izvodi u društva, još se brine i o njenom vaspitanju; a uz miraz veći od dvadeset hiljada, sem žene i svastike, ide još i tašta koja „ne može da se odvoji od dece", a prema kojoj je zet „tako pažljiv, tako dobar, da je nosi kao malo vode na dlanu".

On se dakle oženio mirazom, koji mu je doveo u kuću sem žene još i svastiku, koju sem što izvodi u društvo još se brine i o njenu vaspitanju, a to znači, na prvom mestu, kupiti klavir i naći učitelja muzike, pretplatiti se na modni žurnal i držati u pozorištu ložu broj 8 ili 9, tek da je „na sredini".

Gospodin Sima Nedeljković je sve te uslove ispunio. Kupio je klavir, pretplatio se na ložu broj 9 i na modni žurnal, najzad našao i učitelja muzike, ne samo muzički obrazovana nego i muzičke spoljašnjosti. Njegove noge izgledale su prave četvrtine note, glava je bila tako nekako široka a niska, da je ličila odista na celu notu, a telo, struk, usled nekakvog čudnog držanja, ličio je upravo na muzički ključ. Bio je još i čupav, te je izdaleka izgledao, Bože me oprosti, kao da su mu iz glave ponikle same šesnaestine. Ali sem sviju ostalih osobina — na stranu što je važio kao odličan učitelj muzike — imao je i tu, da se kao mače zaljubljuje.

Posle trećeg časa učenja, on se zaljubi u svoju učenicu i ta se ljubav obično svršavala ili time, što bi ga izbacili iz kuće, ili time, što učenica nije ništa naučila.

Da bi se doskočilo ovoj navici učiteljevoj, roditelji su izmislili kao sredstvo dežuranje. Jednoga časa dežura mama, a drugoga tata, i za vreme tih dežuranja učitelj muzike je skroman kao devojka, niti mu opšte pada na pamet da izjavljuje ljubav.

G. Sima Nedeljković, kad se već oženio, kad je već primio miraz, i kad je već uzeo na sebe brigu o vaspitanju svoje svastike, morao se primiti i ovog dežuranja.

On je to dežuranje tako savesno vršio, da je čak pratio i radnju učiteljevu na pedalu, koja mu je radnja od svih ostalih bila naj-sumnjivija. Jednoga takvoga časa, kad je njegov red dežuranja bio, sede on na divan, malo dalje od klavira, kako bi zgodnije mogao da posmatra pedal, a svastika i učitelj sede za klavirom i oduševljeno i sa najvećom vatrom sviraju skale.

G. Sima Nedeljković uzeo ko bajagi da čita novine i pravi se kao da ništa ne gleda, a preko novina jednako izviruje i pogleda čas u lice učiteljevo, a čas u njegove noge, koje mrdaju na pedalu. Prateći tako stvar okom, on u jedan mah ču uhom nekakav čudan ton, koji nikako nije pripadao dotičnoj skali, i koji upravo nije klavirski ton.

Osluhnu još malo bolje i, odista, ču pred vratima, upravo iz avlije, nekakav ton sličan onome koji mačke u mesecu februaru izvode. On za čas zaboravi na svoju savesnost, riskira i mogućnost da učitelj muzike izjavi ljubav njegovoj svastici, i iziđe napolje da vidi šta je.

Gospodin Sima se ne vrati ubrzo, a učitelj muzike, osetiv se usamljen sa svojom učenicom, poče već da kvari tonove i šesnaestine, koje mu predstavljaju kosu na glavi, počeše da se kostreše. On uze da se znoji, pretrča burno obema rukama po klavijaturi, i poče kroz fistlu da izjavljuje ljubav.

— Gospodine — zbuni se svastika, jer najzad, svaka se svastika mora zbuniti kad joj se tako, iznenadno, izjavi ljubav.

Učitelj muzike nastavi i dalje da trči rukama po klavijaturi i da govori o ljubavi, naviknut valjda tako da uz pratnju muzike izjavljuje ljubav, kako bi roditelji iz druge sobe mislili da on drži predavanje.

— Gospodine! — zbuni se i po drugi put svastika, kao što je i red da se devojka pri izjavi ljubavi bar dvaput zbuni.

I taman učitelj udari u najviše tonove, kako u izjavi tako i na klavijaturi, a vrata se otvoriše i na njima se pojavi gospodin Sima Nedeljković, bled kao vosak.

Učitelj muzike odskoči sa okrugle stolice, kao da ga je feder u vis hitnuo i stade pred gospodina Simu, takođe bled kao vosak. Obojica zbunjeni, obojica bledi kao vosak, stajali su tako jedno prema drugom i gledali se dugo. Najzad, gospodin-Simi se nešto malo otopi vosak na usnama i on ih odlepi:

— Budite tako dobri, gospodine, i pođite sa mnom u moju sobu.

Učitelj pojmi da je odsvirao gis u ovoj kući i pođe kao pitom golub za gospodinom Nedeljkovićem. Kad su bili u rečenoj sobi, gospodin Sima vrlo pažljivo zaključa vrata, a učitelja muzike prođe neka tuga kroz leđa i u taj par je sam sebi izgledao kao klavijatura, po kojoj će maločas gospodin Sima otpočeti da izvodi najfantastičnije tonove.

I gospodin Sima poče, ali nekim čudnim glasom, otprilike onim kojim je maločas učitelj muzike izjavljivao ljubav kroz fistlu.

— Gospodine, ja imam sa vama jedan vrlo poverljiv razgovor...

— Znam — odgovori učitelj u tremolu — ali... ja sam to iz... poštovanja... Ja bih vas molio da stvar uzmete s druge strane... to jest... kao stvar nevinu.

Gospodin Sima ostade i dalje bled kao vosak i nastavi:

— Vi mi možete učiniti jednu veliku uslugu. Recite mi iskreno, kakav je vaš rukopis, je li lep?

Učitelj muzike ne razumede pitanje, te ga gospodin Sima još jednom ponovi.

— Pa lep je inače, potpuno muški rukopis — odgovori grešni učitelj — ali kako sad dršćem, biće ženski, potpuno ženski rukopis.

— Vrlo dobro, vrlo dobro! — odgovori gospodin Sima. — Onda sedite ovde, evo ovde, i pišite, molim vas, što ću vam diktirati.

Učitelj sad tek uvide šta hoće gospodin Sima. On bi rad da uzme od njega pismeno priznanje pre no što ga istuče, kako bi imao pismen dokaz u rukama. I učitelj pokuša da izvrda.

— Ja ne umem, gospodine, u ovakvom stanju da pišem... Vi ćete pojmiti... ovakvo stanje...

— Molim vas, pišite što ću vam diktirati — navaljivaše gospodin Sima i grešni učitelj uze pero.

— Nemojte to pero, raskrečeno je.

— Ne menja stvar — odgovori učitelj i umoči pero.

— Pišite ovo: „Ja sam sirota žena i ovo dete ne mogu da izdržavam zbog sirotinje; stoga ga ostavljam ovde, ne bi li ga dobri ljudi prihvatili i održali”.

— Samo to? — upita iznenađeno učitelj.

— Da, samo to! — odgovori gospodin Sima.

— Dajte mi da vidim kako ste napisali?

Učitelju spade nešto s duše, začas ga pređe bledilo, a oči veselo užagriše.

— Upravo, ne samo to. Imao bih još nešto da vas molim, ali, razume se, vi mi dajete časnu reč da ćete o tome ćutati.

Taman poslednju reč u rečenici da izgovori gospodin Sima, a iz ormana, u kome je njegova biblioteka, nešto užasno zakmeča. Učitelj se zbuni, a gospodin Sima oprezno otvori orman, gde se na jednom redu knjiga bezbrižno baškario Nedeljko.

— Pfuj! — učini učitelj, pošto opazi da Nedeljko nije nikakvu pažnju obraćao knjigama, na kojima je ležao.

Gospodin Sima se saže da vidi koje su mu knjige oštećene i kad vide da je zasad oštećena samo prva sveska skupljenih spisa Stevana J. Jeftića, sa slikom piščevom, uteši se. Izvuče Nedeljka iz biblioteke i ovako poveri učitelju muzike tajnu:

— Vidite, gospodine, ovo je moje dete!

— Vaše?

— Da... to su znate mladalačke avanture.

— Mladalačke? Ali, zaboga, ovome detetu nema više nego dva meseca?

— Da, dva, i devet pre rođenja, to su jedanaest... Pre jedanaest meseci, znate, ja sam bio mlađi... upravo bio sam neženjen, drugim rečima, ovo je moje dete. Vi vidite valjda i da liči na mene?

Učitelj zagleda malo bolje i nađe da dete neobično liči na njega.

— Kad sam se rešio da se ženim, ja sam je morao napustiti, nju koja je rodila ovo dete.

— Razume se — dodaje učitelj, koji je sad već danuo dušom.

— Ali ona hoće da mi se osveti i da razruši moj bračni život i evo šta je radila. Malopre, kad sam izašao s časa, ja sam našao ovo dete pred vratima sa jednim pismom adresovanim na moju ženu. Ona je nesrećnica znala da ja u ovo doba nisam kod kuće, pa je udesila da moja žena naiđe na dete. Međutim desilo se srećom, da je danas bio moj čas dežurstva, te sam ostao kod kuće...

— Srećom! — dodade učitelj.

— Čujte, dakle, šta ona piše mojoj ženi: „Poštovana gospođo. Vaš muž je mene upropastio za ceo život i tako je daleko išao, da je čak i dete sa mnom rodio...”

— To ne znači baš bogzna kako daleko ići! — dodade učitelj sad već veseo.

— Molim, slušajte samo: „Ja sam mu javljala i molila ga da mi pošlje pare za izdržavanje deteta, ali on neće ni da čuje. To je poslednja bitanga”.

— Ta nije moguće? — upita učitelj iznenađeno.

— Jeste, gospodine, tako je napisala. Eto, možete i sami pročitati, ali slušajte samo dalje: „To je poslednja bitanga a ne otac, kad neće ni o svom detetu da se stara. Ja sam sirota devojka...”

— Pa otkud devojka kad ima dete? — guknu učitelj, ali sad već malo pakosno.

— Ne, tu ima pravo, nije se udala — dodade gospodin načelnik vrlo ozbiljno i nastavi čitanje. — „Ja sam sirota devojka i nemam od čega da izdržavam njegovu decu; stoga ga šaljem vama, gospođo, pa ga vi izdržavajte kad ionako s vama neće imati dece...”

— E, to je već uvreda! — dodade učitelj sad već sasvim pakosno.

— Tu uvredu joj praštam — reče tiho gospodin načelnik — jer je izvesno u razdraženju pisala. Ali vas nešto molim, gospodine — nastavi gospodin Sima drugim tonom. — Ovo što sam vam poverio, najveća je tajna moja; ja mislim da ćete je umeti sačuvati.

— O, molim, ako imate još koje dete u biblioteci, smete mi slobodno poveriti — dodade brzo učitelj muzike, pomišljajući na svastiku, kojoj će sad slobodno smeti izjavljivati ljubav na časovima, na kojima gospodin Sima dežura.

— Ali ja ovim još nisam iscrpeo vaše poverenje, vi mi morate još jednu uslugu učiniti.

— Vrlo rado, vrlo rado! — odgovori oduševljeno učitelj muzike.

— Mi ćemo, dakle, ovu cedulju, koju ste vi napisali, turiti u haljine, a ovo pismo ćemo pocepati.

— Vrlo dobro.

— Zatim — nastavlja gospodin načelnik — vi ćete ovo dete uzeti sobom i iznećete ga.

— Ja?

— Ali, molim vas, slušajte me do kraja; iznećete i spustićete ga, na primer, pred moja vrata.

— Ne dalje?

— Bože sačuvaj, pred moja vrata, sa ulice. Toliko mi možete učiniti.

— Kako ću sakriti dete; vidite da imam ovaj mali kaputić.

— Uzmite moj stari iberciger, on će biti malo širok za vas, ali utoliko bolje. Možete njim sakriti dete koliko dok prođete kroz dvorište da vas ne bi mlađi videli, a čim stupite na ulicu, vi spustite dete. Ja neću, znate, dete ostaviti, brinuću se ja o njemu, ali je samo zgodnije da dete bude na taj način nađeno i to da ga ne nađem ja, već ko drugi. Bolje je, znate, ko drugi!

I tako se cela stvar i udesi. Učitelj muzike, koji je sad poverenik gospodin-načelnikov, obuče njegov iberciger, pod kojim je mogao metnuti još nekoliko dece, uze pažljivo Nedeljka, da se ne bi iskaljao, i pođe niz stepenice, a gospodin načelnik dahnu dušom.

GLAVA DVADESET SEDMA

U kojoj Nedeljko predstavlja najpre muzički instrument ili prostije rečeno harmoniku, a zatim, svojim intrigama, razorava jedno za drugim dve ljubavi.

U ovoj Glavi, po utvđenom rasporedu materijala piščevog, a i po sporazumu utvrđenom sa g. Nedeljkovićem u prošloj Glavi, učitelj muzike nije imao ništa više da učini do da spusti Nedeljka pred vratima, a sam da produži put. I da je on to izvršio, dvadeset osma Glava ovog romana bila bi mesto ove, a ova Glava ne bi ni postojala, pošto ona nije ni bila u piščevu planu.

E, ali pisac nalaže, a slučaj raspolaže. I to da je kakav običan slučaj, pisac bi ga ma kako gledao da izbegne, ne bi li se jedanput već skratile muke i nevolje opštinskoga deteta, koje je, grešno, prošlo već dosta kroz tolike ruke.

A evo kakav je bio taj slučaj: Učitelj muzike izišao je sasvim pribran na kapiju, i po planu, koji je on sam, idući kroz dvorište, utvrdio, čim je izašao, pogledao je najpre desno, gde nikog ulicom nije opazio; pogledao je zatim levo i, da s te strane nije nikog opazio, to bi odgovaralo utvrđenom mu planu. Nedeljko bi prosto bio spušten, a učitelj dunuo bilo levo ili desno, jer to ne bi menjalo stvar. Međutim nije bilo tako, jer, kad je pogledao levo, spazio je na deset koračaji pred sobom gospođu Sofiju Jankovićku, tetku gospođice

Ane Subotićeve, kojoj je (ovoj poslednjoj) tri meseca držao časove i za to vreme dva i po puta izjavio ljubav, a ona je na to pocrvenela, pokvarila skalu i uopšte tako se zbunila da ga više nije smela u oči pogledati. Kako njena zabuna nije još bio definitivan odgovor, to se on spremi da joj i treći put ponovi izjavu. Prvom prilikom kad su ostali sami, on pretrča triput obema rukama klavijaturu i poče:

— Gospođice, moji osećaji koji su vam već poznati, a koji...

Taman u tom trenutku, kad je bio na polovini izjave, uđe u sobu Anina tetka, gospođa Sofija Jankovićeva, koja je od smrti svoga muža u društvima važila kao udovica, koje je pak stanje njoj davalo dovoljno razloga da traži utehe. U red ostalih uteha, ona je unela i muziku koju je rado slušala, što je pak doprinelo da se kod nje razvije naročiti ukus prema ljudima od muzike. Takav nekakav ukus osećala je ona i prema našem učitelju muzike, iz čega se kod nje porodila ljubomora prema svojoj sestričini. Kad se uzme u obzir da su sestričine uvek bolje stvari od tetaka, da je devojka uvek nešto bolje no udovica i, najzad, da je mlađe uvek nešto bolje no starije, onda se ne može ni prebaciti gospođi Sofiji da njena ljubomora nije imala razloga, kao što joj se ne može zameriti na navici da stoji kod vrata i prisluškuje kad učitelj muzike drži čas sestričini. Usled te navike svoje, ona je, dakle, i čula početak gornje izjave ljubavi i istu prekinula na polovini. Dabome da je tetka odmah odjurila svojoj sestri, a sestričinoj majci, s izjavom, da se tako šta više ne može trpeti.

I zaista, nije se trpelo. Učitelju muzike otkazani su dalji časovi, što je kod gospođe Sofije razvilo još veći ukus za muzikom.

Gospođa Sofija prva uskliknu.

— Vi, vi?! Kakvo iznenađenje?! — i pruži mu graciozno ruku.

Učitelj muzike sa tuđim ibercigerom na leđima i sa Nedeljkom pod ibercigerom, nije se, dabome, osećao nimalo u prijatnom položaju, te nije ni mogao ni umeo da pruži graciozno ruku. On je, upravo u tom momentu, osećao kako mu nešto silno bije pod kaputom s leve strane i nije bio načisto, je li to njegovo ili Nedeljkovo srce. U takvoj zabuni, učitelj nije umeo ni reči reći, do što je pozdravio gospođu Sofiju, razmišljajući ujedno kakav bi razlog našao da pobegne od nje.

Ali, pre no što je imao vremena da takav razlog nađe, gospođa Sofija nastavi:

— Tako mi je prijatno što smo se sreli! Šta mislite, već dva meseca nisam vas videla, a imala sam tako mnogo sa vama da razgovaram?

— Sa mnom? — učini učitelj muzike.

— Da, i mnogo i važno i poverljivo — reče ona koketno.

— To mi laska, samo što ovoga momenta...

— Šta ovoga momenta? — upade ona brzo.

— Imam jedan važan... jedan neodložan posao!

— Vi? Ta idite, molim vas, koješta. Je li to vaš posao.

— Da, moj privatan... — uzvrda se učitelj. — Upravo nije toliko ni privatan, više je državni posao... to jest, kako se uzme.

— Ali ne, ostavite to, ostavite taj posao...

— Nemoguće! — ocedi kroz zube učitelj.

— Ali — nastavi gospođa Sofija i koketno se nasmeši nagnuv se k njemu — meni za ljubav...

— Vama za ljubav? Pa dobro, ali šta želite?

— Nemojte ovde stajati, hajdemo ovako Lominom ulicom pa ćemo sići u park Ministarstva finansija. Pratite me donde, tamo je tako prijatna hladovina, a nema ni publike, pa možemo mirno razgovarati.

Učitelj muzike huknu, obrisa znojne kaplje koje mu se behu nabrale po čelu, pa pođe, pošto uzgred baci pogled na prozore g. Sime Nedeljkovića i spazi g. Simu na prozoru kako pravi očajničke grimase.

Usput se vodio vrlo sladak razgovor, od kojega grešni učitelj jedva ako je koju reč čuo, jer mu beše otežala ruka. Ruka mu beše gotovo utrnula, a od straha beše premro, osećajući da se Nedeljko poče da migolji.

Možete misliti još kako mu je bilo kad gospođa Sofija, između ostaloga, reče:

— Taj vam iberciger ne stoji dobro.

— Znam.

— Ali vi nosite nešto?

— Da, znam.

— Zaboga, zašto ne uzmete nosača?

— Nosača? Ne, nemoguće... ovo ne mogu nikome poveriti.

— A šta je to?

— Koje? — upita učitelj prestravljeno i probi ga hladan znoj po čelu.

— Ta, to što nosite pod ibercigerom?

— To što nosim... to je upravo... kako da kažem... to je jedan muzički instrument.

— Instrument?

— Da! — reče odlučno, jer mu se učini da se vrlo srećno dosetio.

— Sad ste ga kupili?!

— Da, sad.

— Pa valjda ga nosite na probu?

— Da, nosim ga na probu... ali, vidite li vi kako je vrućina — dodade brzo učitelj, kao ko bajagi se dosetio kako će da obrne razgovor.

Međutim, stigli su već blizu parka i seli na klupu, te učitelj odahnu malo, jer će moći da odmori ruku. Ali u tom momentu, iako je, začudo, sve dosad ćutao kao zaliven, kveknu Nedeljko pod ibercigerom kao jare. Gospođa Sofija se trže, a nesrećni učitelj zakoluta pogledom na sve strane i zbuni se kao dete uhvaćeno u krađi.

— Pa to će biti harmonika?

— Da, harmonika — odgovori učitelj potresen do dna duše, pa predosećajući da Nedeljko neće ostati samo na ovoj svojoj prvoj izjavi, smisli u času da pobegne, kao što bi bežao lopov ispred žandarma ili dužnik ispred kreditora. To je bilo drsko i odvažno rešenje, ali on nije imao gde.

I, zbilja, upravo u polovini jedne vrlo dugačke fraze, kojom je gospođa Sofija počela da mu izjavljuje ljubav, on pribra svu snagu i volju, te skoči sa klupe i poče bezobzirce bežati, najpre kroz malu kapiju, na Vaznesensku crkvu, te pored Više ženske škole, gde, jedva dišući, uspori malo korake. Ali, dok je on trčao napred, naturi se za njim jedan gospodin vičući:

— Stanite! Stanite!

Siromah učitelj, koji je u prvi mah mislio da ima posla sa kakvim ljubomornim udovcem penzionerom, kakvih ima uvek u zasedi u parku Ministarstva finansija, poteče još bržim korakom, ali, kad u goniocu, koji se naglo približivao, poznade Jocu šnajdera, čoveka koji vrlo rđavo kroji odela, ali zato ima jednu vanredno lepo skrojenu svastiku (kojoj je učitelj muzike, uz obećanje da će je uzeti za ženu, izjavio ljubav kao i ona njemu), on zastade i sačeka svog budućeg pašenoga.

— Ta čekajte, izgubili ste jednu cedulju!

— Cedulju? — upita prestravljeno učitelj muzike.

— Da — veli šnajder — evo ovu.

— Dajte mi je, dragi g. Jovo.

— Kako? Da vam je dam? Dabome da ću vam je dati, ali bih vas najpre molio za jedno objašnjenje, gospodine budući zete!

Ove reči „gospodine budući zete" šnajder izgovori odlučno, kao da ih je makazama otfikario. Uostalom, šnajder je imao potpuno prava da se u ovoj prilici drži odlučno. Učitelj muzike je njegovoj svastici još pre sedam meseci obećao da će je uzeti; na taj račun on se s njom vrlo lepo provodio i vrlo često dolazio na večeru kod šnajdera. Šnajder je, razume se, već nekoliko puta tražio od učitelja muzike definitivan odgovor: kad će devojku zaprositi, ali je učitelj na to uvek izbegavao da odgovori. Šnajderu je, dakle, ova prilika dobro došla, jer cedulja, koju je učitelj trčeći izgubio, nije bila nikoja druga do ona, što je bila turena u Nedeljkove pelene, a na kojoj je učitelj svojom rukom napisao: *Ja sam sirota žena i ovo dete ne mogu da izdržavam zbog sirotinje, stoga ga ostavljam ovde, ne bi li ga dobri ljudi prihvatili i održali.*

Može se zamisliti u kakvom se položaju učitelj osećao, kad je u šnajderovoj ruci opazio tu fatalnu ceduljicu, sopstvenom rukom napisanu.

— Dakle, šta je ovo? — poče šnajder tonom, kao da govori sa dužnikom koji nije platio zimski kaput od pretprošle zime.

— Ceduljica — odgovori učitelj muzike ko bajagi mirno.

— I vašom rukom napisana?

— Nije.

— Kako da nije, kad je to onaj isti rukopis kojim mojoj svastici pišete ljubavna pisma.

— Pa dobro — veli učitelj muzike, ne znajući već ni sam šta da kaže.

— A čije je to dete koje se u cedulji pominje, i koja je to sirota žena?

— Ne znam.

— Ali znam ja! — uzviknu šnajder. — I sad mi je jasno zašto vi vrdate sa proševinom moje svastike. Evo vam vaše cedulje i molim vas da mi više nikad u kuću ne dođete. Smatrajte sve za prekinuto!

Pri tim rečima, šnajder pruži ceduljicu i udalji se krupnim koracima, kao što bi kakav general posle izrečene pohvale svojoj vojsci.

Badava je učitelj muzike, čistim lirskim tenorom, uzviknuo dvaput za njim: „Gospodin Joco, gospodin Joco!", šnajder se i ne okrete, već ode ponosito pobedonosnim koracima.

Učitelj muzike huknu i steže laktom Nedeljka koji mu svojim intrigama za po sata, evo, već drugu ljubav razori, zatim se, kroz Balkansku ulicu, opet uputi kući g. Sime Nedeljkovića i bez obzira na to, što su ulicom išle dve-tri kuvarice, spusti dete pred kapijom, a sam nastavi put ne osvrćući se.

Tako se jedva izvrši plan, koji su pisac ovoga romana i g. Sima Nedeljković poverili učitelju muzike.

GLAVA DVADESET OSMA

U kojoj gospodin Sima Nedeljković umal' ne postaje kolekter, a gospođa Bosiljka, njegova žena, umesto dece, rađa ideje. Nedeljko, međutim, s uličnog praga stupa na prag sreće, ali ne postaje srećan već i stoga, što bi time ovaj roman bio završen, a međutim pisac ima materijala još za nekolike Glave.

Nedeljko, kao da je i sam bio posvećen u namere g. Nedeljkovićeve, te učini sa svoje strane sve što je mogao da ih potpomogne. Ostavljen učiteljem muzike pred vratima on, koji se čitav sat uzdržavao, udari u takav plač i dernjavu da se to čak na gornjem spratu moralo čuti.

G. Sima Nedeljković, koji je pao prosto u očajanje kad je video da učitelj muzike, s detetom pod ibercigerom morade da se pridruži nekoj ženskoj, razmišljao je zabrinuto i pravio raznolike pretpostavke, kao kapetan pristaništa kad mu se sa obale otkine kakva lađa te je bura odnese neznano gde i naveze na široko more. Ali, usred te zabrinutosti, najedared mu se razvedri čelo, jer ču pred vratima svoje kuće njegovu uhu poznatu dernjavu.

To je bilo baš u momentu kad je sa gospođom Bosiljkom, svojom mladom ženicom, pio čaj. On ispusti kašičicu, napravi sasvim nevino lice i okrete se svojoj ženi.

— Ne čini li se tebi, Bosiljka, kao da odnekud dolazi detinji plač?

Gospođa Bosiljka osluhnu, pa ostavi šolju sa čajem i pritrča prozoru, pogleda levo i desno i pljesnu šakama:

— Bože moj!

— Šta je? — skoči iznenađen g. Sima, a praveći se još jednako nevin kao gugutka.

— Ali 'odi, 'odi ovamo da vidiš. Priđi prozoru, pogledaj šta je ono pred našim vratima.

Gospodin Sima priđe prozoru i ko bajagi se iznenadi.

— Nekakav paket?

— Ta kakav paket, zar ne vidiš da mrda ručicama i plače?

— Zaboga — učini g. Sima još jednako iznenađen — pa otkud dete pred našim vratima?

Gospođa Bosiljka zazvoni, a g. Sima naredi momku da ide na ulicu i da donese to što je pred vratima. Maločas, momak unese Nedeljka koji, kad se vide u sobi, tako se ljupko nasmeši na g. Simu, da ovaj živ pretrnu da ga otkud Nedeljko nije poznao i da gospođa Bosiljka ne primeti kako su on i Nedeljko izmenili poglede.

— Gle, kako lepo i odraslo dete! — uzviknu gospođa Bosiljka.

Pri tim rečima gospodin Sima ponovo zadrhta i živ pretrnu, jer mu pade na pamet da dete jako liči na njega kao oca i da bi gospođa Bosiljka to mogla primetiti.

Na njegovu sreću, međutim, gospođa Bosiljka, iako je dobro zagledala dete, nije to primetila. Videv da je i tu opasnost srećno prebrodio, on brzo zavuče ruku u detinje pelenice i nađe onu ceduljicu, koju svojoj ženici glasno pročita. Pri čitanju ceduljice, njemu naiđoše suze na oči i on se, brišući oči, izvinjavaše svojoj ženi:

— Ne možeš verovati, kako sam ja u ovakvim prilikama meka srca. Ja čim spazim tako bačeno dete, a meni naiđu suze na oči.

— Verujem ti — odgovori nežno žena.

— Znaš šta, draga moja — nastavi g. Sima kao da mu je tog časa palo na pamet — kako bi bilo, kad smo oboje tako meka srca, da uzmemo ovo dete pod svoje? Mi ionako nemamo dece...

— E, ali ko zna šta nosi dan a šta noć.

— Ono, to je istina, ima svakojakih čuda na svetu; zašto ne bih i ja mogao dobiti dete? Nisam se ni ja valjda bacao na Boga kamenjem, ali... — gospodin Sima se kod toga „ali" malo zbuni, ne znajući upravo kako da nastavi tako srećno započetu rečenicu — ali... prema stanju stvari, ovakvom kakvo je, mi nemamo od srca poroda.

— Ah, kako je Bog pokoji put nemilostiv! — uzdahnu gospođa Bosiljka.

— I svirep! — dodade gospodin Sima bono, kao da bi hteo reći da je upravo on taj koji ima na Boga da žali.

— Dakle — nastavi gospodin Sima — prema stanju stvari, ovakvom kakvom je, drugim rečima prema faktima, mi momentalno nemamo dece.

— Da! — dodade gospođa Bosiljka glasom kojim se izražava saučešće u tuzi. — Nemamo! — potvrdi odlučno gospođa Bosiljka tu tako prostu istinu.

— Pa šta misliš kada bi ovo dete, koje nam je sam Bog stavio pred vrata, usvojili i odnegovali?

Gospođa Bosiljka, pred ovim tako krupnim predlogom, najpre ozbiljno promisli pa se zatim obrati pitanjem na svog supruga.

— Reci mi, najpre, jesi li ti siguran da mi nećemo imati dece? — ali to pitanje postavi tonom, kojim bi otprilike kreditor uzviknuo u očajanju svome dužniku: „Ama, zar odista vi ne mislite vaš dug isplatiti?!"

Gospodin Sima pogleda najpre u Nedeljka, pogledom kojim čovek gleda isplaćenu menicu, sleže ramenima i pozva se opet na stanje stvari ovakvo kakvo je, i na Boga i njegov prst.

Kako se gospođa Bosiljka nije mogla mnogo da osloni na božji prst, uvide i sama da joj se valja rešavati.

— Pa, dobro Simo — reče ona — ali razmislimo o tome ozbiljno i zrelo. Ovo dete treba odnegovati, odgajiti, vaspitati...

— Pa jeste! — dodaje gospodin Sima.

— A zašto bi se mi mučili, kad možemo usvojiti dete koje je već odnegovano, odgajeno i vaspitano.

— Kako to misliš?

— Pa tako; zašto ti ne bi, na primer, usvojio moju mlađu sestru? Njoj već ima osamnaest godina, odnegovana je, odgajena i vaspitana.

Gospodin Sima se zaprepasti pred ovim predlogom. On je već imao jednu svastiku u kući, onu koja mu je kao miraz pripala, i sad bi, po predlogu ženinom, trebalo da primi i drugu svastiku i još da je usvoji. Napuniti kuću svastikama ne bi značilo ništa drugo, do otvoriti pansionat u kome bi se negovale svastike i to o njegovom trošku.

Ta ga misao upravo zastraši. On je već gledao sebe kao upravnika pansionata; video je u svakoj sobi po jedan klavir, uz svaki klavir po jednog učitelja muzike; video je punu kuću šnajderki, provodadžika, raznosača pisama; video je stolove, kanabeta, minderluke pretrpane notama i modnim žurnalima; video je sve moguće zidove pretrpane anzihts-kartama; video je gde god se okrenuo fotografije, presovano cveće, lepeze, albume na kojima piše *Poezi*, video je pretrpan svoj sto računima raznih krojačica, fotografa i kolačara i najzad, kao u perspektivi, video je u celoj toj gomili svega i svačega, svoju taštu, svaki dan taštu u kući, kako upućuje decu, a zetu prebacuje što ih ne izvodi dovoljno u društva ili, bar, što ne saziva društva u svoju kuću, te da devojke vide malo sveta.

Pred celom tom slikom, koja mu kao studen vihor sunu kroz dušu i sevnu pred očima, uzdrhta g. Sima Nemeljković i za trenut bi gotov sa odlukom. Mnogo bi se pre on rešio da ide i danju i noću ulicom pa da prosto skuplja svu podbačenu decu, pa makar ih punu kuću sakupio, no što bi napravio u svojoj kući pansionat svastika.

Dok drugi srećan svet pravi kolekciju poštanskih karata, anzihts-karata, staroga novca i uopšte tako sitnih stvari, njemu je stalo da se reši da pravi ili kolekciju nađene dece ili kolekciju svastika. I on se radije reši za prvu no za drugu kolekciju. Ali, u istom trenutku, kad je već bio zinuo da kaže to svoje rešenje, pade mu jedna mračna misao na pamet. Ta ga misao šinu po duši i on napravi glupo lice, kao čovek kome je tek danas palo na pamet, da mu je juče bio poslednji rok menici.

A evo šta mu je palo na pamet: Ako on bude nađeno dete zadržao u svojoj kući, kao što je u prvi mah, zbog svoga mekog srca, bio predložio ženi, hoće li Elza mirovati? Ne uspevši podbacivanjem deteta, ne uspevši pismom koje je adresovala njegovoj ženi — neće li se ona, kad je dete već u kući, pojaviti jednog dana i reći njegovoj ženi: „Gospođo, to dete nije vaš muž usvojio zato što ima meko srce, već zato što mu je otac!" Pa onda, kad sve to baš i ne bi bilo, nije li Elza majka, nije li ona tako isto roditelj toga deteta kao i on što je; neće li joj jednoga dana prepući materinsko srce te zaželeti da svoje dete vidi i zagrli. I jednog dana, na primer — sve je to g. Sima u perspektivi video — šeta sa gospođom Bosiljkom Kalemegdanom, a pred njima mala totica iz Francestala gura kolica, u kojima guče podsvojče obučeno u beli krep, pokriveno svilenim jorgančetom, u ručicama mu zvečka od panamske slame, a u ustima mu pajac od gume kome je već odgrizao glavu.

Međutim, otud stazom, ide u susret Elza sa jednim štajgerom iz vatrogaske čete ili može biti sa bandistom iz sedmog pešadijskog puka i, u tom momentu baš, prepukne joj materinsko srce, cikne, oblije se sva suzama i ščepa dete iz kolica pa ga pritisne na gore pomenuto materinsko srce i, grcajući kroz suze, rekne:

— Ah, gospodin-Simo, hvala vam; sad tek vidim da ste plemenit čovek i da ste pravi otac detetu koje ste sa mnom rodili!

Sve je to g. Sima za minut, za sekund, i čuo i video. Video je čak i kako mu je žena, gospođa Bosiljka, pala u nesvest, kako je svastika zvala u pomoć, kako je tašta tamo, nasred Kalemegdana počela da udara zeta amrelom po glavi i, najzad, kako je štajger iz vatrogaske čete ili može biti bandista iz sedmog pešadijskog puka, grunuo Elzu pesnicom u leđa sa uzvikom: „Sad sam ti saznô prošlost prljavu, ja te prezirem, kleta nevero!" (Bandisti iz sedmog pešadijskog puka i vatrogasci uvek govore u stihovima kad se što na ljubav odnosi.)

I kad je sve to čuo, video, zamislio, grešni g. Sima toliko se prestravio, da ga je za trenutak prožela drhtavica, te obori umorno glavu i nasta dugo ćutanje, koje jedva prekide gospođa Bosiljka.

— Ti izvesno razmišljaš o mome predlogu?

— Da... razmišljam — odgovori gospodin Sima i prevuče rukom preko čela, kao da bi hteo da odagna strašne misli koje se behu pod čelom sabrale.

— Pa šta si smislio?

— Ništa... šta će nam podsvojče, dovoljni smo mi sami sebi. A, što se ovo dete našlo božjim promislom pred našom kućom, to će reći da mi treba, kao hrišćani da se pobrinemo, da ono ne ostane na sokaku. Naći ćemo gde ćemo ga i kako ćemo s njim, ali ga nećemo uzimati u svoju kuću. Nalaziš li i ti, Bosiljka, da je tako pametno?

— A moju sestru?

— Pa, ovaj... mi smo u načelu rešili da ne uzimamo podsvojčiće, je li?

— To jest, ti si rešio, al' ja ne vidim razloga zašto ti ne bi uzeo moju sestru pod svoje?

— Ima razloga, kako da nema! — poče uporno da se brani gospodin Sima. — Prvo i prvo, tvoju sestru nismo našli. Druga je to stvar da se svastika nađe na ulici, recimo leži pred vratima povijena, sa ceduljicom u pelenama. Pa posle, drugo i drugo... — i tu gospodin Sima zape, jer ni prvi mu razlog nije srećno ispao za rukom, a drugi baš nikako nije mogao ni da nađe.

Gospođa Bosiljka mu srdito okrete leđa i naže se na prozor. On ostade kraj Nedeljka i naže se, te mu dade svoje brkove da ih malo čupa, osećajući u duši onu veliku roditeljsku radost, koju svaki otac oseća kad mu dete stane čupati brkove. Nedeljko pak, kako to nevino detinje zadovoljstvo nije još u životu osećao, jer mu se dosad nikad nije dala prilika da kome čupa brkove, otpoče taj posao tako varvarski, da su g. Simi pošle suze na oči, bez obzira na to još, što ga je užasno naljutilo kad je opazio da je Nedeljko počeo samo crne dlake iz brkova da mu čupa, a bele tako pažljivo da ostavlja, kao da bi grešnome suprugu, koji je očekivao da se umeša prst božji pa da mu žena rodi, hteo da učini što veću pakost.

Pošto ga je na taj način ubrzo prošla volja za tim roditeljskim zadovoljstvom, on se okrete gospođi Bosiljki pitanjem:

— Pa dobro, šta misliš ti, šta da radimo sa ovim detetom?

— A zar ja znam! — odgovori gospođa Bosiljka zlovoljno.

— Ta nešto ipak treba učiniti, ne možemo se pokazati nehrišćani.

— Pa... — učini ona — valjda postoji ovde u Beogradu, kakvo društvo za nahočad?

— Društvo za nahočad? Ne, ne postoji, ali... vidiš, to je divna ideja! Znaš li ti, Bosiljka, da je to divna ideja?

— Koja?

— Pa ta tvoja ideja, ideja da se obrazuje društvo za nahočad — i g. Simu ozari neko zadovoljstvo zbog te ideje koja ga taj čas osvoji.

— Pa otkud je to moja ideja? — nastavi gospođa Bosiljka ravnodušno.

— Ideje se tako rađaju, draga moja, sasvim slučajno, uz razgovor, uz reč. I, ja ti dajem reč da ću nastati da se ta ideja i ostvari, i, ako uspem, ja ću naročito istaći da je to tvoja ideja.

I zagrejan idejom i onim intimnim razlozima, sa kojih je on istu tako oberučke prihvatio, gospodin Nedeljković pođe krupnim koracima po sobi, zamišljajući ideju već ostvarenu, a Nedeljka kao pitomca broj jedan društva za nahočad.

— Sasvim je to ideja koju treba ostvariti; zašto je ne bi ostvarili! — nastavio je g. Sima da rezonuje glasno i više za se. — Imamo društvo za napuštenu decu, to je drugo; to je već za decu, odraslu decu, decu koja tamo uče zanate. Pa onda, imamo društvo za starice, i to je lepo, vrlo lepo. Ali, zašto ne bi imali i društvo za nahočad, kad je kod nas već zaveden običaj da se deca svaki čas nalaze po ulicama.

Zatim poćuta domišljajući se, pa tek dodade odlučno:

— Još sad, u nedelju, zvaću nekoliko uglednih građana na konferenciju i predložiću im da ustanovimo društvo za nahočad.

— A do nedelje? — zapita gospođa Bosiljka.

— Do nedelje ću razmišljati o tome. Danas je tek utorak, imamo dosta dana pred sobom.

— Znam, znam — reći će gospođa Bosiljka — ali šta će se s detetom dotle? Ne misliš valjda ja da ga čuvam?

— Odista! — učini gospodin Sima, kome ovo pitanje ujedanput iskrsnu pred oči kao nov problem. — Odista, šta će se detetom dotle?

To ga pitanje neobično zabrinu i pođe ponovo krupnim koracima po sobi.

— Kad bi se našla kakva sirota žena koja bi dete privremeno primila? — reći će tek gospođa Bosiljka.

Gospodin Sima sa ushićenjem pogleda svoju suprugu. On joj se u tome času poče da divi kao ženi koja, istina, u braku sa njim ne rađa decu, ali bar rađa ideje.

— Odista, tako je! To ti je srećna ideja! A znam jednu sirotu ženu koja će dete za malu nagradu primiti. Idem, idem odmah to da svršim!

I gospodin Sima se diže iz tih stopa i ode od kuće.

GLAVA DVADESET DEVETA

Treće krštenje.

Ta sirota žena, kojoj se gospodin Sima uputio, sedela je negde u Paliluli, iza starog jevrejskoga groblja. To je davno poznanstvo gospodin-Simino, koje je sasvim slučajno postalo još u doba pre poznanstva sa Elzom. Tada je gospodin Sima bio mlađi činovnik i neobično je voleo klasu i bogatu ženidbu. U to doba se bila pročula u Beogradu neka gospa Mara, koja je umela čitati u dlan. Radoznao, hoće li skoro dobiti klasu i kakvoj se ženidbi može u budućnosti nadati, gospodin Sima se raspitivao o toj ženi koja tako lepo čita u dlan i jednoga dana dođe joj u posetu. Tom prilikom, gospa Mara mu pročita s dlana da je „velika lola" i „da ga ženske rado imaju". O tome se gospodin Sima odmah i uveri, jer tu, kod gospa-Mare, upozna i njenu sestričinu, koja mu, posle izvesnog i propisnog ustezanja, prizna „da ga rado ima".

Gospodin Sima nije ostao pri toj prvoj poseti već bi i docnije, kad god bi poželeo da sazna što sa dlana, odlazio gospa-Mari kod koje je zaticao uvek novu sestričinu.

I mada je sve to dosta davno bilo, gospodin Sima nije prekidao poznanstvo sa gospa-Marom. Nije joj odlazio od poznanstva sa Elzom, al' je se sećao, pozdravljao je češće po prijateljima koji su k njoj i dalje odlazili, a jednom prilikom, kad mu se obratila, učinio joj čak i neku malu uslugu.

Posle tolikih godina, gospodin Sima zateče gospa-Maru u istoj kućici i ona mu se vrlo oveseli, misleći da joj se vraća zasićen domaćim životom. Gospodin Sima se neobično prijatno osećao u ovoj sobici, gde ga je sve tako podsećalo na njegovu mladost. I onaj zastirač na stolu i minderlučić u uglu i slika na zidu i krevet, čisto zastrt čipkanim čaršavom, i nova sestričina koja mu se predstavi. Sve, sve to podseti ga na lepe dane prošlosti i zasja mu lice, a razvukoše se usne, kao detetu kad sanja brdo od kolača.

Posle utisaka koje su na nj učinile ove uspomene, on se vrati sadašnjosti i stvarnosti i saopšti gospa-Mari zašto je došao. Umoli je da privremeno, najduže mesec-dva dana, dok se ne obrazuje društvo za nahočad, primi jedno siroto dete na čuvanje, za šta će joj lepo platiti.

Gospa Mara se u početku snebivala, veli nema ga gde, pa onda smetalo bi joj dete, pa ovo, pa ono.

Ali, na navaljivanje gospodin-Simino, pristade i pristade čak da joj se iste večeri donese dete.

— Je li veliko? — pita gospa Mara.

— Nije, al' zdravo dete! — odgovori gospodin Sima.

— Muško?

— Jest, muško!

— Kako mu je ime?

Gospodin Sima se zbuni. Njemu sad tek pade na pamet da o toj okolnosti nije ni vodio računa. Elza na ceduljici nije napisala kako se zove dete.

— Ja ne znam da l' je kršteno? — promuca gospodin Sima nepouzdano.

— E, onda, gospodin-Simo — veli gospa Mara — neću nekršteno stvorenje u kući. Ne znam kakve pare da mi date, pa neću nekršteno stvorenje. Krstite ga pa mi ga donesite. Eto, to toliko mogu i to ću vam učiniti.

— Pa, dobro, krstićemo ga, ali za to treba vremena.

— Kakvog vremena! Odnesite ga sutra na jutrenje pa krstite. Valjda ne mislite da mu pravite nekakve parade!

— Pa to jest! — učini gospodin Sima uviđajući i sam da je tako.

Pošto je gospa Mara uporno ostala pri svome hrišćanskom gledištu na stvar, uputi se gospodin Sima kući zabrinut, jer je pred njim sad bio nov problem, krštenje detinje.

Kod kuće on zateče Nedeljka na kanabetu, u klavirskoj sobi, i čitavu konferenciju oko njega. Na veliko gospodin-Simino iznenađenje, žene su među sobom govorile o istoj stvari.

— Slušaj, Simo, pa mi ne znamo ime ovome detetu? — predusrete ga gospođa Bosiljka.

— Kako si na tu ideju došla? — iznenadi se gospodin Sima, verujući da je to jedna od onih ideja koje njegova žena u nedostatku dece tako lako rađa.

Ali se gospodin Sima prevario, jer tu je ideju rodila tašta. Upravo, ona nije rodila nikakvu ideju, no je prosto postavila pitanje: kako se zove dete?

— Ti ne znaš, zete, je li kršteno dete? — zapita ona.

— Kršteno? To ne znam, u ceduljici ne piše ništa o njegovu imenu.

Iako je tu ceduljicu napisao učitelj muzike po diktatu g. Siminom, ipak je g. Sima kazao istinu, jer i u pismu, koje je Elza napisala gospođi Bosiljki, o imenu nije bilo ni reč stoga, što je i Elza zaboravila da zapita svoju mater Julijanu pucerku o toj sitnoj okolnosti. Uostalom, u Elzinom preduzeću i nije bila glavna stvar ime, već samo dete.

— Detetu ima valjda šest meseci, vidiš li koliko je. Mora biti da je bilo kršteno! — dodade gospođa Bosiljka.

— Može biti, ali to se ne zna. U pismu... to jest u ceduljici, koju je njegova majka napisala, nema ni pomena o imenu.

Ta okolnost što je u kući zatekao razgovor o istoj stvari koja je i njega usput brinula, olakšala mu je te je bez naročitih uvoda mogao preći na rešenje samog pitanja.

— Ona sirotica, kod koje sam bio — uze reč gospodin Sima — i koja je pristala dete da primi, toliko je čestita i pobožna, da nikako ne pristaje nekršteno stvorenje da primi u kuću. Ona mi predlaže da ga krstimo sutra o jutrenju pa onda da joj ga odnesemo.

— A do sutra? — učini gospođa Bosiljka.

— Ja ne znam šta ćemo do sutra? — zabrinu se gospodin Sima.

— Bogami, ovde ne može spavati — osta uporna gospođa Bosiljka. — Kad mi Bog već nije kadar dati moje rođeno, neću ni s tuđim detetom da spavam.

Gospodin Sima oseti u rečima gospođa-Bosiljkinim žaoku koja ga bocnu, ali, gledajući u Nedeljka kao očigledan demanti svima klevetama, on se umiri.

— Pa dobro — reći će gospodin Sima posle dužeg razmišljanja — kako bi bilo da zamolimo učitelja muzike da primi dete na spavanje za noćas?

— Oh, koješta! — uze svastika u odbranu učitelja muzike. — Prvo, to može mladog čoveka kompromitovati; a drugo, on celu noć radi na kompozicijama, pa zamislite kad mu se usred njegovih fantazija zaplače dete. Ne, to nikako ne ide!

— E, pa ja ne znam šta ćemo! — zabrinu se ponovo gospodin Sima.

— Znaš šta je, zete — upašće u reč tašta — ajd', ja ću vam pomoći za jednu noć. Uzeću dete kod mene.

Gospodin-Simi sinu lice. Prvi put sad u životu učini mu se tašta uzvišena i plemenita i on priđe, pa joj iz blagodarnosti poljubi ruku. Ljubeći joj ruku, on je osećao jedno pakosno zadovoljstvo što je igra sudbine tako htela da tašti podmetne u krevet svoje vanbračno dete. Bolje joj se nije mogao osvetiti, jer je gospođa Bosiljka sva svoja prigovaranja o nemanju dece činila samo po nagovoru svoje majke.

Kako je prvo i najglavnije pitanje bilo rešeno, pitanje o tome gde će dete ove prve noći zanoćiti, dođe red na drugo pitanje: Ko da kumuje detetu?

— Znaš šta? — uskliknu gospođa Bosiljka, kad se postavi to pitanje. — Eto to bi ti mogao da učiniš za ovo dete. To bi bilo i lepo i hrišćanski i sasvim bi trebalo.

— Ama šta?

— Da se ti, Simo, primiš kumstva i da krstiš ovo dete!

— Ja? — učini Sima i pogleda glupo u svoju ženu.

— Jest, ti!

Gospodin Sima se mal' ne prevari da da pristanak, jer mu se u prvi mah učini to odista lep gest sa njegove strane. Ali se na jedan mah trže pred mislima koje u tom času na njega navališe. On, rođeni otac, pa da se primi kumstva svome rođenom detetu i Elza, koja je dosad važila samo kao njegova bivša ljubaznica, da mu odsad bude „kuma Elza”. Ne, ne, to nije smeo usvojiti! Pa onda, to bi bio i greh. Njemu se pred očima otvori knjiga i on poče da čita roman. Seti se da je nekada čitao neki takav roman, kako su Turci zarobili jednog dečka pa ovaj, kad se posle dugo godina vratio, uzeo za ženu rođenu sestru, jer se nisu poznavali. Njemu se njegov slučaj učinio sasvim sličan ovome romanu. On, otac, postaje kum svome rođenom detetu.

U redu tih misli, pade mu jedna još strašnija na pamet. Elza je možda predviđala da će sutra biti krštenje; poznavajući njegovu plemenitost, možda je predvidela i to da će se on primiti za kuma. Zar ne može ona sutra u crkvi, skrivena za kakvim stubom, očekivati krštenje i sjuriti gospodin-Simi nož u srce ili ga možda politi vitriolom? Tako se obično u svima romanima svete izneverene ljubavnice.

Pri toj pomisli gospodin-Simi se oznoji čelo i on obori pogled, ne znajući šta da odgovori gospođi Bosiljki na učinjeni predlog. Nastala bi bila vrlo mučna situacija, da ne uđe u sobu poznati spasilac mučnih situacija gospodin-Siminih. To je bio učitelj muzike.

— Ha! — svanu gospodin-Simi kad ga vide.

— Eto, gospodin učitelj će biti kum!

Učitelj se zbuni, ali svastika, kojoj se ta ideja osobito dopade, pripade mu u pomoć.

— Znate, ovo je dete nekršteno pa bi mi svi želeli da vi budete kum.

— Jeste! — potvrdi gospodin Sima.

Učitelj se opet zbuni i okrete se gospodin-Simi.

— Nezgodno je to malo! Ja ne bih želeo da se s vama okumim — reče i pogleda značajno u svastiku.

— Kako sa mnom da se okumite? — dreknu gospodin Sima i pogleda pogledom razjarena lava.

— Pa tako, znate — uze da objašnjava učitelj— kumstvo je, znate, srodnička veza, a ja ne bih to želeo.

Gospodin Sima ponovo uzdrhta i dođe mu da pruži ruke pa da uvrne učitelja muzike kao violinski ključ.

— Pa je li vama poznato da je ovo dete nađeno na ulici, pred vratima? — uze gospodin Sima da izvede učitelja iz zablude.

— Jeste! — veli učitelj.

— A je li vam poznato da se ovom detetu ne znaju roditelji? — nastavlja gospodin Sima.

— Jeste! — odgovara učitelj.

— E, pa, s kim ćete se onda oroditi?

— To jeste! — učini učitelj muzike, uvidevši da je bio brzoplet.

— Ovo je dete, gospodine, prvo nahoče budućega društva za nahočad. I vi ćete u stvari biti kum toga društva, a ja mislim da je to odista čast biti kum jednoga društva koje će biti sastavljeno iz najuglednijih članova beogradskog društva. Ja mislim čak da vas predložim za stalnog kuma društvenog.

— Kako to? — iznenadi se učitelj.

— Pa tako, gospodine! Društvu je zadaća da zbira podbačenu decu. Ta deca obično nisu krštena i stoga društvo treba da ima svog stalnog kuma. Zar ne?

Svi odobriše da je tako i svi skleptaše učitelja da se primi kumstva.

Kako je time bilo rešeno i drugo važno pitanje, te skinuta i druga briga gospodin-Simina s dnevnoga reda, pređe razgovor na treće pitanje, koje nije bilo važno kao prva dva, ali koje ipak izazva najviše polemike. To je pitanje imena koje treba dati detetu.

— Ja mislim — uze prva reč gospođa Bosiljka, obraćajući se svome suprugu — da mu damo ime Sima, iz počasti prema tebi, što si dete našao, a i što ćeš da ustanoviš to društvo.

Na gospodin-Simu opet navališe malopređanje misli. Ne biva, nikako ne biva, da i sin i otac nose isto ime. Još ako bi ovo dete, docnije u životu, pošto bi saznalo od majke Elze istoriju svoga rođenja, uzelo i prezime očevo, onda bi se jednoga dana pojavio Sima Nedeljković, koji bi ovome gospodinu Simi Nedeljkoviću večito smetao. Stoga je mnogo probitačnije ničim, pa čak ni imenom, ne vezati ovo dete. I taman gospodin Sima zinu da odbije taj predlog ali priskoči kćeri u pomoć majka.

— Sasvim Simeon, nahod Simeon! — dodade ona.

A gospodin Sima i nehotice poče u sebi da šapće narodnu pesmu:

Uranio starac kaluđere
Na Dunav, na vodu studenu
Da za'vati vode na Dunavu
Da s' umije i Bogu pomoli...

i tada se seti cele sadržine te pesme, po kojoj nahod Simeon kad odraste, pronalazi svoju majku, budimsku kraljicu. Istina, gospodin Sima nije budimski kralj, ali se njemu u ovom trenutku učini da je to ime vezano za nahod Simeona, da mora ma kad-tad pronaći svoju majku ili svoga oca. Kako se gospodin Sima takve mogućnosti neobično plašio, to odlučno odbi predlog da se dete nazove njegovim imenom, izvinjavajući se da iz skromnosti ne bi želeo tu počast. I da bi otklonio svaki dalji razgovor o tome imenu, on predloži da se dete krsti imenom Božidar, jer je ono zbilja jedan božji dar.

Svastika opet uze odlučno da se protivi tome predlogu, iz prostoga razloga što slovo „B" nije lepo za monogram.

— Može dete biti jednoga dana veliki gospodin i imati potrebe da ima džepne marame sa monogramom, a slovo „B" je tako ružno u monogramu!

Svastika sa svoje strane predloži da se detetu da ime Romeo ili Avram, čemu se opet odlučno usprotivi tašta.

— Dete je — veli ona — nije kuče da se zove Romeo ili Avram. Pa onda, hrišćansko je dete, zašto mu davati tako nehrišćanska imena!

Učitelj muzike sa svoje strane predloži, da se detetu da ime Betoven, dodajući da bi on blagosiljao svoga kuma da mu je to ime dao.

Tome se opet usprotivi gospodin Sima.

— Kakav Betoven, molim vas! — reče on. — To bi mu ime grozno smetalo u životu. Zamislite: državni savetnik Betoven, pa okružni načelnik Betoven, pa recimo i pop da bude; možete zamisliti kakva bi to komendija bila da se zove pop Betoven. Druga je stvar, kad bi čovek znao da će on biti kockar, jer ti kockari i nose tako neka čudna imena: „Murga", „Čapa", „Betoven" i takve stvari.

Najzad, pošto propade i učiteljev predlog, pojavi se opet tašta sa predlogom da se detetu da ime Nenad, jer se iznenada našlo. Na to svi pristadoše i tako stvar bi uređena.

Pa ipak sutradan, kad se učitelj muzike vratio iz crkve, on saopšti gospodin-Simi da je detetu dao ime Sima. To je bila odlučna želja gospođa-Bosiljkina, koju je nasamo učitelju muzike saopštila, hoteći time da oda gospodinu Simi počast koje se ovaj samo iz skromnosti odrekao.

I tako opštinsko dete bi po treći put kršteno, valjda i zato što triput Bog pomaže.

GLAVA TRIDESETA

Prva konferencija društva za nahočad.

Prošlo je tako, posle krštenja, i nedelja i dve dana, što je bio kao neki odmor posle onih bura u duši g. Sime Nedeljkovića. A kad je prošla i treća nedelja, g. Sima poče ponovo da razmišlja o onoj ideji, koja ga je toliko razdragala u pretprošloj Glavi ovoga romana. Razmišljao je čitavu nedelju dana, te tako prođe mesec dana od dana krštenja, a nakon toga meseca g. Nedeljković bi popuno načisto s tim, da treba pristupiti ostvarenju znamenite ideje, to jest obrazovanju društva za nahočad.

Još nedelju zatim, razmišljao je g. Nedeljković i o načinu na koji bi to postigao i, najzad, našao je da je to vrlo prosta stvar. Ono što je glavno za ostvarenje same ideje tj. nahoče, već postoji a sad ne treba ništa više do napisati pravila, sabrati ljude, obrazovati odbor i stvar je gotova. Toga radi, čitavu nedelju dana g. Sima Nedeljković je konceptirao i brisao, dopunjavao i popravljao jedno pismo, puno lepih izraza, kojim poziva na konferenciju sve plemenite ljude da se združe u jednu zajednicu, koliko potrebnu toliko i humanu.

Ta konferencija viđenih ljudi imala se sastati u *Građanskoj kasini* kroz nedelju dana. Tu celu nedelju upotrebio je g. Sima Nedeljković na spremanje govora, kome je kao moto stavio Hristove reči: „Pustite decu k meni!"

Kad dođe dan konferencije, g. Nedeljković praćen učiteljem muzike, koji je takođe bio jako zauzet za ostvarenje ove ideje, krene u *Građansku kasinu*, tačno u 10 časova pre podne, kada je konferencija i zakazana. Tu zateče još dva-tri gospodina od poznatih i nestrpljivo očekivaše da i drugi dođu. Badava se pri svakom šušnju osvrtao i gledao na vrata, badava je učitelj muzike dva-tri puta čak na ulicu slazio te gledao levo i desno, ide li kogod, ne dođe niko. Šta je mogao g. Nedeljković, nego da konferenciju odloži za nedelju dana docnije.

Tako, od krštenja Simeonovog pa do sastanka konferencije, prođoše puna dva meseca i nakon toga sastade se najzad konferencija.

Sem jednog ili dvojice, došli su svi, na konferenciju pozvani. Došao je gospodin arhimandrit Grigorije, koji pri ulasku u salu stište ruku g. Simi sa izjavom: „Hvala vam što ste ovu hrišćansku misao pregli da izvedete. I ja sam, dok sam bio mlađi, vrlo često razmišljao i upravo brinuo se, šta bi se moglo za nahočad učiniti, no sam napustio tu misao otkako sam ostario. Hvala vam i čestitam vam!"

— To je ideja moje žene — dodade g. Nedeljković skromno, zahvaljujući se prečasnom na čestitci.

Došao je zatim i g. Stanoje Lekić, profesor matematike, koji je poznat po tome što voli u svaki odbor da uđe. On je odbornik književnog društva, društva za ulepšavanje Vračara (inače sedi u Paliluli), kola jahača, građanske kasine, pevačkog društva, a pokušao je da se kandiduje i za odbornika ženskog društva i jedino zbog svoga pola nije uspeo.

Došao je i g. Srećko Ostojić, načelnik okružni u penziji, koji odmah izjavi da se on u tim stvarima tj. u nahočadima, ne razume nimalo, ali g. Sima mu objasni da je on upravo zato pozvan što ima svastiku babicu.

Došao je i g. Sava Janković, čovek koji se stalno nudi i prima za blagajnika svakog udruženja, jer smatra da se od članskih uloga daje vrlo lepo živeti; pa onda g. Paja Stanojević, čovek vrlo pametan, za koga se kaže da je svoje imanje ostavio na dobrotvorne celji, dok njegova komšinica, gospođa Marija tvrdi da je prepisao sve na svoju ženu.

Došao je i g. Rajica Radosavljević, koji je, iako se nikad u životu nije ženio, imao ipak jako razvijene roditeljske osećaje.

Došao je i g. Toma Petrović, trgovac, koji se preko odrekao svojih sinova i koji je pri dolasku stegao takođe ruku g. Simi Nedeljkoviću i dodao: „Ja se vrlo rado primam i usvajam tu plemenitu ideju, jer mi smo zbilja pozvani da se staramo o tuđoj a napuštenoj deci!"

Došao je i g. Aksentije Ristić, čovek koji toliko voli decu da drži uvek po dve usvojenice u kući i to usvojenice između šesnaest i osamnaest godina i troši na njih kao da su mu rođena deca, a sve za spomen i dušu svoje pokojne žene.

Došlo je još vrlo mnogo uglednih ljudi i manje-više svi su odmah izjavili da se slažu sa samom idejom, a g. Sima opet svakom je izjavio da je to ideja njegove žene.

Najzad, kad su već svi bili na okupu, g. Sima čuknu u zvonce i poče svoj govor, koji je cele prve nedelje pisao a cele druge nedelje popravljao.

Učitelj muzike, koji je taj govor napamet znao, prekinuo je g. Simu uzvicima: „Tako je, tako je!"

U drugoj polovini govora, g. Sima je naročito ocrtao „jedan slučaj koji se njemu desio". On je našao pred svojim vratima jedno dete lepo, zdravo, rumeno, i kad je to dete tako lepo, zdravo, rumeno, zašto da u njemu propadne jedan ugledni građanin. Međutim, ako se to dete preda opštini, i ova ga preda kakvoj ženi, šta će od njega biti? Neće dobiti nikakvo vaspitanje i, prema tome, neće biti nikakav građanin. Međutim, s dana na dan sve je veća oskudica u građanima, tako da bi i sama država trebala donekle da se zabrine. Stoga je on — g. Sima — mišljenja, da bi mi svi trebali da se udružimo, te da prihvatimo ovo dete koje se našlo pred njegovim vratima na prvom mestu, a zatim i svako drugo dete koje bi se našlo bilo pred njegovim vratima ili ma gde inače. Svoj lepi govor završio je g. Sima ovim rečima:

— Na to nas pozivaju naši čovečanski osećaji, na to nas pozivaju naši roditeljski osećaji, na to nas upravo upućuje naš veliki učitelj, bogočovek i velikomučenik, ovim znamenitim rečima: „Pustite decu k meni!"

Učitelj muzike prvi, a za njim i ceo ostali zbor kliknu: „Tako je, živeo!"

Zatim je uzeo reč prečasni g. arhimandrit Grigorije i govorio je o deci sa crkvenog gledišta. U glavnome, on je svojim govorom hteo da izvede misao, kako deca imaju prava na ljubav svojih roditelja, a kako ima i takve dece, kojima smo svi roditelji, te ova imaju pravo na ljubav nas sviju.

Ustao je zatim profesor matematike te je vrlo lepo i naučno dokazivao kako postaju deca, što je g. Sima Nedeljković sa najvećom pažnjom slušao.

Profesor je zatim potpuno stručnjački dokazao da su u braku, redovnom braku, obično dve matematičke količine poznate, a to su otac i majka; te prema tome lako je iz dveju poznatih izvući treću nepoznatu količinu tj. dete. Ali ima u životu matematičkih formula, gde je samo jedna količina poznata i to je upravo formula, kod koje se kao rezultat dobija — nahoče. To je dakle slučaj, kojim se današnja konferencija bavi. Kako ta nahočad ipak predstavljaju izvesnu cifru u životu našega društva, to je on mišljenja da o toj cifri valja voditi računa.

G. Sava Janković, onaj što se rado natura za blagajnika društvima, tražio je takođe reč i predlagao je, ako će da se osnuje udruženje, da bude bar što veći članski ulog.

G. Sima mu je objasnio da još o tome nije reč i da se konferencija zasad bavi samo teorijskom stranom pitanja.

Najzad, posle još nekolikih govora, bi usvojeno u načelu da se osnuje društvo za nahočad. Da bi se moglo pristupiti osnivanju društva, izabran je jedan uži odbor od petorice, kome je stavljeno u zadatak da nabavi sa strane pravila o sličnim društvima, da ih prouči, a zatim, da se opet sazove ovakva konferencija, te da na njoj uži odbor podnese referat.

Tako se lepo i sa uspehom svrši ta konferencija i g. Sima ode veseo kući, da saopšti gospođi Bosiljki kako će se njena ideja ostvariti i da je još jedanput uveri kako je to divna ideja.

GLAVA TRIDESET PRVA

Žena sa tamnom prošlošću.

Da je pisac ovoga romana profesor, on bi izvesno ovu Glavu ovako počeo: Žene se dele na žene sa svetlom prošlošću i na žene sa tamnom prošlošću. (U stvari, pravilnije bi bilo: na žene sa tamnom prošlošću i na žene sa tamnom budućnošću.)

Žene sa svetlom prošlošću dele se na nekoliko klasa, kao na: žene sa potpuno svetlom, polusvetlom, slabo osvetljenom prošlošću itd. Žene sa tamnom prošlošću dele se na žene sa mrljicom, mrljom i mrljetinom iz prošlosti.

Gospa Mara, koju sad već, hteli ne hteli, moramo malo izbliže da poznamo, spada u ove druge, i svakojako u najmrljaviju klasu. U najranije svoje doba, u doba dakle kad je svaka ženska lepa, ona je živela sasvim povučeno i malo se javljala svetu, ali se, u naknadu za to, svet javljao kod nje. Ona se sad malo seća te svoje najranije prošlosti, i kao jedino, ali vrlo tamno sećanje, ostala joj je uspomena da su joj se u to doba tri kišobrana razbila o glavu i leđa. A svaki od tih kišobrana razbila je po jedna udata žena.

Malo docnije, počeli su je često premeštati iz varoši u varoš, iako nije bila u državnoj službi. Taman se skrasi nekoliko meseci u jednome mestu, a njoj policijska vlast saopšti da je, po službenoj potrebi, premeštena. U to doba valjda usled naglih promena klime i vode, njoj se počeše da dešavaju maleri, zbog kojih je češće morala da proširuje haljinu oko pasa. Tom se prilikom izvežbala u jednome novome zanatu, koji je zatim počela i da primenjuje, te joj je lepe prihode donosio.

I mada je ta njena nova veština u stvari olakšavala svet, policija ipak nađe tu nekakvu zakačku, a ta je zakačka odvede na sud. Iz suda je otišla u kazneni zavod, gde je provela punih pet godina. U kaznenom zavodu se Mara pokazala vrlo pristojna i poslušna, tako pokajnički poslušna da je upraviteljici ženskog odeljenja priznala sve načine na koje olakšava svet, a upraviteljica je htela to pošto-poto saznati, da bi znala koliko je kriva ova nesrećnica a koje i stoga što je računovođa zavodski bio mlad čovek.

Tu, u zavodu, Mara izuči bacanje karata i čitanje s dlana i, kada se posle vrlo dugog odsustva vrati u Beograd htede da se oda tom zanatu. Ali je uvidela odmah da to neće moći sa uspehom obavljati, jer kod tog posla nije toliko glavno znati odista pogađati, bilo s dlana bilo na kartama, koliko pročuti se. Valjalo je dakle prvo to postići i toga radi Mara odluči da stupi u službu u dve-tri otmene beogradske kuće, jer otmene su dame te koje najbrže raznose glas o dobroj vračari.

Rešena da tim putem steče reputaciju, Mara stupi u službu u jednu otmenu kuću i, posle deset-petnaest dana, pošto prouči sve prilike u kući, ona baci karte svojoj gospođi i — pogodi doslovce. Reče joj: „Vi se nesrećno osećate u braku, vi ste rođeni za nešto više, a sudbina vas je vezala za vašeg muža koji vas nije dostojan. Za vama uzdiše jedan mlad gospodin!"

Gospođa se divila Marinoj veštini, i već na prvome žuru te nedelje govorila je o tome:

— Vi ne možete verovati, gospođe — rekla je sakupljenim otmenim damama — kako ta žena pogađa. Kazala mi je istinu od reči do reči!

Zatim je Mara stupila kod druge otmene gospođe u službu i nakon malo dana i njoj je bacila karte i — doslovce joj pogodila. Rekla joj je: „Vi imate među ženama mnogo neprijatelja, jer vama zavide zbog lepote, ali zato je muški pol zaluđen za vama!"

I ova se gospođa divila Marinoj veštini i već na prvome žuru te nedelje govorila je ostalim sakupljenim, otmenim damama:

— To je čudo, kažem vam, čudo od žene. Tako vam ta ume na kartama kazati kao da prosto zna šta se u čijem životu dešava.

Zatim je Mara stupila i kod treće otmene gospođe u službu i nakon malo dana i njoj je razmetala karte i — doslovce joj pogodila. Kazala joj: „Vi se u kući, pored vašeg muža, prazno provodite, a na vas misli i dan i noć jedan mlad gospodin, koji se zbog vas tužno provodi. Glas... mali put... krevet. Neka udovica htela bi da ga preotme, ali on je s mislima jednako kraj vas!"

I ova se gospođa divila Marinoj veštini i, već na prvome žuru te nedelje, kazivala je prijateljicama:

— To nije obična žena, to je prosto prorok božji. Znate, tako vam pogađa misli i osećaje, kao da čita iz knjige!

I ove tri otmene gospe bile su joj sasvim dovoljne; one su učinile više no što bi oglasi u dvadeset dnevnih listova mogli učiniti za Marinu reputaciju.

Kad je već bila obezbeđena reputacijom, otkazala je službu gospođama i uzela zaseban kvartir, da bi počela radnju pod sopstvenom firmom. Od toga doba ona se i prozvala gospa-Marom.

Posao je pošao neobično dobro, jer su je posećivale i gospođe i gospoda iz najboljih beogradskih krugova, ali, jednom svojom pogreškom ona načini duži zastoj u poslu te gotovo upropasti svoj teško stečeni renome.

Još dok je bila u prve otmene gospođe, u službi, poznala se sa kočijašem gospođinim, koji joj se naročito dopadao kad bi obukao bele rukavice i metnuo cilinder na glavu. To poznanstvo nije se ni docnije prekidalo, a završilo se time što je Mara, na navaljivanje kočijaševo, pristala da se venčaju. Ali, jedan od uslova mladoženje-kočijaša bio je taj, da se Mara ostavi bacanja karata svetu. Ona je pristala na taj uslov i tako je napustila posao.

Nekoliko godina povučenosti učinilo je da je svet Maru sasvim zaboravio, utoliko pre što su se već pojavile druge, nove i znamenite vračare. A to nekoliko godina bračnoga života Marinoga nisu ujedno i najsvetlije strane njenoga života.

Ispočetka je išlo sve lepo, kao što uopšte u svakome braku ispočetka ide lepo. Istina je on, po svojoj kočijaškoj navici, pogdekad i zatezao dizgine, ali je Mara umela da podesi korak, te su opet lepo teglili i bračna se kola nisu mnogo truckala.

Docnije, kao što u svakome braku to biva, nije išlo baš tako lepo. Kočijaš-suprug počeo je da pije i to onako kočijaški. On je i ranije to, u izvesnoj meri činio, ali samo toliko koliko je trebalo da se „podmažu kola", kako se on izražavao kad god bi istresao pola litre rakije. Ali, naiđe neka ljuta zima, bar tako se on pravda, i on oseti potrebu da svoju dozu za „podmazivanje kola" udvostruči. To mu, međutim, ostade navika i kad naiđoše topli dani i, najzad, svrši time što ga gospođa, kod koje je bio u službi, otpusti zbog pijanstva.

Sad se, razume se, njegovim navikama pridruži i očajanje, i on zagazi u piće i glavom i nogama. Niti je legao niti se budio trezan, a, da bi mogao piti, iznosio je stvar po stvar iz kuće i prodavao. On je sad već gonio Maru da se opet oda bacanju karata, ne bi li bilo ma otkud prihoda njemu za piće, ali to više nije išlo, teško je bilo ponovo steći reputaciju koju je već jedanput napustila.

Razume se, da se gospa Mara grdno zabrinula, šta će i kako će. Pokušavala je da ga leči: savetovala je komšika neka, te mu kuvala neku travu od koje ogadi piće. Ali, što je više pio tu travu, sve mu se više pila rakija, tako da je najzad dotle doterao, da po punu nedelju dana nije umeo da izgovori reč od dva sloga.

Najzad se Mara, opet po savetu komšika, diže jednome znamenitome lekaru, za kojega se znalo da je u svoje vreme umeo dobro da popije, ali je zatim postao očajan propovednik antialkoholizma, tvrdeći da je nekada pio da bi studirao dejstvo alkohola. Kad mu Mara izloži celu stvar, lekar se zamisli i zadobova prstima po stolu.

— Ta mi bolest, gospođo, nije nepoznata iz moje dugogodišnje prakse — reče doktor.

— Pa ima li pomoći, gospodine doktore? — pita Mara zabrinuto.

— Pije li on svaki dan? — pita doktor.

— I danju i noću! — odgovara Mara.

— A ume li da se napije onako kao svinja? — pita dalje doktor.

— Ta kakva svinja; svinja bar, i kad je pijana, grokće, a on, kad se opije, nikakav glas više od sebe ne daje. Leži kao stvar!

— Vrlo dobro, vrlo dobro! — trlja doktor ruke ushićeno.

Mari sinu lice nadom, misleći doktor će joj sad reći lek, ali je on poli kao hladnom vodom. Veli:

— Njemu nema leka, gospođo, ali od njega opet može biti neke vajde.

— Ama kakve vajde od pijana čoveka?

— Vidite, gospođo, ja svake nedelje držim popularna predavanja protivu alkohola. Pa meni bi, znate, dobro došao jedan takav, kao što je vaš muž, i ja bih vam rado plaćao kiriju za njega, samo razume se, ako bi mi vi mogli garantovati da će prilikom predavanja biti pijan kao svinja.

— To vam mogu garantovati, ali...

— Platiću vam deset dinara od predavanja.

Gospa Mara brzo izračuna u sebi, koliko bi to mesečno prihoda iznelo ako bi dala muža pod kiriju i kako vide da je to prilična suma, pristade i pruži ruku doktoru. Tako je gospa Mara provodila dalje dane izdavajući muža pod kiriju, a on je otad, svake nedelje, ležao pod stolom, za kojim je doktor držao predavanje, pružajući stalno prst na njega.

To je išlo tako nekoliko meseci, dok jedne noći nije gospa-Marin prihod nađen na ulici mrtav. Bez obzira na to što se ni za kakvo javno predavanje nije tom prilikom spremao, kočijaš se nije napio kao svinja, već kao dve svinje. I, vraćajući se kući, presvisnuo na ulici.

Doktor i Mara su osetili taj gubitak; Mara stoga što joj se umanjio jedan prihod, a doktor zato što mu se umanjio broj slušalaca.

Udovici bez prihoda nije ostalo ništa drugo, već da se svrati starome svome poslu: bacanju karata i čitanju u dlan. Kako joj je sad teško bilo da se ponovo vraća u službu, te da putem otmenih gospođa pribavi sebi reklamu, ona dođe na sreću ideju, da kao reklamu drži uvek po jednu sestričinu. Ta sestričina nije joj služila kao pomoćnica pri bacanju karata, već više onako kao ukras kuće. Onako otprilike, kao što šuster ili berberin drži kanarinku u radnji. Kanarinka niti ume brijati, niti krpiti cipele, ali visi nad vratima i, kad mušterija prođe, ona zapeva, i obrati prolazniku pažnju na radnju. E, tu dužnost kanarinke imala je i sestričina gospa-Marina.

I, da vidite, to nije bio rđav način obraćanja pažnje na radnju, jer počeše, naročito starija gospoda, da posećuju gospa-Maru, a ona im je uvek umela da pročita sa dlana da su obešenjaci i velike lole i da ih ženske rado imaju.

To je jednoga dana i gospodin-Simi pročitala sa dlana i otad njihovo poznanstvo.

Eto, u tu kuću, tamo negde u Paliluli, iza starog jevrejskog groblja, doneše posle krštenja maloga Simu.

GLAVA TRIDESET DRUGA

Dete za izdavanje pod kiriju, sa ili bez nameštaja.

Jednoga jutra dođe gospa-Mari jedna komšika, koju su svi zvali prija Stana, a koja je poznata i po tome, što je znala mnoge školske lekcije napamet. Ona je godinama držala đake na stanu, i kako su svi uvek učili glasno, ostale su i njoj u pameti razne definicije, deklinacije, i svakojaki citati. Štaviše, kada bi se svađala sa kojom od svojih suseda, pa već iscrpla sav rečnik, kojim je tako bogata ta jezična oblast iza staroga jevrejskoga groblja, ona bi tek, u najvećoj žestini, podviknula:

— Kvouskve tandem, Katilina, abutere paciencia nostra! Kvem ad finem sese tua jaktabit audacia! Imo vero in senatum venit!

I posle ovih reči, obično bi dolazilo do tuče, jer bi dotičnu protivnicu takva latinska rečenica razdražila mnogo više, no da joj je Stana, na srpskom jeziku, opsovala oca ili mater, misleći da je ova grdi mađarski, na kome se jeziku, po uverenju kompetentnih, mogu vrlo ružne reči kazati.

Dakle, ta komšika Stana dođe jedno jutro u gospa-Mare i, pošto je uvoda radi, pripita o svemu i svačemu, pređe na stvar zbog koje je došla:

— Ama u tebe, komšika, ima nekakvo dete?

— Pa ima! — odgovara gospa Mara.

— Je l' ti ga opština dala na čuvanje?

— Nije! — veli gospa Mara. — Nekakvo društvo za nađenu decu, pa dali mi ga privremeno, dok ne urede to društvo.

— A ja kao došla — veli prija Stana — da te zamolim da mi pozajmiš to dete za sutra pre podne.

— Kako da ti pozajmim dete? — iznenadi se gospa Mara.

— Samo do podne da mi ga daš!

— A što će ti dete, pobogu sestro? — pita radoznalo gospa Mara.

— Pa ono znaš da ti kažem. Ne volim, znaš, da se rašČuje po komšiluku, al' tebi mogu reći. Idem sutra u opštinu da tražim sirotinjsku pomoć, pa bolje je da imam dete na ruci. One koje imaju decu i pre dođu na red i više pomoći dobiju.

— A zato ti? — učini gospa Mara i ujedanput joj pade na pamet njen pokojni muž koga je izdavala pod kiriju, i bogme, lep prihod vukla od njega. Pa, ko zna, da nije odnekud božja volja, kad joj oduzeo muža, da joj da ovo dete, na kome bi mogla možda opet pogdešto zarađivati.

Posle kratkog razmišljanja o tome, gospa Mara se okrete komšiki:

— Pa mogu, mogu ti dati dete, komšika, samo znaš kako je, ne biva besplatno, da mi platiš kiriju.

— Pa da ti platim — veli prija Stana — ako je baš do toga. Evo da ti dam dinar za jedno pre podne.

— Iju, komšika! — zgranu se ko bajagi gospa Mara. — Gde si ti videla ovoliko dete za dinar? Ima mu bar petnaest kila.

— Ama, slušaj, gospa-Maro — udari sad u pogodbu prija Stana — ja ne kupujem dete da mi ga meriš na kilo. Dajem ti dinar kirije, a to je baš dosta. Ne vredi više, bogami!

— E, ajde, rodi ga, pa ćeš da vidiš šta te košta. A ovako imaš gotovo dete, samo što plaćaš kiriju za njega.

— Pa dobro — odluči se prija Stana — ajde da ti dam dinar i po za jedno pre podne al' da mi svake subote daješ dete!

Tako i ugodiše, te prija Stana već sutradan dođe po dete. Tako Sima, u svojim najranijim godinama, kad su druga deca samo od štete svojim roditeljima, poče da privređuje. Svake subote bi dolazila prija Stana i odnosila dete u opštinu a na podne bi isplaćivala pogođenu kiriju.

Razume se da cela stvar nije mogla dugo da ostane tajna u komšiluku. Ali to, što je otkrivena tajna prija-Stanina, nije nimalo omelo Simu u njegovom privređivanju, već naprotiv to mu je još bila reklama.

Tako, ne prođoše ni dve subote otkako je Sima počeo da zarađuje, a dođe gospa-Mari jednoga dana neka tetka Roska. Ta tetka Roska, mada nije komšika, već sedi u jednoj udaljenoj uličici iza Novog groblja, ipak je poznata svima i svakome nadaleko i po celome tome kraju. Niko kao ona nije znao da pravi tako dobru boju za kosu, a znala je i da leči ujed od besna psa, prišt, crveni vetar; znala je da loncem digne pupak ako je spao i još mnoge veštine i lekarije. No nije tetka Roska samo po tome bila poznata, već i po jednom osobitom nasleđu svoga muža. Pokojnik je bio muzikant i u tome braku Roska je naučila da svira u hornu. Svirala je kao pravi muzikant i pesme i igre i razne marševe i razne vojničke znake, kao: povečerje, juriš, zbor i mnoge druge.

Žene su joj se divile, a deca su je obožavala zbog toga. Koliko puta bi joj rekle komšike:

— Čudo se, Roska, ne rešiš da ideš u vojne bandiste.

— Išla bih — veli Roska — kad bih znala da bi me primili za narednika, ali za redova ne bih.

— Pa šta znaš, možda bi ti dali za narednika kad bi čuli kako lepo sviraš?

— Ta dali bi mi, znam ja da bi mi dali, ali ja bih tražila da mi se priznadu i godine službe, pa to ne znam bi li pristali?

— A koje godine službe?

— Pa koje im volja, ili one što sam ih provela sa pokojnikom u braku, ili ove što provodim kao udovica. Koje im volja, meni je svejedno!

Tetka Roska nije svirala za novac, niti je smatrala to kao kakav zanat, već za svoje uživanje. Iznese tako predveče šamlicu pod dud u avliju, pa dune u hornu: *Sunce jarko ne sijaš jednako* — a sva deca iz komšiluka se obese na plot. Pokoji put, kad se nakupe žene ili devojke, pa se razvesele, hoće da im zasvira i kolo, a kad se žene u avliji zavade, ona iznese svoju trubu pa s praga dune: *Juriš* i zbilja oduševi sve, te se dohvate za kike i tuku se uz pratnju muzike.

No ona ovu svoju trubu ume i drugače da upotrebi. Tako je tu skoro jednom opštinskom izvršitelju, koji joj je hteo popisati stvari, razbila glavu trubom. Kako je u svakoj uređenoj državi zabranjeno vlasti razbijati glavu, to je, razume se, izvršitelj podneo sudu tužbu potkrepljenu lekarskim uverenjem. A kako je stvar postala vrlo ozbiljna, Roska je morala uzeti advokata, jer joj je predstojalo bar nekoliko meseci zatvora.

To je bilo uoči samog dana suđenja, kada je Roska došla u gospa-Mare.

— Sutra imam suđenje — veli — pa sam došla gospa-Maro, da mi daš to tvoje dete koliko samo do podne.

— Ju, a šta će ti? — iznenadi se gospa Mara.

— Treba mi. Znaš, drugo je kad ideš na suđenje i poneseš dete u naručju. Onda se sudije sažale, sažali se i sam tužilac i njegov advokat, sažali se i onaj momak pred sudskom kancelarijom, sažali se i sama publika. I onda, znaš, to mora da dovede u zabunu; jer ako mene osude na zatvor, šta će s detetom. Pa to znaš, došla sam da mi daš to dete.

— Ne mogu — odgovara gospa Mara — sutra mi je zauzeto.

— Kako zauzeto?

— Pa ima da ide u opštinu. Svake subote mora da ide u opštinu.

— Ama što ti je, ženo — iščuđava se Roska — pa sutra je petak!

— Je l' petak, boga ti?... Jes' bome, gde sam se ja dela!

— Pa možeš li mi dati dete za sutra?

— Ono mogu, nije da ne mogu, samo, znaš kako je, ja od toga živim.

— Pa da ti platim, ne mislim badava. Samo, nemoj da zaceniš. Šta mi tražiš za dete sutra do podne?

— Ne umem da ti kažem! — uze se snebivati gospa Mara. — Kad čovek zrelo razmisli, ovo će dete tebi na sudu više da pomogne negoli i sam advokat. E, pa, eto, proceni sama, prema tome šta ćeš platiti advokatu.

— Idi, ženo, s milim Bogom, gde bi ti dete metala na ravnu nogu sa advokatom. Nego da ti dam tri dinara do sutra u podne. Prija Stana ti plaća dinar i po, a ja evo tri.

— Istina je — brani se gospa Mara. — Stana mi plaća dinar i po, ali mi je ona stalna mušterija, svake subote. A ti sutra, pa nikad više. Drugo je to kad bi ti svake nedelje razbila glavu po kome trubom, onda bi ti dala jeftinije.

Najzad posle dužeg cenkanja, pogodiše se za pet dinara na dan i mali Sima pođe u prvostepeni sud na suđenje. Advokat tetka-Roskin sa neobičnim ushićenjem dočeka svoju klijentkinju, kad joj spazi dete u naručju, jer je inače muku mučio ne mogući da nađe argumente kojima bi je pred sudom branio.

Ovako: „Nesrećna majka", „Ako zakon ima prava da osudi mater, nema pravo dete", „I vi ste, gospodo sudije, roditelji" i tako dalje sve su to dovoljni motivi, ako ne za Roskinu nevinost, a ono za advokatov govor.

I odista, taj je govor tako sjajan bio, da se i sam državni tužilac, koji je po svojoj profesiji pozvan da ima tvrdo srce, zaplakao pred sudom i oprostio tuženoj. Tako je Sima spasao na sudu tetka-Rosku i ova, čim je vratila dete, položila je pošteno taksu od pet dinara, a zatim otišla kući, dočepala hornu i odsvirala: *Ala umem, ala znam.*

Ali, jednoga dana, dođe gospa-Mari mlada i lepo obučena dama. To nije gospa-Maru mnogo iznenadilo, jer su joj dolazile pogdekad i gospođe, radi bacanja karata i gledanja u dlan, mada je ona više sa gospodom radila.

Ova mlada gospođa, čim sede, poče otvoren razgovor. Veli:

— Čujem, gospođo, vi imate jedno dete koje izdajete pod kiriju?

— Ju! — zgranu se gospa Mara i čisto se preplaši. — Ko vam je mogao reći.

— Ama, slušajte — uze da je umiruje mlada gospa — nisam ja valjda došla od strane policije pa da se plašite od mene. Došla sam što i meni tako jedno dete treba pa bih vam pošteno platila kiriju.

— Ja ne dajem dete pod kiriju — dalje se brani gospa Mara — ali bih volela da znam za šta vama treba?

— Pa, evo, kazaću vam iskreno! — uze reč mlada gospođa. — Ja imam, znate muža šušumigu. Nalepio me Bog za njega pa ga kroz ceo život vučem. On je praktikant, ali ne može ni na jednom mestu da se skrasi više od šest meseci. Taman počne lepo da ide u kancelariju, taman lepo udesimo život u kući, a njega isteraju iz službe. I to sve zbog nekih sitnica. Evo sad, molim vas, bio je praktikant u kvartu, pa imao da izda uverenje nekome zbog suđenja na sudu i on u tome uverenju izostavio reč „ne", te na osnovu toga bude otpušten iz službe. I sad za jedno „ne" samo, za dva prokleta slova, otpušten iz službe. Pa je li to pravda, molim vas? I što je najgore, znate, to je što meni zadaje glavobolju, jer ja mu uvek izrađujem službu.

— Vi? — učini gospa Mara.

— Pa jes' ja — nastavi praktikantovica. — Kazala sam vam, on je šušumiga, pa ne ume. On ume samo da izgubi službu, a ja imam muke da mu je izradim. Pa, znate, kad je ministar još mlad čovek, to nekako još ide. Ili ako nije ministar, a ono bar načelnik ministarstva kad je mlad čovek. Al' sad se desilo pa i ministar i načelnik matori ljudi. Ja ne mogu da razumem kakav je to red: jedna mlada država pa tako matori ministri. To samo kod nas može da bude!

— To je istina! — veli gospa Mara — al' ja opet ne razumem šta će vam dete?

— Kako ne razumete? — čudi se praktikantovica. — Da je ministar mlađi, ja bih sama išla k njemu. Ne bih morala ni da se zaplačem, dosta je da se nasmešim i moj bi šušumiga dobio službu. Al' ovako, ovaj je ministar star, kažu da je imao decu pa je pogubio. E, pa, poneću dete u naručju, zaplakaću se, on će se sažaliti i moj će šušumiga dobiti službu.

— Pa jes', to može! — učini gospa Mara — samo, kako ću ja vama da dam dete kad vas i ne poznajem.

— Ju, Bože moj! — iznenadi se praktikantovica. — Što, valjda se bojite da vam ga ne vratim. Pa ne tražim vam ja na poslugu libade, ili srebrne kašičice, ili amrel, pa da vam ne vratim. Da je meni bilo do dece, mogla bi ih imati kakvih hoćete fela, a sad još da uzimam tuđe dete.

— Pa znam, al' opet!... — vrti sumnjivo glavom gospa Mara.

— Najposle, ako se bojite, daću vam revers, daću onome mome šušumigi pa će mi napisati revers sasvim po zakonu.

— Dobro, to pristajem, ali... Koliko mislite da mi platite?

— Pa da vam dam pet dinara.

— Taman! — učini gospa Mara. — Ovo dete će vašem mužu da izradi službu, a vi za to samo pet dinara.

Najposle pogodiše se za deset dinara s tim, da praktikantovica unapred plati kad dođe za dete i da donese revers.

Sutradan dođe praktikantovica malo sirotnije obučena (radi sažaljenja gospodin-ministrovog), položi deset dinara i revers koji je glasio:

Na jedno muško dete uzeto na poslugu od gospođe Mare Zdravković, ovdašnje, sa obavezom da ga u ispravnom stanju vrati.

Odobravam postupak svoje žene.

Jeremija Terzić, biv. praktikant

Kako je bilo sve u redu, to krete Sima na audijenciju ministru, gde je odista uspeo i onaj šušumiga dobio službu.

Tako se Simina slava postepeno širila. Najpre je počeo rad u neposrednom komšiluku, pa onda dalje, pa sve dalje, dok jednoga dana ne dođe do gospa-Mare jedan čovek čudna izgleda. Prljav i neizbrijan, u somotskom kaputu i čudno živih očiju. On objasni gospa-Mari da je veštak koji zna da guta vatru, vino da pretvara u vodu i vodu u vino i svakojaka druga čuda da čini. Kad se gospa Mara zaprepasti i neverice ga pogleda, on izvadi iz džepa jedan srebrn dvodinarac, stavi joj ga na dlan, reče nekakvu reč i dvodinarac ujedanput nestade.

Gospa Mara se zaprepasti toj veštini nepoznatog čoveka i bolje mu legitimacije nije trebalo. Kad je na taj način stekao poverenje njeno, on joj objasni i ko je i zašto je došao.

— Ja sam Ilija Božić, prvi srpski veštak. Gutam vatru, pretvaram vino u vodu, lajem kao pas, maučem kao mačka — i on nastavi da ređa sve svoje veštine, a kad to završi on reče da je sutra Markovdan, veliki crkveni praznik kod crkve svetog Marka, i da je on sagradio naročitu šatru gde će se producirati, ali mu je potrebno jedno dete, za jednu sasvim novu tačku programa.

— A šta bi vi radili s njim? — upita radoznalo i prestravljeno gospa Mara, bojeći se da ovaj volšebnik ne pretvori Simu u jare ili tako nešto.

— Detetu neće ništa biti. Imam jednu novu senzacionu tačku, u kojoj ja iz jajeta izležem dete. Eto samo za to mi treba. Platiću vam deset dinara za dan kirije i dobićete jednu besplatnu ulaznicu.

— Znam, al' da mi date revers na dete! — reče gospa Mara, koja je sad već naučila na taj novi red da ne daje dete bez reversa, te, pošto veštak i na to pristade, utvrdiše pogodbu.

GLAVA TRIDESET TREĆA

Markovdan.

Markovdan je veliki beogradski praznik. Toga se dana uortači hram gospodnji svetoga Marka sa panoramdžijama, cirkuždžijama, burekdžijama, bozadžijama, kesarošima i sviračima i naprave takav džumbus na Tašmajdanu, da je to prosto jedna milina videti i čuti. Drugi hramovi beogradski proslavljaju mnogo tiše i skromnije svoju crkvenu slavu, ali ovaj hram, valjda zato što je čuvar groblja, kuće mira i tišine, smatra da treba jedanput godišnje i mrtvaci da se provesele, i napravi takvu dževu po groblju da mrtvaci, ako se baš i ne dignu da zaigraju u kolu, a oni se bar prevrnu ili pomere u grobu, a to je dovoljno uspeha od strane crkve.

Ta crkvena slava počinje vrlo lepo i svečano. Najpre u ranu zoru, odmah iza Kraljevoga dvorca, pripucaju tako strahovito prangije, da izgleda kao da bar deset austrijskih monitora bombarduju varoš. Građani prestonički skaču bunovno iz postelja i jure neobučeni na ulicu, da vide ne nailazi li već neprijateljska vojska; nije li možda eksplodirala barutana na Topčiderskom brdu, ili, nisu li se u dvoru, mesto jednoga, rodila dva prestolonaslednika.

Rani prolaznici, mlekadžije, bozadžije i noćne patroldžije, koje se vraćaju u kasarnu na spavanje, objašnjavaju preplašenim građanima da je danas Markovdan i da sveta crkva skromno objavljuje svoju slavu, te se građani, umireni, vraćaju u postelju, da nastave prekinuti san.

Zatim, uz pucnjavu prangija, sveštenici odsluže službu božju, što je sasvim zgodno, jer ako Gospod Bog ne bude čuo glas njihove molitve, metke iz prangija mora čuti. Posle službe božje nastaje narodno veselje: stanu škripati ćemaneta pod šatrama, stanu cikati trube panoramdžijske, pištati vergle ringišpilske, gruvati bubnjevi cirkuždžijski, a uz sve to skladno pristaje dreka bozadžijska, pesma ciganska, zapevka prosjačka i kuknjava onih, kojima su već odsekli kese. I tako se napravi jedna gužva, džumbus, dreka i larma, upravo kao što i priliči hramu gospodnjem.

Svetina gamiže i povija se, učestvuje u larmi i nadvikuje se. Kolo se vije kraj grobova, iza raznih spomenika šetaju se mladi, usamljuju se i šapuću ljubavne reči. Tako, iza crnoga mramornog spomenika nekog državnog savetnika koji je, prema zapisu na kamenu, bio *predan službitelj knjazu i otadžbini, primeran otac i veran suprug,* eno ih, onaj brkati činovnik Uprave fondova i ona mala udovica sa crvenim žiponom pod crnom udovičkom suknjom. Uostalom, zašto i ne bi spomenik, podignut na grobu jednog „vernog supruga", poslužio za zaklon iza kojega će se skriti ljubav jedne udovice?

Pa onda, eno jednoga narednika i kuvarice gospodin-ministrove, seli su na grob žandarmerijskog kapetana i glasno se kikoću, dok ne dosade grešnome kapetanu te drekne iz groba: „Na raport, naredniče!" Pa eno ga onaj praktikant, naslonio se na spomenik pokojnoga popa Milije i govori jednoj devojčici skaradne reči, tako da bi pop Miloje i živ morao pocrveneti, a kamoli neće mrtav. Tamo opet, daleko iza crkve, među grobovima zaraslim u travuljinu, dvoje mladih iz Palilule, sede na grobu profesora Stamenkovića i govore o ljubavi jezikom, zbog kojeg pokojni profesor u grobu čupa poslednje ostatke kose iz svoje lubanje. Jer valja znati da je pokojnik onaj poznati profesor srpskoga jezika, koji je za života, i kad je na najnezgodnijem mestu našao zgužvano parče novina pre no što bi ga upotrebio, najpre korigirao i ispravljao sve greške gramatičke. I onda, možete misliti kako je njemu u grobu sad slušati izjave ljubavi na palilulskom narečju.

— Sutra da me čekaš na kapiju — veli mladi Palilulac.

— Hoću, ali da te ne vidim više sa Micu! — odgovara mlada Palilulka.

A profesor se trese u grobu i prevrće se i busa u grudi.

I dok tako mladi parovi, nadahnuti blagodarnošću prema materi crkvi, koja im daje prilike da, usamljeni među grobovima, gramatički ili negramatički izjavljuju ljubav, dotle se ostala, nezaljubljena publika, tiska oko lecederskih šatra, kafana, panorama i cirkusa, gde pažljivo sluša pozive i objašnjenja onih nesrećnika sa dugačkom kapom, namazanih obraza brašnom i nabreklih vratnih žila od dernjave.

Pred cirkusom, koji nosi naziv *Prvi srpski cirkus* gruva u bubanj Stevica, bivši parakuvar u kafani *Srbija*, koji služi sad za dinar i po dnevno kao klovn, čija se klovnovska šala sastoji u tome, što mu svi od reda u cirkusu odvaljuju šamare, tako da ga, prema nadnici, ne košta jedan šamar skuplje od pet para čaršijskih. Nabreklih žila i promukla glasa, Stevica poziva svet da za groš vidi najvećeg svetskog veštaka Radojicu Simonovića, poznatog u svih pet delova sveta pod imenom „Gumalastika-čovek", koji je na velikoj svetskoj utakmici odneo prvu nagradu. Svet ulazi u cirkus i gleda tamo gumalastiku-čoveka, koji se previja levo i desno, zavlači glavu među kolena, prebacuje nogu preko vrata i odvali uzgred po nekoliko šamara Stevici parakuvaru.

Pred panoramom, poznati Pera telal, koji je metnuo na glavu beli cilinder, valjda da bi ličio na stranca, dere se iz sveg grla: „Izvolite, gospodo, da vidite što ćete retko kad u životu imati prilike da vidite. Zemljotres u Mesini, najstrašniji događaj ovoga veka. Varoš bogata i napredna leži sva u ruševinama. U daljini se vidi vezuv Etna kako još bljuje vatru. Slika je tako dobro izrađena da se golim okom može da vidi, kako se i još sad trese zemlja. Sem toga, imate da vidite najveći pronalazak prošloga veka: vodopad Nijagaru. To je upravo padajuće more; šesnaest Dunava i četrdeset i tri Save da naprave jedno akcionarsko društvo, pa ne mogu dati toliko vode. Zatim, braćo i sestre, imate videti smrt Napoleonovu, iz koje se lepo i jasno vidi kako i najsilniji čovek na svetu mora umreti. Kraj samrtničke postelje pokojnikove se nalazi sveta Jelena, zaštitnica Napoleonova!"

Eto, tako saziva svet Pera telal i svet gomilama ulazi u šatru, gleda kroz okrugla stakla na šarena platna, i vraća se zadovoljan što je video vezuv Etnu, svetu Jelenu kraj postelje Napoleonove i veliki pronalazak Nijagaru.

Pred trećom šatrom, jedan dugajlija svira u vatrogasnu trubu, i kad uspe da obrati pažnju na sebe, poziva publiku da vidi pauk-devojku. „Čudo prirode, devojačka glava, a telo i noge od pauka. Ovaj čudnovati stvor uhvaćen je u prašumama paragvajskim i sa teškom mukom pripitomljen!" Ulazi svet i to čudo da vidi, ali se vraća razočaran, jer ih većina pozna glavu Mice ajnlegerke, a jedan bandista je čak i uzviknuo iz publike: „Mico... tvoj! znao sam da si zmija, a sad pa pauk izađe!" Našto mu je pauk-devojka odgovorila: „Marš, svinjo bandiska!"

Ali, najviše se publika tiskala ispred jedne šatre koja nosi ponosni naslov: *Prvi srpski veštak Ilija Božić!* To je stari vašarski eskamoter, koji je sve veštine na svetu izučio, izuzimajući veštinu da govori srpski. Mi smo ga već sreli u prošloj Glavi ovoga romana.

Posetioci, koji izlaze iz njegove šatre, pričaju o jednoj novoj tački njegova programa, koju na dosadanjim vašarima nije izvodio, a koja je pravo čudo od veštine. On uzme jednu malo širu korpu, po njenome dnu položi, mesto slame, puno onih telegrafskih pantličica od hartije; zatim uzme jedno jaje koje da prethodno publici da ga pregleda, te da se uveri da to nije nikakav švindl; pa onda položi ono jaje na hartiju i sam lično sedne preko jajeta u korpu. Čim on sedne, počne da svira vergl, da bi publici prekratio vreme dok se jaje ne izvede. Uz muziku, razume se, i on iz korpe dobacuje publici razne viceve, zbog kojih mlade žene obaraju poglede a mladi ljudi oduševljeno aplaudiraju. Najzad, vergl ujedanput stane, Ilija objavljuje da je proces gotov, ustaje s korpe, diže ovu na sto, zavlači ruku u nju i otud, iz telegrafskih pantljika, iznosi golo, a bogami, dosta odraslo dete. Da bi svakako naopako tumačenje odbio, Ilija odmah sam objavljuje da je to dete zato tako krupno što je on kao muško sedeo na pologu; da je ženska osoba bila nasađena, dete bi bilo sitnije. I samom veštinom i ovim „vicem" publika se oduševljava i aplauzu nema kraja.

Ta senzaciona tačka programa, o kojoj se po celom vašaru govori, odvodi silnu publiku u Božićevu šatru i tako Sima, u novoj svojoj ulozi, privređuje Iliji Božiću silan novac.

Razume se, da ovakva senzacija izaziva i raznolike komentare u sakupljenoj publici.

— Pa dobro, a kad bi on metnuo tuce jaja, bi li izlegao dvanaestoro dece? — pita Palilulac Banaćanin jednog prodavca limunade.

— Pa može, dabome, kad može jedno, može i dvanaest! — odgovara sa uverenjem prodavac limunade.

— Svaki sat po dvanaest?

— Pa kad može svaki sat po jedno, može svaki sat i po dvanaest.

— Pa jes' — veli Banaćanin — a to bi, ako bi ceo dan ležao na jajima, mogao po sto i pedeset dece na dan da izvede?

— Pa jest, tako će da izađe, ako mu ostaviš noću da spava i da se odmara!

— Pa koliko bi onda mogao da izleže za godinu dana?

Uzeše obojica da računaju, ali nikako da izađu na kraj. Čas im izađe 14.000 na godinu, a čas 400.000. Najzad im priđe žandarm sa linije, koji bi češće ovde svratio na čašu limunade, te on poteže hartiju iz džepa i poče pisanim ciframa računati. Znojio se i on dugo, mučio se, pisao i brisao, pa je najzad izračunao da bi Ilija Božić mogao za godinu dana da rodi 50.000 dece.

— Ih! — učini Banaćanin.

— A baš da mu skinemo i Uskrs i Božić i još koji veliki praznik, nek se čovek odmara, pa opet može da izvede 45.000 dece godišnje, a to je taman jedna divizija — veli žandarm.

— Ala bi mi mogli imati silnu vojsku! — oduševljava se Banaćanin.

— Bogami, njega bi trebalo da otkupi Ministarstvo vojno — razmišlja žandarm.

— Ama koga?... — pita prodavac limunade.

— Pa ovoga Iliju Božića! Baš ću da razgovaram o tome sa podnarednikom.

— Jok, ne mora njega da otkupi Ministarstvo, nego neka mu dobro plati pa neka nauči naše toj veštini! — veli prodavac limunade.

— Gotovo, tako je bolje — rezonira žandarm — pa neka naši generali nauče tu veštinu, i lepo neka se donese zakon da je svaki general dužan da leži godinu dana na jajima dok ne izleže sebi diviziju.

Dok ova grupa u tom smislu i dalje razmišlja, dotle žene, skupljene oko lecederske šatre, govoreći o istoj stvari, ne mogu da se izmire s tim, kako to Ilija Božić izleže uvek samo muško dete a nikako i žensko.

— Može i žensko, može, pitao sam ga — dobacuje im čiča, prodavac lecederskih kolača.

— Kako može? — pitaju radoznale žene.

— Legne na ćureće jaje i onda se izleže žensko! — dobacuje im čiča.

I tako se širom celog vašara vodi živ razgovor o ovoj senzaciji i slava Simina sve više raste. I ta bi slava u nedogled otišla, da je Sima nije sam jednim gestom pokvario.

Naime, kako je ceo dan bio golišav, njemu je morao nazepsti stomak. I, kad je bila najsvečanija predstava, oko četiri časa po podne, koju je pohodilo i samo sveštenstvo svetoga Marka, Sima je počeo da se dere i plače pre nego što je veštak i seo u korpu. Razume se, vergl je počeo naglo da svira ne bi li ugušio Simin plač, al' se on tako krvnički dernjao, kao da je verovatno hteo pred sveštenstvom crkve svetoga Marka da pokvari predstavu.

No to još ne bi bilo sve zlo, da Sima nije otišao korak dalje. Ilija Božić je skratio vreme svog ležanja na jajetu, samo da bi zabašurio plač deteta koje se još nije ni izleglo i, kad je popeo korpu na sto, sa uzvikom: „I tako, gospodo, vi ćete se sad uveriti da se dete iz jajeta izleglo!", on je, po dosadanjem običaju, zavukao obe ruke u korpu i iz telegrafskih hartija izneo Simu. Samo, ovom prilikom, njegove su ruke izgledale kao da ih je umočio u žumance, a Simini izvesni delovi tela bili su namazani istom bojom.

— Razbilo se jaje! — viknuše neki iz publike udarivši u smeh.

I sva bi publika primila to objašnjenje da ne poče da je davi naročiti smrad, zbog kojega i sam proslavljeni veštak zapuši nos.

Razume se da poče publika najpre da gunđa, zatim da psuje i najzad se po celom vašaru rasprostre glas o ordinarnom švindlu veštakovom.

Tako, lakomislenošću Siminom, propade ta senzacionalna tačka u programu prvog srpskog veštaka i on vrati dete gospa-Mari sa uzvikom:

— Evo vam ga, nije za posao, to je jedno skroz nediscinlino-vano dete!

Ipak je Sima zaradio kiriju za taj dan, a to je glavno.

GLAVA TRIDESET ČETVRTA

Iz koje će se videti, da dok mali Sima radi, ni veliki Sima ne sedi skrštenih ruku.

Za to vreme dok je Sima, izdavan pod kiriju, išao od ruke do ruke, nije nimalo zastao rad na osnivanju društva za nahočad, već se naprotiv stvar razvijala svojim normalnim tokom.

Kao što je čitaocima poznato, prema zaključku prve konferencije, izabran je jedan odbor petorice, kome je stavljeno u zadatak da nabavi sa strane pravila sličnih udruženja i da ih prouči, te da sazove širu konferenciju kojoj bi o tome svome radu referisao.

Sad je, dakle, sve bilo na odboru petorice, koji se tražio, a nikako da se sastane. Pogreška je možda bila u tome, što se taj odbor petorice nije konstituisao, te da se zna ko je predsednik, pa on i da sazove sednicu. Ali ovako, očekujući jedno pa drugo, prođoše bome i dva i tri meseca. Najzad se, na jedvite jade, sastade odbor petorice, i na sednici koja nije dugo trajala, bi rešeno da svako od njih piše kome, te da dobavi pravila sličnih društava.

E, dabome da je sad trebalo čekati odgovore, na što je takođe prošlo još četiri meseca, ali najzad sastade se opet odbor petorice, te izabra iz svoje sredine dvojicu koji će celu stvar proučiti. Ta su dvojica proučavala stvar jedno dva-tri meseca i dva-tri puta sazivali odbor petorice, koji se, nakon mesec dana zivkanja i tražakanja, jedva sastade. Stvar je bila proučavana u dve-tri sednice, koje su se svakog meseca jedva po jedanput mogle sastati, te najzad u poslednjoj sednici reše petorica, da se opet sazove konferencija.

Dabome, dok se konferencija sazvala, prošlo je još mesec dana i, dabome, kako je na prvu zakazanu sednicu došlo svega dvoje ili troje, to je posle mesec dana sazvana ponovo sednica.

Stvar je izgledala da je već privedena kraju, jer na ovom sastanku konferencije imala su da se, na osnovu referata petorice, izrade pravila i izabere odbor i tada bi društvo bilo osnovano. Ali, ustade neko i reče, kako nalazi da je uopšte mali krug građana sazvan, da je ova ideja tako velika, tako prostrana, te da interesuje i najširi krug građanstva i zato je on da se ova konferencija odloži i da se za idući sastanak pozove što širi broj građana.

Predlog bi usvojen, a g. Simi povereno da zakaže iduću konferenciju i da na istu pozove što širi krug građanstva.

Posle dva meseca jedva se sastade čitav šematizam u sali *Građanske kasine*, ali sad ustade onaj isti predlagač sa prošle konferencije i reče, kako je konferencija njega rđavo razumela i g. Sima, sazivajući širok krug građanstva, izveo je samo upola njegovu misao, odnosno njegov predlog. On je bio zato i pri tom i sad ostaje, da bi u ovo društvo, pa dakle i na konferenciju, trebalo pozvati i ženskinje. Pojam „roditeljska ljubav", koji je osnova ovome društvu, ne može se zamisliti bez majke. On utoliko pre ište da se njegov predlog usvoji, što je čak i ideja o obrazovanju ovoga društva ponikla od jedne žene, od poštovane gospođe Bosiljke Nedeljkovićke.

Razlozi, kojima je predlagač potkrepio svoj predlog bili su tako jaki i opravdani, da je i sam g. Sima Nedeljković prvi uzviknuo: „Tako je!" A kad je on, koji je bio najveći protivnik odlaganja, uzviknuo: „Tako je!", prihvatila je i cela konferencija.

I tako, sednica bi ponovo odložena, a g. Simi povereno da iduću zakaže i na istu pozove što veći broj ženskinja.

To je bio veliki posao i g. Simi jedva za četiri meseca pođe za rukom, služeći se spiskom članica Ženskog društva kao i spiskovima drugih društava, da sazove novu konferenciju.

Dođe dan i te nove konferencije, koja je blistala mnogobrojnošću posete uopšte i prisutnošću lepoga pola napose.

Među prvima je došla babica, svastika g. Srećka Ostojića, okružnog načelnika u penziji, i gospođa Bosiljka. Zatim gospođa Jankovićka, koja nema od srca poroda i zato neguje kučiće, pa gospođa Petkovićka, kojoj se ne drže deca, ali joj se bar ne drže ni muževi; pa gospođa Jankovićka, koja svake godine ide u razne banje samo zato da bi rodila, ali se ne spomaže stoga, što i muž uvek ide s njom; pa gospođa Jakovljevićka, koja ima desetoro dece a jednog muža, dok bi Bog, da je samo pravedan, to obratno udesio; pa gospođa Stefanovićka, koja voli napuštenu decu ali kad su odrasla, pa ipak je došla ne mogući da odoli svojim plemenitim osećajima; pa gospođa Stankovićka, koja nema dece, ali ima materinske osećaje, i već puno drugih koje tako rado idu na konferencije.

G. Sima je plivao u radosti, videći ovako lep odziv, i videći svoju ideju već ostvarenu. Nadao se da sad onaj pakosni predlagač neće imati šta više predložiti što bi odložilo konferenciju, jer tek neće valjda predlagati da se pozovu i deca.

I zaista, predlagač nije ništa više predlagao, nego je konferencija i otpočela, a g. Sima Nedeljković jednoglasno izabran da joj predsedava. Najpre je odbor petorice izložio svoj referat o pravilima raznih sličnih društava u svetu, a zatim je izabran odbor od jedanaestorice, koji će na osnovu ovih stranih pravila izraditi jedan projekat za pravila. Tako se, dakle, srećno svrši ova konferencija, na najveće zadovoljstvo g. Sime Nedeljkovića.

E, ovaj odbor jedanaestorice radio je bogme nekakva četiri-pet meseca, ali je bar i izradio pravila kakva nijedno društvo nema. Dve stotine i sedamdeset i tri člana nizala su se jedan za drugim, a svaki je član tačno i precizno određivao sve, tako da nijedna sitnica nije bila propuštena.

Kad jedanput i to bi gotovo, sazva g. Sima opet širu konferenciju, koja je odmah pristupila pretresanju samih pravila. Razume se, sad su nastale vatrene i dugačke debate. Profesor matematike je opširno i dugo govorio o tome, kako ne treba kazati „celj" nego „cilj", jedan profesor srpskog jezika četrdeset i šest puta je tražio reč i odlučno i vatreno tražio da se posle ove ili one reči stavi zapeta; nekakav đakon je bio protiv toga da se kaže: „Sedište je društva u Beogradu..." već je tražio da se kaže: „Stolica je društva u Beogradu..."; g. Srećko Ostojić je bio protiv reči „društvo"; on je tražio da se kaže „udruženje"; protiv čega je ustao jedan trgovac i jedan poreznik. Oni su bili za to da se zove „društvo". Zbog toga, hoće li se zvati „društvo" ili „udruženje", napravi se čitava gužva, padoše mnoge uvredljive reči, đakon i učitelj muzike mal' se ne potukoše i, najzad, posle jednog sata burne debate, usvoji se reč „udruženje" zbog čega onaj trgovac, poreznik i još dvadeset njihovih pristalica, uvređeni, odoše demonstrativno iz sale.

Sednica je počela u devet pre podne i do dvanaest na podne jedva je svršeno, pretreseno i usvojeno četrnaest članova. Ostalo je dakle još dve stotine pedeset i devet članova, radi kojih je zakazana kroz deset dana druga konferencija.

Tako je trajala konferencija za konferencijom, te, posle četiri ili pet meseci rada, jedva se svrši i usvojiše se cela pravila. A tada se zakaza i sednica, na kojoj se, prema pravilima, izabra privremena uprava. Ta privremena uprava otvori upis u članstvo, ali se članovi privremene uprave na prvoj svojoj sednici posvađaju i cela privremena uprava dade ostavku. Sada se sazva nanovo šira konferencija, koja izabra drugu privremenu upravu, te ova ponovo otvori upis u članstvo. Kad je bilo dovoljno članova upisanih, privremena uprava podnese pravila vlasti te ih ova potvrdi. Na osnovu potvrđenih pravila, sazva se se sad prvi redovni zbor članova za izbor uprave. Na zbor ne dođe dovoljan broj za rešavanje i onda se sazove drugi zbor koji će rešavati sa onoliko članova koliko ih bude bilo na zboru.

Na tom zboru se pojaviše četiri kandidacione liste za izbor uprave: nastade neko šuškanje, buškanje i ogovaranje pojedinih kandidata, a zatim gužva i lom, zbog čega se morade da prekine rad zbora i da se zakaže drugi. Na tom drugom zboru pojaviše se šest kandidatskih lista i jedva na jedvite jade bi izabrana uprava. Ta uprava se konstituisa izabrav sebi za predsednika g. Simu Nedeljkovića.

G. Sima Nedeljković zakaza prvu sednicu, da bi društvo već jednom otpočelo rad. Ali, na toj prvoj sednici, pri prvom rešavanju, opazi se jedna nedoslednost u pravilima, zbog koje se ni do kakvog rešenja ne bi moglo doći. Naime, čl. 27 koji govori o dužnostima predsedničkim veli: da predsednik ne može nikakav novčani izdatak učiniti bez rešenja odborskoga, a čl. 40 koji govori o dužnosti i delokrugu odborskom, veli: da novčana pitanja ni u kom slučaju ne spadaju u delokrug odborski, niti će on o njima šta rešavati.

To sad postane nova smetnja, koja se nije mogla izbeći ma šta da se radi; stoga odbor reši da se sazove vanredni zbor radi izmene pravila.

Sazove se vanredni zbor, na koji ne dođe dovoljan broj članova i onda se sazove drugi na kome će se rešavati sa onolikim brojem koliki dođe.

Na tom drugom zboru, umesto da se izmene samo članovi 27 i 40, udari se u izmenu celih pravila, jer je, po rečima g. profesora matematike, iskustvo pokazalo, da i mnoge druge odredbe nisu na svome mestu. Kako se to na jednoj sednici nije moglo svršiti, produži se posao kroz čitav niz sednica i pošto se na taj način stvoriše gotovo nova pravila (ovom prilikom prodro je onaj poreznik da se ne zove „udruženje" no „društvo"), to i stara uprava dade ostavku i izabra se privremena uprava, koja odnese pravila na potvrdu i vlast ih potvrdi. Sad se sazva opet zbor za izbor uprave, na koji ne dođe dovoljan broj članova, a zatim zbor koji će rešavati sa onoliko članova koliko bude došlo.

Na tom se zboru pojavi osam kandidacionih lista, ali najveći broj glasova dobi lista g. Sime Nedeljkovića i jedva na jedvite jade bi izabrana uprava, koja se zatim u prvoj sednici konstituisa, izabrav sebi ponovo za predsednika g. Nedeljkovića.

Tako g. Sima Nedeljković jedva vide svoju ideju ostvarenu i sad je samo trebalo zakazati prvu sednicu uprave i primiti Simu kao pitomca broj jedan, pa je detetu za ceo život obezbeđen mir i sreća, a g. Nedeljkoviću za ceo život skinuta briga s glave.

GLAVA TRIDESET PETA

U kojoj se još jednom potvrđuje narodna poslovica: da se planine ne sretaju, ali se živi ljudi sretnu ma kad-tad u životu.

Jednoga dana, banu u kuću gospa-Marinu jedan čudan gost. Nekakav zadrigao pop u izveštaloj mantiji koju je kiša prala a sunce sušilo, koja se cepala o trnje a krpila neveštom rukom seoske popadije.

Kad uđe, a on pogleda oko sebe, pa kad vide da nikog nema u sobi, sem gospa-Mare, on se pozdravi i zapita:

— Jeste li vi, boga vam, ta gospa Mara?

— Koja? — začudi se ona.

— Pa gospa Mara... oprostite, znaš, ali rekoše mi ljudi, da vi znate u karte da pogađate, pa ako ste vi ta?

— A, je l' za to? E, pa, jest, ja sam. Izvol'te sedite!

— E, baš dobro te te nađoh! — veli pop i sede umoran na stolicu.

— A šta bi vi kao želeli da saznate? — poče gospa Mara onako izdaleka razgovor, ne bi li ma što prokljuvila.

— Imam — veli pop — jednu veliku nevolju, pa bih hteo... hteo bih, znate, sve da mi kažete.

— Da vam nije ko teško bolestan?

— Nije!

— Ili da vam nije...

— Nevolja, eto, beda i ništa više. Niti sam ja kriv, niti mi mogu što, ali znate kako je kad obede čoveka.

— E, pa, ajde baš da vidimo što će nam karte kazati!

Gospa Mara najpre raspremi sto, zatim se diže i uze karte koje su joj uvek stajale pod jastukom, sede za sto prema popu i poče mešati karte, a, razume se, da ne bi ćutali, uz mešanje progovori reč i dve:

— A vi ste udovac valjda?

— Nisam! — veli pop. — A bolje bi bilo da jesam!

— Pa bolje, dabome! — dodaje gospa Mara. — Ovako popadija vam mnogo smeta.

— Smeta, nego! — potvrđuje pop.

— A došli ste valjda u Beograd da malo pobegnete od popadije?

— Ama nije zato, nego nevolja me naterala. Imam suđenje sutra a nisam kriv, pa rekô da vidim šta kažu karte.

— Bome, moje će vam karte kazati pravu istinu. Ja sam nadaleko čuvena zbog toga.

— Ama, kažu mi ljudi!

Kad je gospa Mara i dovoljno promešala karte i dovoljno saznala, koliko joj treba za početak, ona huknu u karte i dade i popu te i on huknu, pa onda poče da ih razmeće po stolu. Poređa u četiri reda po sedam karata i najzad uze još četiri u ruku, za pokrivanje.

— Hoćete li da pokrijem vašu ženu?

— More, pokrila je zemlja dabogda, Bože me prosti! Što će mi ona, ona mi je i napravila sve ovo!

— Pa dobro, da pokrijem ovu devojku?

— Nemojte ni nju, zbog nje sam i optužen.

— Pa da pokrijem ovog velikog gospodina?

— A šta je taj veliki gospodin?

— Pa veliki gospodin, general, ministar tako nešto.

— A je l' može da bude mitropolit?

— Može! — veli gospa Mara.

— E, onda pokrite mitropolita!

Gospa Mara pokri mitropolita, pokri mladu devojku, pokri glas i pokri bedu. Zatim otvori te karte i sumnjivo poče vrteti glavom.

Pop pretrnu živ.

— Koliko moje karte kažu, gospodine pope, vi ne gledate dobrim okom svoju ženu.

— Ama što s njom poče, kumim te Bogom! Vidi ti, gospa-Maro, kakvim okom gleda mene mitropolit?

— Čekajte, gospodine popo, sve po redu da vam kažem. Dakle, čekajte... jedan, dva, tri, četiri... — i uze gospa Mara odbrojavati sve po sedam karata i šaputati u sebi i vrteti glavom.

A pop joj gleda u oči kao što bi u neku knjigu gledao. Najzad gospa Mara diže glavu i obrati se popu:

— Kako meni karte kažu, gospodine popo, vi jeste nešto prestupili.

Pop se pomeri na stolici pa napravi pokret kao da bi hteo to da spori, ali ućuta da čuje što dalje karte kažu.

— I vama je vaša žena protivna, a sve zbog neke mlade devojke.

— Jes', zbog nje! — učini pop.

— I vama, kako da vam kažem, preti kao neka opasnost od nekog velikog gospodina.

— To je mitropolit! — dreknu pop. — Kazao mi je juče da će me obrijati!

— I vama će da se sudi.

— Jes' i zato su me zvali.

— Neke crne sudije.

— Duhovni sud.

— I vi nećete dobro proći.

— Pa dabome, kad je ceo svet skočio na mene.

— E, eto, to moje karte kažu! — završi gospa Mara.

— Pobogu brate, kako sve od reči do reči pogodiše. A nisam kriv, tako mi...

Gospa Mara se đavolasto nasmeši pa mu uze ruku i u dlan zagleda.

— E, izvinite gospodine popo, ali evo baš se ovde jasno vidi da ste vi neka velika lola.

— Ama gde to piše? — prenerazi se pop.

— Pa evo ovde, ja to sa dlana čitam. I ne samo što ste lola, nego umete nekako oko ženskih, pa nema te ženske koju vi nećete prevariti.

— Ama je l' istina tako stoji? — graknu pop sa ushićenjem.

Uto uđe i sestričina i unese kafe.

— Izvolite! — veli gospa Mara. — Ja moje mušterije ne puštam bez kafe.

Pop pruži ruku za kafu i pogleda u sestričinu, i ova se ljupko nasmeši pa izađe.

— Eto, eto, kažem ja da ste vi neka lola. Eto, tek što ste pogledali u ovo devojče, a ono se već smeši na vas.

— A je l' vam nije sestra?

— Nije mi ništa, nego sedi tako tu kod mene...

— A vi, ovaj — uvija pop — izdajete valjda i sobe pod kiriju?

— Ne izdajem, bome, nego tako, kad se nameri koji dobar prijatelj mogu da ga primim za noć-dve, dabome ako dobro plati.

— Pa jest — uzvrda se pop — a ja, pravo da vam kažem, baš se namerio u rđav hotel. Nije mi žao para, al' voleo bih tako da imam s kim uveče da progovorim. Znate kako je, kad čovek ima kakvu brigu na glavi, pa voli da se razgovara.

— Pa može, koliko za večeras i sutra. Izvolite ako je po volji.

— Baš vam hvala kao sestri. Znate nezgodno mi je i kao sveštenom licu da sedim po hotelima. Velim privatno!

I udesiše da pop kupi meso i vino, pa sestričina da skuva večeru i da posede malo uveče te da uteše popa.

E, sad kad bi to bio ubičaj u romanima, da pisac istoga razgovara direktno sa kojim licem iz svoga romana, onda bi razgovor između pisca i ovoga popa, ovako otprilike izgledao:

Pisac: Ama, pope, ja kanda tebe odnekud poznajem?

Pop: Može biti, gospodine, ali se ne sećam da smo se videli koji put.

Pisac: Kako da se ne sećaš, pope? Pa nisi li ti onaj pop što se beše vrzmao oko Anike?

Pop: Koje Anike?

Pisac: Pa one Anike Alempijeve.

Pop: Jes', sećam se pokojnog Alempija.

Pisac: Ama, biće, pope, da se sećaš i Anike?

Pop: Pa jes', biće da je to Alempijeva Anika!

Pisac: Alempijeva, dabome! Dakle ja sam tebe, pope, viđao u prvoj Glavi ovoga romana kod Anike; pa sam te video, pope, u petoj Glavi ovoga romana, kada si krštavao ono Anikino dete. Pa sam ja tebe, moj prelepi pope, video u desetoj Glavi ovoga romana, kad si rano u zoru krenuo iz sela, noseći dete pod mantijom; pa sam te video, pope, kod sreskog načelnika kako se uvijaš kao zmija u procepu. Pa, pope, ako se počem sećaš, ja sam video i onu tvoju bruku u dvanaestoj Glavi ovoga romana, kad ono mal' ne puče glas da si se porodio; pa smo se onda još sreli i u četrnaestoj Glavi ovoga romana, u kancelariji advokata Fiće. To nam je bio poslednji sastanak. Ti ode zatim u selo, a ja sa detetom ostadoh neko vreme tu, u varoši, pa posle krenusmo u Beograd.

Pop: Jes' bome, vidim sad da se poznajemo. Pa kako ste?

Pisac: Eto, hvala Bogu! A kako ste vi, pope?

Eto, takav bi se razgovor morao voditi između pisca i ovoga popa, jer taj pop što je došao u gospa-Mare da mu razmeće karte, nije bio niko drugi nego pop Pera iz Prelepnice.

E, sad, pošto znamo koji je to pop, ajde da ga ne ispuštamo iz očiju, jer kakav je šeret može nam još pobeći, te bi pisac onda bio u neprilici, ne znajući kako da završi ovu Glavu.

Kad je bilo predveče, evo ti popa, seli se iz hotela u gospa-Mare. Nosi sobom bisage, a u njima, sem svojih stvari, još i meso, hlebac, voće, vino i drugi neki mezeluci. I to veče, može se reći, provelo se u kući gospa-Marinoj jedno vrlo lepo i čisto familijarno veče.

Pop se u početku kao malo zatezao, ali, koje dobro vino, a koje topli pogledi sestričine, i on ti se raskravi kao sneg na peći.

Pop je prvo pričao o svojoj „svračici", kako je on nazivao svoju ženu, ako se ko od čitalaca dobro seća, i savijao je prste u pesnicu te pokazujući koštane zglavke, rekao: „Evo, bogami, ovakva su joj leđa." Zatim je pričao o ovome i onome, dok nisu gospa Mara i sestričina navalile da im se iskreno ispovedi, zašto ga sude sutra, jer su slutile da i to mora biti nešto zanimljivo.

— Ah, to mora da je nešto vrlo zanimljivo! — dodala bi sestričina, moleći popa Peru da im priča zbog čega ga sude.

— Ama nije ništa — brani se pop. — Jedna beda i ništa više.

— Pa ako, pričajte nam! — navaljuju one.

— Ima, znaš, u selu našem neka devojka Stana — uze pop da im priča. — Izrasla kao borić, obrazi joj kô dve polutine zarudele breskve, a oči kao dva upaljena kandila u koja si do vrh vrška nalio zejtin. Kad prođe kraj tebe, ne možeš da se ne okreneš za njom.

Pa, ta devojka, imala nekakvu parnicu u gradu. Ostala bez oca i majke, a ujak joj hteo da zajede jednu njivicu, sve što joj je ostalo od majke, pa nauče je te potegne u grad da se tuži. Često je išla u grad radi te parnice, i, naposletku, dobije parnicu ama izgubi čast. Kad se posle smirila u selu, nju počnu mučiti rđavi snovi; nije mogla po cele noći da spava od rđavih snova. Sretne ona mene jedanput, vraćam se sa večernja kući, pa mi se požali, veli: „Oče, šta ću i kako ću, ne mogu da se smirim od rđavih snova!" „E, kćeri moja", reknem ja njoj, „a imaš li ti kakav greh na duši?" „Pa imam", prošapta ona, a oborila oči i obli je rumen te došla još lepša, tako da se ja mal' ne maših njenih obraza, ali kud ću nasred puta gde toliki svet prolazi. „E, pa, sinko, kad imaš greha i priznaješ ih, onda ništa lakše. Danas je vidiš, sreda, da ti postiš ova tri dana do nedelje, a u nedelju po podne da dođeš mojoj kući da se ispovediš. Pa ću ja videti, ako baš nije veliki greh a ja ću izmoliti u Boga oproštaj i on će te oprostiti rđavih snova."

Čim sam stigao kući, a ja, ko bajagi zabrinut, kažem popadiji da sam čuo od nekog trgovca, koji po selima kupuju hranu, da joj je sestra nešto slaba. A njena sestra popadija u jednoj varošici, dan i po hoda od našega sela.

Popadija se zabrinu te sutra će mi reći: „Znaš šta je, Pero, da me pustiš da odem sestri, jer brine me mnogo njena bolest!" „Kako te ne bih pustio", velim ja njoj, „sestra ti je, a nju jednu imaš!" I tako ti ja ispratim popadiju te u nedelju ostanem sam kod kuće.

Kad u nedelju po podne, eto ti Stane. Postila tri dana pa joj se podvukle oči te došla nekako lepša. „Sedi, kćeri", velim ja njoj, „sedi ev' ovde, blizu mene! Sedi i kazuj mi sve redom, ispovedi mi se!" I ona poče sve od reda da mi kazuje. Te mladi advokat, te pisar u policiji koji je saslušao, te nekakav svedok, te sekretar suda, a sve to za ljubav one njivice. „Hoće li mi Bog oprostiti grehove?", pita ona. „Ama nije to nikakav greh", tešim je ja. „Ne brani Bog nikome ljubiti se. Evo, vidiš, i ja sam božji služitelj pa ne uskraćujem nikad sebi kad nađem tako štogod mlado i lepo!" I posle ja njoj sasvim dokažem da to nije greh i ona se potpuno uveri da ja sebi ne uskraćujem kad nađem tako što lepo i mlado.

Popadija se po nedelji vrati od sestre i veli mi da joj je sestra zdrava zdravcita, te mora da je onaj trgovac slagao. I ja pristanem uz to, ali ona devojka, Stana, sretne me pa mi se požali da još jednako sanja rđave snove.

„Ne biva drugače nego opet da se sastanemo, da mi se ispovediš, ali više nije potrebno da postiš!" Jest, al' muka živa, nema gde da se sastanemo. Kod mene u kući popadija, kod nje u kući nekakva njena tetka, te muka živa. Najposle, predloži ona da rano u zoru dođem kod nje na tavan. Kažem ja njoj da meni kao sveštenom licu ne priliči peti se na tavan, ali ona ostade pri tome.

I sve bi bilo lepo, ali morao me je kogod spaziti kad sam se peo na tavan, te otrčati i javiti popadiji. Ima kod nas u selu neki Radoje Krnja, sa kojim sam u zavadi i koji me uvek tako lovi, te biće da je on. I tako ti ja taman počnem da ispovedam Stanu, a zatrese se tavan i upade popadija kao ljuti zmaj kome sedam plamenova bije iz čeljusti. Skoči najpre na mene i iščupa mi punu šaku brade, pa onda na devojku i izmesi je, izmesi je kao što bi hlebac u naćvama mesila. A ni devojka ni ja da zinemo. Jači sam od popadije bar deset puta, ali, tako, oduzeo mi Bog ruku pa ni da maknem.

Pa da je to bar sve, nego kad pođoh da siđem sa tavana, a onaj Radoje Krnja iskupio pola sela pa me svi čekaju dole kao da silazim, Bože me prosti, sa Sinajske gore da im donesem božje zapovedi!

— E, eto — završi pop — to je ta moja beda i nevolja koja me je čak i do duhovnog suda dovela. A, eto, i sami vidite da nisam nimalo kriv, nego popadija i onaj Radoje Krnja!...

I sestričina i gospa Mara slatko se smejale popovoj priči te, videći da im to pravi zadovoljstvo, pop htede još neke takve stvari da im ispriča, ali se utom razdra Sima, koji je dosad mirno u jednome kraju minderluka spavao. On je danas celoga dana imao kondiciju za pet dinara kirije, pa došao kući umoran i odmah zaspao te se jedva probudio.

— Sad si našao da se probudiš! — naljuti se gospa Mara i uze Simu u naručje.

— Dajte ga meni! — veli pop.

— Kako, zašto vi? — veli mu sestričina.

— Ako, ja volim decu!

I uze pop pokrštenoga Simu na kolena i, ne sluteći u tome času da je to onaj isti Milić koga je on krstio u crkvi prelepničkoj, koji mu je nekada toliko briga zadao, kojega je on nosio pod mantijom i kojega je takoreći porodio. Kad bi to pop slutio, on bi u ovome trenutku morao osetiti grižu roditeljske savesti.

Ali, poznata je stvar, da ima romana u kojima se ne pojavi griža savesti. Kako bi popu, uoči suđenja koje će sutra u duhovnom sudu imati, griža savesti bila jedan veliki teret i smetnja, to je pisac odlučio da se u ovome romanu uopšte nigde ne pojavljuje griža savesti.

Usled te odluke piščeve, Sima je mirno sedeo na kolenu popu, a pop ga njihao i zabavljao.

— Lepo dete! — veli pop.

— Mora da mu je lepa majka.

— A zna li mu se majka?

— A ko će je znati. Ne zna mu se ni majka ni otac.

— Bože moj — uze pop razmišljajući — što ti je sudbina. Tako raste i ne zna ni ko mu je otac ni ko majka.

I u tom trenutku sretoše se pogledi Simin i popov, ali niti je Sima slutio da se nalazi na roditeljskom kolenu, niti je pop slutio da će se ma kad u životu sresti sa Milićem, sa kojim se zauvek rastao. Međer ipak stoji ono što naš narod veli, da se samo planine ne sretaju, a živi se ljudi sretnu ma kad-tad u životu.

Kad se Sima uspavao, malo je društvo nastavilo familijarno veče oko stola i pop, kako je maločas navikao da drži dete na kolenima, privuče sad sestričinu, našta gospa Mara dreknu:

— Kažem ja da ste vi neka lola. Ama mene moje karte nikad ne varaju!

Veselje je trajalo sve dok se i poslednja kap vina nije ispila. Kada su legli, pop je tek dockan u noć zaspao. I, mada je slatko spavao, te noći je čudan san usnio. Kao sedi on u tramvaju, a prilazi mu kondukter. Ali taj kondukter niko drugi nije nego mitropolit. Pa kao kondukter traži mu kartu i pop mu je daje, ali mesto da mu kartu cvikuje a on mu onim kondukterskim kešticama otkida kraj od brade.

— Rđavo predskazivanje! — huknu pop ujutru kad se mamuran probudi i krete u sud.

GLAVA TRIDESET ŠESTA

U kojoj moral pobeđuje, a zlo biva kažnjeno, kao što je red pri kraju romana.

Običaj je pri pisanju romana da pisac povede čitaoce i vodi ih najpre po raznim mestima kroz razne događaje, vodi ih, vodi, vodi, vodi, pa tek počne ujedanput novom Glavom: „Vratimo se za časak, dragi čitaoci, tu i tu!" A to „tu i tu", to je ono mesto u kome je roman počeo. Ja sam na taj običaj pisaca romana sasvim zaboravio, ali dobro te sam se setio bar sad, pred kraj, te da ne završim roman ogrešivši se o pravila za pisanje.

Dakle, dragi čitaoci, vratimo se za časak u selo Prelepnicu.

Mi smo se s našim poznanicima, popom, kmetom i Jovom dućandžijom, oprostili u četrnaestoj Glavi ovoga romana, odnosno u kancelariji advokata Fiće, kome su oni predali opštinsko dete te skinuli s vrata jednu tešku brigu.

Vraćajući se peške u selo, a bez tereta koji su poneli i na ruci i na duši idući za varoš, oni su sad vodili bezbrižne razgovore o svemu i svačemu.

— Baš dobro te se namerismo na Fiću. Pametan neki čovek! — veli dućandžija.

— Ama nije samo pametan, nego i vešt čovek! — dodaje kmet.

— A što se kapetana tiče — veli pop — pravo da vam kažem, nije mi se mnogo svideo.

— On tebi, kmete, kao da pomenu neku komisiju.

— Jest! — učini kmet i počeša se za vrat.

— Al’ kad ono reče da će nas noktom poubijati kao buvice, baš je tebe pogledao, pope!

— Ama što mene! — brani se pop. — Pogledao nas je sve redom!

— A šta ono reče kad htedosmo da pođemo? — upita dućandžija.

— Veli — doseća se pop — „pa nemojte sad, čim pređete prag, da zaboravite da sam vas spasao jedne velike bede.”

— A šta mu kao znače te reči? — pita kmet.

— Šta znače? Znače to: sad o Uskrsu da mu ja pošaljem jedno jagnje, pa o berbi da mu ti, Jovo, pošlješ jedno dva akova vina, pa tamo pred Božić da mu ti, kmete, oteraš jednog ugojenog vepra. Eto, to znače ako nisi znao!

— Pa jes’ to! — domišlja se kmet. — Samo, ovaj, ti sebi jagnje, a meni vepra, pope. Neće biti tako pravo.

— Nego kako? — izrebri se pop. — Šta ja mogu iz tasa crkvenog! Jedva koliko pile da kupim, a ti, drugo, imaš u kasi porez, pa imaš prirez, pa lako ti je dati vepra kapetanu.

— A meni razrezaste dva akova vina, kao da imam vinograd! — gunđa bakalin.

— Ti da ćutiš! — veli mu kmet. — Ti ćeš to na kantar da isteraš. Bolji ti vinograd ne treba.

Eto tako razne razgovore vode oni i vraćaju se u selo, a kad stigoše tamo, ispričaše najpre sve opširno ćati kako je i šta je bilo i ćati se dopade što se stvar tako svršila.

I sad nastade u selu miran i tih život i svako se predade svome poslu. Jedino još ako bi Radoje Krnja lanuo što u mehani o onome što je bilo, inače svi su ostali već zaboravili.

Kmet zapeo u sudnici, dućandžija ne izbija iz dućana, da naknadi što je prodangubio i što se istrošio oko onog deteta, a pop Pera opet se setio crkve te, kao ono pre, počeo o svakom svecu da drži pripovedi.

I sve je lepo išlo, kako je i Bogu i ljudima ugodno. A u blagodeti i u dobroti čovek obično zaboravi na nevolje koje je preturio preko glave, te nije ni čudo što i pop Pera, i kmet, i dućandžija sasvim zaboraviše na one kapetanove reči: „Pa nemojte sad, čim pređete prag, da zaboravite da sam vas spasao jedne velike bede!" Prođe Uskrs, a pop ne posla jagnje; prođe berba, a dućandžija ne posla vino; prođe Božić a kmet ne otera vepra, kao što su se dogovorili i među sobom razdelili, kad je ono još bilo vruće pod nogama.

Ali, ako su pop, kmet i dućandžija i zaboravili, nije zaboravio kapetan, i, jednoga dana, pade u selo pisar sreski, sjaha konja pred opštinskom sudnicom, uđe unutra i posla birova da mu dozove kmeta i ćatu.

— Kmete, deder dajder mi knjige da vidimo koliko ima pribranoga poreza a koliko prireza?

Kao što je poznato, kmet je na te stvari bio tugaljiv kao petnaestogodišnje devojče, te čim pisar pomenu porezu i knjige, a on odmah dobi grčeve u stomaku i sede na stolicu pa pogleda očajno u ćatu.

— Deder, kmete, dede! — navaljuje pisar, a kao još malo bi hteo da se odmori koliko da ga prođu grčevi.

Najposle zinu i kmet, veli:

— A što će nam, gospodine, da pregledamo knjige te da se majemo. Evo da otvorim kasu pa da prebrojimo, što je tu je, u kasi!

— Neka, neka — veli pisar — daj ti meni knjige!

Dabome, kmet nije mogao da odoli navaljivanju pisarevom, nego izvadi iz fioke knjige i dade mu, dodajući:

— Ti ćeš, gospodine, mnogo posla da imaš tu, pa ćeš se zadržati i do podne. Nego da ja trknem da naredim da se zakolje jedno sisanče, taman do podne da stigne da se ispeče.

— Neka, neka — veli pisar — začas ću ja biti gotov. Nemoj ti nigde da se mičeš odavde!

E, to: „Nemoj ti nigde da se mičeš odavde!" nikako se ne dopade kmetu i on opet oseti kao da ga neko golica po telu i opet kao dobi grčeve i opet pogleda očajno u ćatu.

A ćata oborio glavu pa niti gleda u pisara niti u kmeta, nego kao zadubio se u svoja akta.

Pisar sreski poče glasno da sabira:

— Sedam i četiri jedanaest, pet i devet četrnaest, šest i jedanaest sedamnaest...

Kmet sedi na stolici i ponavlja šapćući: „jedanaest", „četrnaest", „sedamnaest", a muti mu se u glavi i magli mu se pred očima i sve mu se neke čudne slike prikazuju. Jedanaest mu izgleda kao vile, kojima hoće neko da ga nabode; četrnaest mu izgleda kao veliki ogroman kamen, koji se valja na njega, a sedamnaest mu izgleda kao neka suva, koštunjava ruka koja ga je dohvatila za gušu. A kad u sabiranju sreski pisar reče: četiri hiljade sedam stotina dvadeset i jedan, on oseti kako ga jedan ogroman nokat pritiska svom težinom svojom i oseti kako puče on, kmet, kao što buvica pukne pod noktom.

— Čuješ, kmete! — probudi ga glas pisarev.

— Čujem, gospodine! — trže se on.

— U kasi treba da imaš četiri hiljade sedam stotina dvadeset i jedan dinar.

— Treba! — veli kmet.

— Pa otvori, kmete, da prebrojimo!

— A što ćemo da brojimo — veli kmet — toliko će da bude, ne može ni deset para više da bude. Nego, ajde, gospodine, da mi prikoljemo jedno sisanče pa da ručaš.

— Ručaćemo, kmete, samo da svršim. Prebrojaću ja to za deset minuta.

— Pa, jest, što kažeš!

— Nego, deder, kmete, otvori kasu.

— Ama zar baš hoćeš da brojiš?

— Hoću, bome.

— Ja velim — poče da oteže kmet — toliko je koliko si kazao, našto ti da brojiš?

— Ako, daj ti, otvori!

Dabome, kmet ni ovoga puta nije mogao da odoli navaljivanju pisarevom, nego izvadi iz kese ključeve i otvori kasu. Pisar izvadi otud sav novac na sto pa poče da broji, a kmet opet sede umoran na klupu i ponovo oseti kako ga neko golica po telu i kao neke grčeve u stomaku. Pisar očas bi gotov sa brojanjem pa diže glavu i veli:

— Pa kmete, ovde ima tri hiljade devet stotina četrdeset i jedan dinar.

— Baš toliko! — veli kmet. — Ni pare više ni pare manje.

— A gde ti je još osam stotina osamdeset dinara?

— Tu će biti, opet će tu biti! — guče kmet kao gugutka.

— Ovde nije, kmete! Znaš li ti, ćato, gde su ove pare?

Ćata diže glavu i zausti, mal' ne kaza ono svoje: „Čuće se to u svoje vreme!"

— E, kmete, brate i rode — veli pisar — deder ti da mi ovde napišemo jedan protokol i jedno saslušanje i...

I kmet u tome času ponovo oseti kako puče ona buvica pod noktom kapetanovim.

Šta je dalje bilo u opštinskoj sudnici ne znamo, tek maločas otrča iz opštine Sreja birov te zovnu Aksentija Đokića, najstarijeg odbornika. Njemu pisar predade da vrši dužnost predsednika opštine, a on sa kmetom i sa nekim aktima ode u varoš.

Ćata posle, predveče, u mehani, a uz rakiju koju je plaćao Radoje Krnja, ovako je pričao:

— Partijska strast! Za pra Boga čoveka odvedoše, iz partijskih razloga. Htede pisar i mene da zakači, ali ja njemu pesnicu pod nos, pa velim: Znam ja, gospodine, zakone isto toliko koliko ih i ti znaš, a znam i nešto više jerbo sam živeo u inostranstvu gde ne sme vlast tako olako da nasrće na građane!

— A je l' mu mnogo nema u kasi? — pita Radoje Krnja.

— Pa, tako sedam stotina osamdeset dinara!

— Au! — učini Radoje i naruči ćati još jedan polić rakije.

— Pita mene pisar sreski — nastavlja ćata — šta je ovo, gospodine ćato? To se u administraciji zove deficit, velim ja njemu. Jest tako je, ćato, veli pisar i zapisuje reč po reč kako je od mene čuo.

— A šta mu je to deficit? — pita Radoje Krnja.

— To se tako zove u administraciji — veli ćata, a, vidiš, milo mu baš da ponovi tu stranu reč. — Deficit ti je to: kad pogledaš u knjige, a ono imaš para; kad pogledaš u kasi, a ono nemaš pare. Eto, to ti je!

Eto takvi se razgovori vodili i to veče i sutradan, i mnogo dana zatim, jer kako ono ode kmet sa pisarom i ne vrati se više u selo. Osudiše ga zbog partijskih strasti na dve godine robije i odvedoše u Beograd.

Ne prođe malo vremena pa i ćata izgubi volju da ostane u opštini. Veli:

— Idem ja opet u Nemecku, tamo me ceo svet poštuje i ceni!

I dade ostavku, pa se diže jednoga dana i ode, nikome ne kazujući na koju će stranu, ali svi ostaše u uverenju da je otišao u Nemecku.

I to nekako pođe jedno za drugim, kao da udari neka bolest ili pomor. Tek što se o kmetu u selu sasvim i prestalo da govori, tek ga zaboravili a ono se desi nešto drugo, o čemu će Prelepnica još dugo i dugo govoriti.

Jedno jutro poranio Radoje Krnja pre zore, te krenuo u selo Krmane nekim poslom. Kad tamo na kraj sela, a on spazi popa kako se polako, obazrivo i, osvrćući se na sve strane, penje uz jedne lestvice na nečiji tavan. Začudi se Radoje Krnja tome i stade u sebi razmišljati:

— Da kažeš da je dobar domaćin pošao da obiđe tavan, neće biti, jer onda bi se on peo na svoj tavan, a ne bi na tuđ; da kažeš da je kao sveštenik pošao da odsluži jutrenje, opet neće biti, jer niti je dosad bilo niti će biti da se na tavanu služi jutrenje.

Pa kako je Radoje Krnja već od onda, zbog Anike, imao zub na popa, on ti brže-bolje napusti put za Krmane i vrati se žurno u selo te pravo u popadije, koju baš zateče da se nešto maje po dvorištu.

— Dobro jutro, pošo! — veli joj s plota Radoje.

— Bog ti dobro dao Radoje! — odgovara mu popadija.

— Je li doma pop? — pita dalje Radoje.

— A nije, bome, poranio te otišao na jutrenje.

— Ama na jutrenje zar?

— Jest! — veli popadija.

— A otkad to on služi jutrenje na tavanu?

— Kakvom tavanu? — čudi se popadija.

— Pa ja ga maločas videh, penje se na tavan kod one Živke Zdravkove!

— Koje Živke Zdravkove? — iščuđava se popadija.

— Pa one, de, što je u nje Stana, znaš, ona devojka što se vukla po varoši zbog one njive.

Pisnu popadija kao ljuta guja, pa dočepa jedne vile, koje joj se nađoše pri ruci, te u dva koraka iskoči iz dvorišta na put.

— Ama vide li očima, tako ti Boga? — zapita još onako u trku Radoja.

— Vide, no! — tvrdi on, a popadija odlete kao zmaj na put.

Gledaju je seljaci, pa se osvrću za njom i čude se, ali se ne čude zadugo, jer evo ga slazi za njom Radoje i objašnjava im svima:

— Ajte, ljudi, za mnom da vidite čudo neviđeno. Pop služi jutrenje na tavanu, a popadija eno žuri da mu pripali kadionicu.

— Ama šta govoriš, čoveče — iščuđavaju se seljani, ali opet ih kopka da vide šta je, te ostavljaju čak i posao za kojim su i idu za Radojem.

A kad se već pridružiše troje i četvoro, onda ništa lakše no da se skupi više no što si mislio. Pa ne samo ljudi nego i žene priđoše, te se napravi čitava gomilica koja krete tamo gde se nesreća dešavala.

A kad tamo, cela gomila stala pa gleda u tavan, a gore po tavanu neka tutnjava kao da se čitava vojska razigrala. Ne vidi se ništa, ali se čuje pogdekoji uzvik i vrisak. Čas čuješ muški glas: „Ne udri, tako, pobogu!", a čas ženski: „Nesrećo, kučko, ovako ću ja tebi!"

Posle se kao utiša malo, pa se pojavi pop niz lestvice, ali ni onaj pop ni daj Bože! Poderana mu mantija te vise krpčići, čita zgužvana kao lepinja, a počupana mu brada s jedne strane, te mu se zacrveneo obraz samo što krv ne šikne.

Maločas pa se pojavi niz stepenice popadija sa prebijenim vilama u ruci, a ona treća, Stana, ne htede ni da siđe s tavana nego ostade tamo i zavuče glavu u seno, proklinjući čas i kad joj pade na pamet da se ispovedi, ali tešeći se bar time, što će posle ovih batina izvesno prestati da je muče rđavi snovi.

Razume se, da pop ni dobro jutro nije nazvao onima što su se iskupili kraj lestvica, već ih samo popreko pogledao pa dunuo kao da ga je vetar poneo.

— Ko bi rekao, braćo — veli Spasoje Tomić — da je naš pop tako brz i hitar!

— Ma ništa to, Spasoje — dodaje drugi — bio bi i ti hitar da su ti se razbile vile o leđa. Nego, videste li vi da se on gore na tavanu obrija bez sapuna?

— Ajte ljudi, za mnom u mehanu, ja plaćam rakiju! — nudi Radoje Krnja, uživajući da se i dalje vode takvi razgovori.

A nisu ni došli do kafane, kad tamo iskupili se drugi i već razgovaraju o tome. Planula bruka po selu kao da si je opštinskim dobošem oglasio. Sve što poranilo da krene na rad, zastalo pa i ne misli poći, nego iskupila se gomilica ovde, nasred druma, iskupila se druga onde, jedni u kafani, drugi pred kapijom, treći nasred druma, pa sve to glasno govori o onome šta se desilo i glasno se smeje. I bruci nije bilo kraja ni toga ni idućih dana. Govorilo se i u mehani i na drumu, i u opštini i na njivi, ama gde god su se samo dvoje sreli, ni o čemu drugom nisu govorili.

A pop sa pola brade zavukao se u sobu pa niti izlazi u selo niti sme u crkvi službu da služi.

Desi se još, u to vreme, te umre neki Raja Janjić, pa pop nema kud nego mora da ga opoje, jer ne može se tek čovek neopojan sahraniti. E, možete već misliti kakva je to pratnja bila! Sleglo se i malo i veliko, ali ne zato da oda čast pokojniku, jer pokojnik je bio neki zao čovek i u zavadi sa mnogima; nego se sleglo selo da svojim očima vidi popa, koji dotle nije nikako izlazio.

I onda, razume se, to nije bila pratnja kakva priliči jednom hrišćaninu, nego jedna smejurija, da je svako zbog toga osećao greh na duši i triput se do groba prekrstio šapućući u sebi: „Oprosti mi, Bože!"

A pop Pera, iako je sunce pripeklo, zavio neki ženski šal oko vrata pa ga s jedne strane podigao čak do uveta (a to je ona strana sa koje nema brade), i peva za pokoj duše Radojeve, ali ne peva onako glasno, kao što je nekada, nego više šiče kao gusak. I ide smerno kao nevesta na venčanje i gleda u zemlju kao devojče kad prvi put pogleda u oči momka.

A ta popova bruka, razume se da nije ostala samo u selu Prelepnici, no o njoj pođe priča i dalje po drugim selima, a Radoje Krnja se, bome, postarao te je ona otišla i u srez, a iz sreza, upravo iz sreske kancelarije, ode bruka i pred duhovni sud beogradski. Zbog toga, pop Pera je nekoliko puta morao ići i okružnome proti na neka saslušanja, isleđenja, dopune isleđenja, dok se sve ne svrši time što ga pozvaše u Beograd na suđenje.

Tako osvanu pop jednoga dana u Beogradu.

S one gole strane niklo mu malo nove brade, onu drugu stranu potkresao, te tako opet došao naoko priličan. Od stvari poneo je malo preobuke i tri zaklana i lepo očišćena sisančeta, za članove duhovnoga suda. Došao je naročito tri i četiri dana ranije pre suđenja da obiđe članove, da promeri prilike i pomogne se već kako bude mogao.

Kako je do dana suđenja imao dovoljno vremena, pop je krenuo jedno jutro da ispuni jednu od dužnosti, koju mu je nalagala, i njegova parohijska savest i prijateljska obaveza. Znajući za onaj običaj da robijašima i bolesnicima valja doneti ponude, pop je kupio tri pakla duvana i krenuo u gornji grad da obiđe kmeta.

Dirljiv je to sastanak bio i vrlo živopisan, jer su se u zagrljaju našli pop u crnoj mantiji, iscepanoj na tavanu, i kmet u belome robijaškom odelu, koje mu je uostalom vrlo lepo stajalo. Zagrljaj je dugo trajao. Ko zna da se u tome trenutku nisu i jedan i drugi setili onoga doba, kad se ono zavadiše, te kad kmet reče popu:

— Ajd', ajd', pope, neka smo živi i zdravi, al' dočekaću ja da te vidim obrijana!

Našto pop tada odgovori:

— Ne znam, šta može biti na ovome svetu, al' da ću ja dočekati tebi da vidim bukagije na nogama, to znam kao što znam Očenaš!

I, eto, sad se grle, kmet u robijaškom odelu, a pop uoči dana kada će ga obrijati.

Pop se dugo zadržao u kmeta, jer ga je kmet najpre naširoko pitao o selu i o ljudima i prilikama tamo, a zatim mu je pričao sve svoje planove za budućnost. Veli:

— Čim se budem vratio sa robije, kandidovaću se za narodnog poslanika.

Zatim se pop oprostio i pošao da obiđe jednoga od članova duhovnog suda. Uskočio je u tramvaj baš kod Kalemegdana i, možete misliti kako se iznenadio, kad mu je prišao kondukter da mu naplati kartu. Mesto plaćanja on skoči i zagrli konduktera.

— Ama ti, ama, boga ti? — uzvikuje iznenanađen pop.

— Pa, ja, znaš, pošao u Nemecku — veli mu ćata — al' me ovdašnja električna centrala okupila, pa veli: „Jok, da ostaneš ovde, trebaš ti nama!" Ja kažem centrali: „Ama moram da idem u inostranstvo!" Ali centrala okupila, okupila, okupila, pa, eto, ostadoh!

Pop se dvaput vozio do Dorćola i natrag, a sve u razgovoru sa ćatom, koji ga je i uputio da ide kartari, gospa-Mari, koja će mu od reči do reči reći šta će mu se desiti i kako će mu se suđenje svršiti.

Eto, tako su na kraju ovoga romana prošli pop, kmet i ćata, a sve zbog one reči: da Bog nikom dužan ne ostaje.

GLAVA TRIDESET SEDMA

Koju će čitalac vrlo rado pročitati pošto je to poslednja Glava.

Kako je ovo poslednja Glava ovoga romana, to bi po pravilima, po kojima se romani pišu, na kraju ove Glave trebalo „njih dvoje" da se uzmu. E, ali koje dvoje ja mogu na kraju venčati kad se nekako tako desilo, usled raznih događaja, da je gotovo nemoguće zadovoljiti to tako važno i osnovno pravilo za pisanje romana? Ne mogu tek valjda udesiti da se uzmu Anika i pop Pera; ne mogu zato što se ne zna ni dan-danas gde je Anika, a i zato, što je pop pop i što ima živu ženu. Ne mogu se uzeti ni g. Rista policaj i gospođa Lenka Petrović, ona što mu je dodala ključ kroz prozor, jer i gospođa Lenka ima živa muža. Ne mogu se uzeti ni g. Vasa Đurić, pisar masenog odeljenja, i gospođa Mileva udovica, jer gospođa Mileva, koja je onako vešto sakrila g. Vasinu cipelu, eno je još u Požarevcu, u kaznenom zavodu. Ne mogu se uzeti ni Toma bogoslov, čovek onako jakih čuvstava i Ognjena Marija, jer je Toma potpuno napustio glumačku karijeru i, eno ga sada drži levu pevnicu u palilulskoj crkvi, svršava četvrti razred bogoslovije i merka parohiju. Ne mogu se uzeti ni Pera-Otelo i Persa-Dezdemona, jer su se posle one jezovite tragedije koja se među njima desila zauvek rastali i nikad se više nisu sreli. Ne mogu se uzeti ni Elza, ćerka Julijane pucerke i štajger iz vatrogasne čete ili možda bandista iz sedmog pešadijskog puka, jer usled poznatog događaja, koji je g. Sima zamislio u svojoj mašti, ta se ljubav završila time što je Elza dobila pesnicu u leđa. Ne mogu se uzeti ni učitelj muzike i svastika Jove šnajdera, jer se između te ljubavi isprečila ona fatalna ceduljica.

I onda, ko bi se mogao uzeti na kraju ove Glave? Niko, niko! I pisac jako sažaljeva nemogućnost da svoje drage čitaoce u tom pogledu zadovolji.

Ostaje mu, dakle, jedino, da sudbina troimenog opštinskog deteta završi ovaj roman.

Milić, Nedeljko ili Sima, kao što se zna, još je uvek kod gospa-Mare, kojoj je bio dat samo na mesec dana, privremeno, dok se ne obrazuje društvo za nahočad. Ali, dok su se konferencije i sednice držale, dok su uži odbori referisali širim odborima, dok se pribrao materijal, dok su se držale opširne, duge i vatrene debate za pojedine zapete, dok na zakazane skupove nije dolazio dovoljan broj članova da bi se zakazivali drugi skupovi na kojima će se rešavati sa onoliko članova koliko ih bude došlo; dok su se menjala pravila i birale privremene i stalne uprave, vreme je prolazilo, prolazili su dani, prolazili meseci pa i godine.

Gospa Mara nije protestovala što se stvar tako oteže, jer je njoj gospodin Sima redovno iz svoga džepa plaćao za izdržavanje deteta, a mali Sima joj je lepo privređivao, jer ga je i dalje redovno davala pod kiriju.

Za to vreme, razume se, da je mali Sima rastao, dorastao, te se umešao među palilulske mangupčiće. Kad se još uzme u obzir da u Paliluli deca, kako ženska tako i muška, mnogo ranije sazrevaju no u ostalim krajevima prestonice, onda će se tek moći razumeti zašto se desilo ono što će se desiti na kraju ovoga romana.

Jednoga dana, dakle, pošto su sve prethodne radnje završene i sve smetnje uklonjene, pozove gospodin Sima Nedeljković prvu redovnu sednicu upravnog odbora. Na toj sednici gospodin predsednik, sem ostalih tačaka dnevnog reda, iznese i to: da jedno dete već dve i po godine nestrpljivo čeka na obrazovanje ovoga društva. Odbor jednoglasno zaključi da se tom nestrpljivom detetu što pre iziđe u susret i da se ono primi kao pitomac broj jedan Društva za nahočad. Gospodin Sima Nedeljković predsednik i još jedan odbornik lično se prime da tu odluku saopšte kandidatu i krenu se, posle sednice, kući gospa-Marinoj.

Možete već zamisliti kako su se gospodin predsednik Društva za nahočad i gospodin odbornik zgranuli, kad su od gospa-Mare čuli poražavajuću vest da je opštinsko dete pobeglo.

— Kako zaboga? — učini gospodin Sima i pljesnu se šakama, a znoj ga obli po čelu i zadrhta mu roditeljsko srce u grudima.

— E, tako, gospodine! — veli gospa Mara. — Bilo je grdno nemirno i nevaljalo; da sam imala sto očiju, ne bih ga mogla sačuvati.

— Ama da se nije gdegod sakrilo? — blesnu pred očima gospodin-Siminim poslednja nada, i, u svojoj roditeljskoj brizi, bi gotov da ga potraži u podrumu, na tavanu, u kokošarniku i po svima mestima gde se nevaljala deca kriju.

— Nije, nego je baš pobegao; kazao je on meni dva-tri puta da će pobeći!

— Pa jeste li ga tražili? — pita uzbuđeno predsednik Društva za nahočad.

— Kako da nisam — vajka se gospa Mara — i po kući i po komšiluku. Išla sam i u polje i policiji sam prijavila. Evo, danas je četvrti dan kako oka nisam sklopila zbog njega.

I tako je opštinsko dete uteklo!

Uteklo je od gospa-Mare, koja ga je negovala kao rođena majka; uteklo je od svoga dobrotvora gospodina Sime Nedeljkovića; uteklo je od Društva za nahočad koje je njega radi i obrazovano; uteklo je od vas, dragi moji čitaoci, koji ste sa toliko ljubavi pratili njegovu istoriju; uteklo je i od mene, pisca, kome je dalo materijal za čitav ovaj roman.

I šta ćemo sada bez njega?

Ostaje mi jedino, dragi moji čitaoci, da vam dam časnu reč da ću učiniti poteru za tom lolom i, ako ga samo nađem, obećavam da ću nastaviti ovaj roman.

Branislav Nušić, velikan srpske književnosti i najpoznatiji srpski komediograf, rođen je kao Alkibijad Nuša 1864. godine u Beogradu, u cincarskoj porodici. Detinjstvo je proveo u Smederevu gde se porodica ubrzo po njegovom rođenju preselila zbog finansijskih neprilika.

U gradu svog detinjstva završio je osnovnu školu i prva dva razreda gimnazije, a više razrede gimnazije u Beogradu gde je i maturirao. Postavši punoletan, zvanično menja svoje ime u Branislav Nušić.

Studije prava započinje na Univerzitetu u Gracu, ali se zbog nedostatka finansijskih sredstava tamo zadržava svega godinu dana. Školovanje nastavlja na beogradskoj Velikoj školi gde je i diplomirao pravne nauke 1884. godine.

Učesnik je kratkog Srpsko-bugarskog rata iz 1885. godine.

Zbog satirične pesme *Dva raba* objavljene u „Dnevnom listu" 1887, osuđen je na dve godine zatvorske kazne. Zahvaljujući očevoj pomoći, iz zatvora u Požarevcu pušten je posle godinu dana.

Desetogodišnju diplomatsku karijeru započinje 1889. godine, kao pisar u Bitolju, a završava kao vicekonzul u Konzulatu Kraljevine Srbije u Prištini. Službovao je i u Serezu, Solunu, Skoplju.

U Beograd se vraća 1900. kada je postavljen za sekretara Ministarstva prosvete. Nakon toga postaje dramaturg Narodnog pozorišta, a 1904. imenovan je za upravnika Srpskog narodnog pozorišta u Novom Sadu. Na ovoj poziciji zadržao se godinu dana.

Po povratku u Beograd, počinje da se bavi novinarstvom. Jedan je od prvih saradnika „Politike", gde odmah po osnivanju lista počinje da uređuje rubriku *Iz beogradskog života*. Zanimljivo je da je na njegovo insistiranje, a pošto mu se učinilo da je tema rubrike i suviše uska, otvorena nova rubrika pod nazivom *Sve je to već jednom bilo*. Nušić je svoje tekstove za ovu rubriku pisao pod pseudonimom jevrejskog mudraca Bena Akibe, koji je autor ove krilatice.

U zimu 1912. godine postavljen je za prvog okružnog načelnika Bitolja. Odatle se posle godinu dana seli u Skoplje gde je organizovao pozorište i bio na njegovom čelu do 1915.

Iz Skoplja se zajedno sa srpskom vojskom povlači preko Albanije na Krf, a zatim do kraja Velikog rata boravi u Italiji, Francuskoj i Švajcarskoj, obavljajući razne državničke poslove, među kojima i sekretara Narodne skupštine.

Nakon rata, 1919. godine, postavljen je za prvog upravnika Umetničkog odeljenja Ministarstva prosvete. Na ovoj poziciji ostaje sve do 1923. godine kada biva imenovan za upravnika Narodnog pozorišta u Sarajevu. U Beograd se vraća 1927. godine.

Za redovnog člana Srpske kraljevske akademije izabran je 1933. godine.

Autor je najznačajnijeg predratnog udžbenika retorike u Srbiji (1934) a dao je i važan doprinos razvoju srpske fotografije. Dobitnik je mnogobrojnih odlikovanja, među kojima su i Ordeni Svetog Save i Belog orla.

Preminuo je u januaru 1938. godine od posledica plućnog edema. Ostalo je zabeleženo da je toga dana fasada zgrade Narodnog pozorišta u Beogradu bila uvijena u crno platno. Sahranjen je na beogradskom Novom groblju.

Iako prepoznatljiv uglavnom po svojim komedijama, Branislav Nušić, kao jedan od najplodnijih srpskih pisaca, ostavio je za sobom i mnogobrojna prozna dela. Među njima značajno mesto zauzima humoristični roman *Opštinsko dete* (1902). Ovaj roman zbivanja sa društvenom funkcijom, prikazivanjem raznovrsnih anegdotskih situacija i likova, među kojima nijedan nije izrazito pozitivan, na elegantan način uspeva u svom cilju — razobličavanju društvenih anomalija. Dete rođeno iz nedolične veze mlade udovice Anike i popa Pere, donosi nevolje žiteljima mesta Prelepnica jer se zapravo ne zna pouzdano ko je detetov otac. Ubrzo napušteno i od majke, ovo ničije dete prelazeći iz ruku u ruke onih koji u njemu vide samo sredstvo za postizanje ličnih ciljeva, iako pasivno, na svom putu od nemila do nedraga, sa velikim uspehom nedvosmisleno razotkriva nemoral i licemerje društva u kojem je rođeno.

Branislav Nušić
OPŠTINSKO DETE

London, 2023

Izdavač
Globland Books
27 Old Gloucester Street
London, WC1N 3AX
United Kingdom
www.globlandbooks.com
info@globlandbooks.com

Naslovna fotografija
Janko Ferlič
(https://unsplash.com/photos/pair-of-babys-pink-knit-shoes-
on-bench-jjDqU0P0-SM)